구형의 황야
하
마쓰모토 세이초 장편 미스터리

옮긴이 김소연

경북 안동에서 태어났다. 한국외국어대학에서 프랑스어를 전공하고, 현재 출판 기획자 겸 번역자로 활동하고 있다. 옮긴 책으로 『우부메의 여름』, 『망량의 상자』, 『웃는 이에몬』, 『엿보는 고헤이지』 등의 교고쿠 나쓰히코 작품들과 『음양사』, 『샤바케』, 『집지기가 들려주는 기이한 이야기』, 미야베 미유키의 『마술은 속삭인다』, 『외딴집』, 『혼조 후카가와의 기이한 이야기』, 『괴이』, 『흔들리는 바위』, 『흑백』, 『안주』, 『그림자밟기』, 『미야베 미유키 에도 산책』, 덴도 아라타의 『영원의 아이』, 마쓰모토 세이초의 『짐승의 길』 등이 있으며 독특한 색깔의 일본 문학을 꾸준히 소개, 번역할 계획이다.

이 도서의 국립중앙도서관 출판시도서목록(CIP)은 e-CIP홈페이지(http://www.nl.go.kr/ecip)
와 국가자료공동목록시스템(http://www.nl.go.kr/kolisnet)에서 이용하실 수 있습니다.
(CIP제어번호: CIP2014020213)

세이초 월드

인간의 심리는 한번 그렇게 믿으면 틀림없는 것으로 여기고
조금도 의심하지 않을 때가 많다。 이 경우가 그랬다。

구형의 황야 하

마쓰모토 세이초 장편 미스터리

김소연 옮김

북스피어

松本清張

球形の荒野

† **일러두기**
본문의 모든 주는 옮긴이 주입니다.

15

“다녀오셨습니까.”

구미코가 방에 도착하자 보이가 엽차를 들고 들어왔다.

“뭐 필요한 건 없으십니까?”

딱히 없다고 말하자, 안녕히 주무십시오, 하고 인사를 한 뒤에 보이는 물러갔다.

문을 닫는 소리가 희미하게 울렸다.

침대는 하얀 시트가 보이도록 커버 끝이 접혀 있다. 스탠드가 엷은 빛을 베갯맡에 던졌다.

창가 커튼을 들춰 보니 블라인드가 내려져 있다. 구미코는 손가락을 창살에 대고 그 틈으로 바깥을 내다보았다. 아래쪽에 불빛이 드문드문 켜져 있고, 산의 윤곽이 검었다. 별이 떠 있었다.

구미코는 아까 본 무라오 과장의 뒷모습을 떠올렸다. 무라오 과장을 여기서 보았다는 것만이 아니라 무라오가 프런트에 가명을 댔다는 것이 마음이 걸린다. 그는 분명히 무라오 과장이다. 잘못 본 것이 아니다.

공무원은 일의 사정상 본명을 숨기기도 하는 것일까. 무라오의 슈트케이스는 보이가 앞장서서 들고 갔다. 거기에는 둥근 짐표가 매달려 있었다.

구미코는 그제야 그것이 국내 항공의 짐표였음을 깨달았다. 무라오 요시오는 비행기로 막 도착한 것이다. 비행기로 교토에 오려면, 오사카에서 북쪽으로 조금 떨어진 이타미에 내리게 된다.

그는 늦은 시간에 비행기를 탄 것이다. 이 시간에 호텔에 도착했다면, 하고 구미코는 시계를 보았다. 열시였다.

도쿄에서 오사카까지의 비행 시간이 약 두 시간, 이타미에서 이 호텔까지 자동차로 약 두 시간이라고 보면, 무라오는 여섯시 전에 하네다를 출발했을 것이다. 구미코는 왠지 모르게 그런 계산을 하고 있었다.

블라인드 살에서 손가락을 떼자 바깥의 풍경이 막혔다. 구미코는 커튼을 닫았다.

무라오에 대해서 신경 쓸 필요는 없다. 자신과는 상관없는 사람이고 그가 교토에 온 게 이상한 일은 아니다.

다소의 인연이라면 무라오 과장이 아버지의 옛 부하이고, 오늘 밤 우연히 같은 호텔에서 묵었다는 기연奇緣뿐이다.

구미코가 일부러 그의 방을 찾아가 인사할 필요도 없다. 만일 내일 로비에서라도 얼굴을 보게 된다면 짧게 인사나 하면 된다. 아버지와의 관계 때문에 어머니와 무라오는 비교적 친했지만 자신에게는 그렇게 친밀한 인물이 아니다.

구미코는 작은 테이블에 놓여 있는 남은 엽차를 마셨다. 호텔 안에서는 바스락거리는 소리 하나 나지 않는다. 구미코는 다시 의자에서 일어서서 문으로 걸어가 자물쇠를 잠갔다. 희미한 금속성 소리가 방과 복도를 차단했다.

심심했다—.

곧장 자고픈 마음이 들지 않는다. 경위의 눈에서 도망치기는 했지만 기대한 정도의 모험은 아니었다. 당연하다. 이렇게 새벽까지 자고 해가 높아져 바깥이 밝아졌을 때쯤 서둘러 역으로 갈 것이다.

그리고 흔들리는 기차 안에서 하루 종일 보내고 어두워졌을 때쯤 도쿄에 있는 집에 도착할 것이다. 그것뿐이었다. 자유로워 보여도 의외로 자유롭지 않다는 것을 깨달았다.

이렇게 되니 스즈키 경위에게 조금 미안한 기분이 들었다. 경위는 그 후 얼마나 걱정했을까. 그는 선량한 경찰관이다. 도쿄로 돌아가면 한번 사과하러 가야겠다고 생각했다.

괜히 사람 목소리가 몹시 듣고 싶었다. 그렇지, 소에다는 뭘 하고 있을까. 아직 신문사에 남아 있지 않을까. 야근을 할 때면 새벽까지 근무한다고 그는 말했다.

구미코는 머리맡에 놓인 전화 수화기를 들었다. 보이의 목소리가 대답한다. 문으로 차단해도 목소리만은 자유롭게 바깥과 소통할 수 있다는 것이 기뻤다.

"도쿄 부탁해요."

구미코는 신문사의 번호를 말했다.

그때 복도에 발소리가 들렸다. 점차 이 방으로 다가온다. 혼자가 아니라 두 명 이상이다.

옆방에서 문에 열쇠를 넣고 돌리는 소리가 들렸다. 호텔에 늦게 도착한 손님이 방에 들어온 모양이다. 남자의 목소리가 났지만 물론 무슨 말을 하는지는 알아들을 수 없었다.

이윽고 보이의 구두 소리 같은 것만이 복도에 울렸다.

—그런데 무라오 과장은 어느 방에 묵고 있을까.

이 호텔은 오층까지 있다. 방이 오륙십 개는 너끈히 된다.

구미코는 만일 무라오가 가명이 아니라 본명을 썼다면 프런트에 물어서 방의 번호를 알아내고 싶을 정도였다. 여행지에 와 있어서 그런 걸까.

아까는 그렇지 않았는데, 호텔 전체가 조용해지자 묘하게 전화라도 걸어 보고 싶다. 상대방도 혼자서 쓸쓸해하고 있을지도 모른다.

그러나 무라오가 가명으로 와 있기 때문에 구미코는 그럴 수가 없었다. 역시 복도나 로비에서 만나길 바라는 수밖에 없겠다.

전화가 울렸다.

밤이라 그런지 전화 벨소리가 높다. 멍하니 있던 차에 갑자기 울렸기 때문에 가슴이 철렁했을 정도다.

"도쿄에서 전화를 받으셨습니다."

보이가 말했다. 이어서 신문사 교환대의 여자 목소리로 바뀌었다.

구미코가 소에다의 이름을 말하자, 잠시 기다려 주십시오, 하고 목소리가 사라졌다.

"소에다 씨는 이미 퇴근하셨습니다."

"그래요."

구미코는 조금 실망했다.

"뭔가 전할 말씀이 있으십니까?"

소에다가 있는 부서로 연결하려는 모양이다.

"아뇨, 괜찮아요. 나중에 다시 걸게요."

"그러시겠어요? 죄송합니다."

교환대에서는 교토에서 온 전화라고 해서 그런지 매우 정중하게 대응해 주었다.

한번 도쿄에서 온 목소리를 들으니 이번에는 어머니에게 전화를 하고 싶어졌다. 구미코는 그제야 어머니에게 제일 먼저 전화를 걸지 않고 소에다에게 먼저 걸었음을 깨달았다.

구미코는 다시 전화기를 들고 도쿄를 부탁했다.

밖에서 가벼운 노크 소리가 들렸다. 옆방에서 난 소리였다.

방음 장치가 그렇게 충분하지는 않은지 손님의 목소리가 새어 나온다. 목소리만 들으면 중년의 굵은 목소리였다. 보이가 차라도 가져온 모양이다. 이윽고 보이의 발소리만이 복도로 나왔다.

구미코는 저도 모르게 방을 둘러보았다. 옆방에 남자 손님이 한 명 들어왔으니 안전하다는 것은 알고 있어도 무의식중에 눈으로 방의 구조를 확인하게 되었다.

두 번째 벨이 울렸다.

"여보세요."

어머니가 전화를 받았다. 여보세요, 라는 목소리만으로도 어머니의 들뜬 기분을 알 수 있었다. 전화국에서 교토에서 온 전화라고 말했기 때문에 구미코에게서 온 전화임을 알았을 것이다.

"구미코예요."

"그래. 아직 교토에 있구나. 너 M호텔에 있니?"

호텔 교환대에서 전화가 걸려와서 안 것이다.

"네, 맞아요."

"세상에, 어떻게 된 거니. 스즈키 씨는 같이 있지 않지?"

역시 스즈키 경위가 구미코가 없어졌다고 연락을 했다.

구미코는 목을 움츠리며 이 사이로 혀를 쏙 내밀었다.

"스즈키 씨가 뭐라고 하시던가요?"

작은 목소리로 물었다.

"뭐라고 하시지는 않았어. 네가 갑자기 숙소에서 없어졌으니 난리였지. 어떻게 된 거니."

"그게."

구미코가 어리광 부리는 목소리로 말했다.

"스즈키 씨한테 감시당하는 것 같았단 말이에요. 답답해서 견딜 수가 없었어요."

"제멋대로 그런 소리 하지 마. 처음부터 그렇게 하기로 약속하고 간 거잖니."

"죄송해요."

구미코는 사과했다.

"그래서 스즈키 씨는 어떻게 됐어요?"

구미코는 그것도 걱정이었다.

"별수 없이 스즈키 씨 혼자 오늘 밤 기차로 돌아왔다고 하시더라. 찾을 수가 없다면서."

"화나셨어요?"

"그야."

전화 속 어머니의 목소리는 꾸짖는다기보다도 구미코에게서 연락이 와서 안심하는 마음이 또렷하게 나타나 있었다.

"기분이 좋지는 않았겠지."

"도쿄로 돌아가면 스즈키 씨한테 사과하러 갈게요."

"대체 왜 그런 거니?"

"혼자서 교토를 보고 싶었어요. 경찰한테 감시를 받고 있으니까 기분이 가라앉아서 교토에 온 기분이 나지 않았거든요. 저 혼자서 여행 기분을 맛보고 싶어요."

"교토 구경이 목적이 아니잖아. 편지를 보낸 분하고는 만나지 못했다면서?"

"네. 세 시간 정도 난젠지에서 기다렸지만 결국 오시지 않았어요."

구미코는 그것이 스즈키 경위의 잘못이라고 말하고 싶었다. 그가 쓸데없는 참견을 해서 약속을 깨고 모습을 나타내는 바람에 상대가 화가 나서 모습을 보이지 않은 것이다. 하지만 전화로는 설명할 수 없었다.

"어떻게 된 걸까."

"상대방한테 사정이 생긴 걸 거예요, 분명히."

구미코는 무난하게 말했다.

"하지만 편지에 그렇게 씌어 있었는데."

어머니는 납득할 수가 없는 모양이다. 무리도 아니다. 어머니는 일부러 구미코를 교토에 보냈고 그러기 위해서 경위를 호위로 붙이기까지 했다.

데생을 건네주겠다는 편지의 내용을 보았을 때부터 어머니는 구미코를 교토에 보낼 결심을 하고 있었다.

편지의 내용이 심상치 않다는 것을 알면서도 구미코를 교토에 보낸 까닭은, 어머니도 무언가를 찾고 싶었기 때문이다.

그래서 어머니는 구미코가 편지의 발송인을 만나지 못했다는 결과에 낙담했다.

"여보세요, 지금 여기 세쓰코가 와 있어."

"어머나, 세쓰코 언니가."

어머니의 목소리가 세쓰코의 목소리와 교대했다.

"구미코."

세쓰코는 잘 울리는 목소리로 구미코를 불렀다.

"언니, 와 계셨네요."

구미코의 입술에 자연히 미소가 떠올랐다.

"응. 네가 걱정되어서."

걱정된다는 것은 물론 교토행의 결과를 가리키는 말이다.

"유감스럽게 됐네."

세쓰코 쪽에서 먼저 말했다.

"네. 뵙지 못했어요."

"어쩔 수 없지. ……그런데 교토는 어때?"

역시 어머니보다 젊은 만큼 세쓰코는 계속 그 일에 마음을 쓰지는 않았다.

"굉장히 멋져요. 저 오늘 난젠지에서 고케데라까지 돌았어요. 처음이어서 그런지 굉장히 인상적이던데요."

"잘했네, 혼자서 여유롭게 보냈구나."

그 말에는 은근히 스즈키 경위를 따돌린 구미코에 대한 나무람이 담겨 있었다. 경위를 호위로 붙인 것은 세쓰코 남편의 생각이었다.

"죄송해요."

구미코는 세쓰코에게 사과했다. 아니, 세쓰코를 통해 남편인 아시무라 료이치에게 사과한 기분이었다.

"아니, 괜찮아. 네 마음도 아니까."

세쓰코는 구미코를 위로해 주었다.

"나도 요전에 나라에 다녀왔지만 다음에 우리 같이 느긋하게 교토, 나라를 돌아보자."

"좋아요."

구미코는 들뜬 목소리로 말했다.

"언니는 오래된 절이나 불상에 대해서 잘 아시죠? 꼭 언니랑 같이 또 와 보고 싶어요."

"그렇게 많이 아는 건 아니지만 너하고라면 꼭 가고 싶어. 얼른 돌아오렴."

"네. 내일 저녁에 돌아갈게요."

"혼자서 호텔에 있으면 외롭지 않니?"

"조금 외롭긴 하지만 그래도 하룻밤 정도는 즐거워요."

"그래? 아는 사람이라도 있으면 좋았을 텐데."

구미코는 하마터면 무라오 요시오 이야기를 꺼낼 뻔했다. 무라오가 틀림없다는 것을 알아도 가명으로 몰래 와 있는 무라오에게 미안한 기분이 들어서 말할 수가 없었다.

"어머니 바꿔 줄게. 몸조심해."

"고마워요."

"여보세요? 그래. 빨리 돌아오렴. 조심하고."

"네. 걱정하실 것 없어요. 꼭 무사히, 선물을 사 가지고 갈 테니까요."

"네 얼굴을 볼 때까지는 안심이 안 돼. 목소리라도 들으니 좀 낫긴 하지만."

"네. 역시 전화 걸기를 잘했네요. 그럼 안녕히 주무세요."

"잘 자라."

도쿄의 목소리가 사라졌다.

시계를 보니 열한시가 가까웠다. 묘하게 눈이 말똥말똥하다. 환경이 바뀐 탓인지 기분이 고양되어 있었다.

구미코는 슈트케이스에서 몇 권의 책을 꺼냈다. 자기 전에는 책을 읽는 버릇이 있어서 책을 꺼냈지만, 읽다 만 책을 두세 페이지도 넘기기 전에 더 이상 글씨를 따라갈 수 없게 되었다. 책을 읽을 기분조차 들지 않았다.

호텔 안에서는 여전히 아무 소리도 나지 않는다.

옆방에 들어온 손님은 무엇을 하고 있는지 벽 너머로도 소리가 없다. 이미 침대에서 쉬고 있을지도 모른다.

곤란하게 되었다. 왜 이렇게 마음이 차분해지지 않는 것일까. 수면제라도 가져올 걸 그랬나.

생각해 보면 오늘은 고다이지 옆에 있는 료칸을 나온 후로 계속 혼자였다. 혼자 있었던 시간이 길었기 때문에 아직까지 긴장을 풀지 못하는 것이다.

그러나 이대로 깨어 있자면 끝이 없었다. 구미코는 준비가 되면 잘 수 있을 거라 생각하고 슈트케이스에서 자신의 파자마를 꺼냈다. 이것만이 집의 공기를 되살아나게 해 주었다.

이때 갑자기 전화가 울려서 깜짝 놀랐다.

구미코는 당장 수화기로 손을 뻗지 않았다. 시간도 시간이지만, 이 호텔로 전화를 걸어 올 사람은 짐작도 가지 않았다. 전화를 거는 것은 아무렇지도 않았지만 정체를 알 수 없는 상대방에게서 전화가 걸려 오니 무서웠다.

전화벨 소리가 필요 이상으로 컸다. 구미코는 간신히 수화기를 들어 귀에 댔다.

"여보세요."

중년 이상의 나이임을 짐작케 하는 남자의 목소리였다. 낮고 차분했다.

"……네."

그녀는 머뭇머뭇 대답했다. 곧 상대방의 목소리가 이어질 줄 알았는데 그렇지 않았다. 이쪽의 대답을 듣고 나서 목소리가 사라지니 묘했다.

그러나 전화가 끊긴 것은 아니다.

귀를 기울였지만 수화기에는 배경에서 들려오는 소리도 없다.

구미코는 그 전화가 외선이 아니라 이 호텔 안에서 걸려 온 것임을 깨달았다. 외선이라면 교환대에서 알려줬을 것이다.

"여보세요."

구미코는 견딜 수 없게 되어 목소리를 냈다. 자신이 말하지 않으면 상대방은 언제까지나 목소리를 들려주지 않을 것이다.

하지만 갑자기 뚜 하는 소리가 들려왔다.

구미코는 그제야 수화기를 놓았다.

가슴이 두근거렸다.

잘못 걸려 온 전화일지도 모른다고 생각했지만 상대방이 이쪽에 확인하지 않다니 이상했다. 남자의 목소리가 응답할 거라고 기대했는데 구미코가 받아서 금세 잘못 걸었다는 것을 깨닫고 끊었는지도 모른다.

구미코는 그렇게 생각하려고 했다. 하지만 두근거림은 아직도 잦아들지 않는다.

구미코는 끌 생각이었던 스탠드를 그대로 켜 두어 머리맡만 밝게 했다. 책을 읽으려고 했지만 물론 글자는 눈에 들어오지 않았다.

갑자기 다시 벨이 울렸다. 두 번째다.

구미코는 전화기를 바라보았다. 수화기가 소리에 진동하는 것처럼 보였다. 그만큼 소리가 방에 요란하게 울렸다.

이번에는 서둘러 수화기를 귀에 댔다.

"여보세요."

"여보세요."

남자의, 그것도 똑같이 침착한 목소리였다.

"미하라 씨 되십니까?"

"아뇨, 아니에요."

구미코는 역시 잘못 건 전화라는 것을 알았다. 끊을 생각이었는데 상대방의 목소리가 이어졌다.

"실례지만 312호실 아닙니까?"

목소리는 정중했다.

"아니에요."

이쪽의 이름도, 방 번호도 말할 필요는 없다. 아니라는 말만으로도 상대방은 납득할 것이다.

하지만 묘하게도 상대는 침묵하고 있다.

구미코가 먼저 수화기를 놓으려고 하자 또 목소리가 새어 나왔다.

"실례했습니다."

꽤 뜸을 들인 후에 사과가 나온다.

수화기를 놓고, 구미코는 모포를 어깨까지 덮었다.

상대방은 아무래도 원하는 방의 번호를 확실하게 알지 못하는 것 같다.

그러나 단순히 잘못 건 전화치고는 이상한 데도 있었다. 두 번째로 다시 걸어 온 것도 그랬지만 이쪽이 확실하게 아니라고 말하자 상대방은 한동안 아무 말도 하지 않았다. 마치 전화선 너머로 이쪽 방을 살피는 느낌이었다.

구미코는 서둘러 스탠드를 껐다. 그러고 나서 가능한 빨리 잠들려고 노력했다.

꿈을 꾸었다.

쓸쓸한 변두리 길이었다. 도쿄의 교외였는데 한쪽에만 햇빛이 비치고 있다. 멀리 잡목림이 보인다. 집 앞에는 긴 담이 이어져 있다. 지나가는 사람은 보이지 않았다.

꿈이라서 어떤 목적으로 걷고 있는 것인지는 알 수 없었지만 어쨌든 그런 풍경 속을 지나고 있는 것은 확실하다. 그때 앞에서 자동차가 달려왔다.

차는 자갈이 몹시 많은 길을 달리고 있었다. 지금까지의 평탄한 길이 갑자기 자갈이 많은 길이 된 것도 이상했지만 구미코는 타이어가 터질지도 모르겠다고 생각했다. 그렇게 생각하는 순간 커다란 소리가 귓가에서 났다.

꿈속의 소리가 아니었다. 구미코는 눈을 떴다. 분명히 소리는 꿈이 아니라 실제로 들렸다. 불을 껐기 때문에 눈을 떠도 방은 캄캄했다.

꿈의 세계와 현실이 섞여서 잠에서 깨는 경우는 많다. 지금 같은 경우가 그렇다. 어떻게 현실의 소리가 꿈속으로 이어지는 것일까. 현실을 예상하고 꿈이 줄거리를 세우는 것일까.

구미코는 귀를 기울였다. 감각은 소리가 실제로 났음을 알았지만, 역시 꿈속의 일인 것 같은 기분도 든다. 눈을 뜨고 있는데 아무것도 보이지 않는 것과 마찬가지로 주위에서 아무런 소란도 들리지 않았기 때문이다.

이상한 일도 다 있다고 생각하며 구미코는 손을 뻗어 스탠드 스위치를 켰다. 구미코가 어젯밤에 내버려 둔 세계가 빛 속에 떠올랐다. 베갯맡에 놓아 둔 책의 위치도 그대로다. 제목의 글씨도 다르지 않았다. 의자의 위치도 그대로였다.

구미코는 손목시계를 보았다. 한시 십분이었다.

꽤 많이 잔 것 같은데 아직 한시밖에 안 됐나 하고 불을 끄려고 했을 때였다. 구미코는 희미한 소리를 들었다.

지면에 무언가가 떨어진 듯한 소리였다. 이 방은 삼층에 있고, 창문이 완전히 닫혀 있으니 지면에서 난 소리가 들린다는 것은 이상하다. 둔하고 낮은 소리다.

그것뿐이었다. 한밤중이지만 이런 호텔에는 밤새 깨어 있는 직원이 있다. 그런 사람이 소리를 냈다고 해도 이상하지는 않다. 구미코는 스탠드의 불을 껐다.

일 분도 지나지 않아서였다. 그녀의 귀에 이번에는 발소리가 들렸다.

누군가가 바삐 걷고 있다. 이윽고 어느 방에선가 문이 열리는 소리가 났다.

사람 목소리가 난다. 말은 알아들을 수 없지만 분명히 어떤 소동이 일어나고 있었다.

그녀는 꼼짝 않고 침대 속에 웅크린 채 귀만 기울였다.

융단을 깐 복도인데도 발소리가 높게 들린다.

이때 귀 바로 옆에서 다른 소리가 들렸다.

옆방에서 난 소리다. 침대에서 벌떡 일어나는 소리가 또렷하게 들렸다.

구미코가 숨을 죽이고 있자니 옆방에서 목소리가 들렸다. 벽이 가로막고 있어서 잘 들리지 않았지만 프런트를 부르는 목소리였다. 늦게 도착한 손님의 목소리다.

발소리가 갑자기 그쳤다. 의자에 앉기라도 한 모양이다.

하지만 곧 일어서서 입구 쪽으로 옮겨가는 발소리가 들렸다. 이윽고 보이가 옆방 문을 노크해서 문을 열기 위함이었음을 알았다. 문은 곧 열렸다.

구미코는 귀에 신경을 집중했다.

부르셨습니까, 라고 보이가 말하는 것 같다.

"어떻게 된 일인가?"

이 말은 똑똑히 들렸다. 목소리가 약간 높다. 보이의 목소리는 낮아서 잘 알아들을 수가 없다. 낮게 뭐라고 말하고 있다.

"의사는 불렀나?"

옆방의 목소리가 말했다.

이 말에 구미코는 흠칫 놀랐다. 위급한 환자라도 생긴 걸까 먼저 생각했지만, 곧 꿈속에서 들은 터지는 소리와 지면에 희미하게 일어났던 소리가 머릿속에서 번득였다.

이어서 남자가 뭐라고 말을 했는데, 말소리는 그가 보이와 함께 복도로 나간 후에도 이어졌다.

이제 분명히 무슨 일이 일어났다는 것을 알았다.

구미코는 다시 스탠드를 켰다. 침대에서 일어나 슬리퍼를 신었지만 어떻게 할 수 있는 것은 아니었다. 의자에 걸터앉아 보았지만 진정이 되지 않았다.

먼 곳에서는 아직도 소동이 이어지고 있다. 목소리와 발소리가 섞여 있었다. 나중에 다른 사람이 더 끼어들었는지 발소리는 계단 쪽에서 움직이고 있다.

구미코는 문까지 가 보았다. 문을 열 용기는 없었다.

그냥 급한 환자가 아니다. 분명히 불의의 사고가 일어났다.

자고 있는 동안 들은 것은 총소리가 아닐까—.

구미코는 가만히 있을 수가 없었다. 소동을 알아차렸는지 바로 앞쪽의 방에서도 문이 열리는 소리가 난다. 훨씬 끝 쪽에서도 사람이 걸어와 이 방 앞을 서둘러 지나갔다.

구미코는 재빨리 파자마에서 정장으로 갈아입었다.

어릴 때 이웃에 불이 난 적이 있다. 어머니가 자고 있는 그녀를 깨워 만일을 위해 기모노로 갈아입게 했다. 그때의 떨림과 지금의 상황이 닮았다.

곧장 복도로 나가는 것은 조심성 없는 일임을 깨닫고 전화기를 집어 들었다. 귀에는 뚜— 뚜—, 하는 통화중 신호음밖에 들리지 않는다. 다른 손님들이 그녀와 똑같은 생각으로 프런트에 전화해서 사태에 대해 묻고 있는 것이 틀림없다.

구미코는 큰맘 먹고 문 열쇠를 돌렸다. 손잡이에 손을 대고 문을 살짝 열었다. 순간 소동의 소리가 높아졌다.

소동은 이 복도에서 일어난 것이 아니었다. 중앙에 엘리베이터 입구가 있고, 그 옆에 계단이 있다. 구미코의 방은 계단 옆에서 세 번째 방이었다. 소란스러운 목소리는 계단 위에서 들려오고 있었다. 아래층에서 여기로 올라오는 발소리인 줄로만 알았는데 실은 사층으로 올라가는 소리였다. 복도에는 불이 켜져 있다.

구미코는 잠옷을 입은 손님들이 사층을 향해 올라가는 것을 목격했다.

사람들이 모여 있는 곳은 사층의 계단을 올라가서 오른쪽으로 돌아가는 복도의 거의 막다른 곳 부근이었다. 405호 앞이다.

어두컴컴한 전등 밑, 방 근처에 열두세 명은 족히 모여 있었다. 대부분이 남자들이고 호텔 잠옷 차림이다. 부인들도 있었는데 역시 잠옷 차림이었다.

구미코가 정장을 입었기 때문에 호텔 직원으로 착각하고, "어떻게 된 거죠?"라고 묻는 손님도 있었다.

사람들은 모두 총소리를 들었다. 낮은 속삭임이 문을 바라보며 서 있는 손님들 사이에서 오갔다.

"깜짝 놀랐어요. 갑자기 큰 소리가 나서요."

"분명히 총소리였지요?"

"틀림없습니다."

"살인이군요. 범인은 어떻게 되었을까요?"

사람들의 얼굴에 불안과 호기심이 나타나 있었다.

405호의 문은 꼭 닫혀 있다. 안에서는 소리 하나 새어 나오지 않았다. 그것이 소란스러운 것보다 더 으스스한 느낌을 불러 일으켰다.

사층의 투숙객들은 대부분 복도에 나와 있다. 그 옆 404호실은 문이 반쯤 열린 채, 어느 부인이 얼굴을 반만 비치고 있었다. 하지만 마주 보는 406호실은 문제의 405호실과 똑같이 문이 닫혀 있다. 이 방에서는 아무도 내다보지 않았지만, 안에서 숨을 죽이고 있을 것이다.

갑자기 405호실의 문이 열렸다. 보이가 나왔다. 사람들의 눈이 일제히 집중되었다. 보이가 양손에 들고 있는 대야 속을 보고 순간 낮은 신음이 일었다. 대야에는 새빨간 물이 담겨 있었다.

"어떻게 된 겁니까?"

빠른 걸음으로 복도를 지나가려는 보이를 세우고 묻는 사람이 있었다.

"예에, 그게 좀."

보이는 얼굴이 굳어 있었다.

"이 방의 손님이 총에 맞았군요. 그렇지요?"

보이는 말없이 고개를 끄덕였다.

"죽었소?"

보이는 사람들에게 에워싸여서 걸을 수가 없었다.

"제, 제발 소란 떨지 말아 주십시오."

보이는 더듬거리면서 말했다.

"소란 떨지 말라니, 밤중에 총성이 들렸잖소. 놀라는 건 당연하지.”

“같은 호텔에 묵고 있는데 총소리가 울렸으니 누구라도 깜짝 놀라서 벌떡 일어날 거요. 가만히 있을 수야 없지. 범인은 어떻게 되었소?”

“걱정을 끼쳐서 죄송합니다. 쏜 사람은 사라졌습니다.”

“도망친 거요?”

“네.”

“당신은 그 범인을 보았소?”

“아뇨.”

총을 쏜 인간이 없다는 사실을 알고 사람들의 얼굴에 안도가 스쳤다. 당연히 예상한 일이지만 분명히 그렇다는 것을 듣고 불안이 사라진 것이다.

“그래서, 죽었소?”

보이가 들고 있는 대야 속의 피가 물처럼 흔들린다.

“아니, 숨은 붙어 있습니다.”

숨이 붙어 있다는 말에 총을 맞은 사람이 중태임을 알았다.

“맞은 건 누구요? 남자 손님이요? 여자 손님이요?”

“남자분입니다.”

“어디에서 온 사람이오?”

“도쿄 분입니다.”

보이는 초조해하며 간신히 사람들을 헤치고 나갔다.

“죄송합니다. 거기 좀 지나가겠습니다.”

피가 담긴 대야를 들고 있으니 당연히 사람들은 길을 열었다. 보이는 큰 걸음으로 계단을 내려갔다.

"도쿄 사람이고, 남자라고 했지."

보이가 남긴 말을 단서로 또 속삭임이 투숙객들 사이에서 오갔다.

교대하듯이 보이 두 명과 검은 옷을 입은 직원이 계단을 뛰어 올라왔다.

"실례합니다. 좀 비켜 주십시오."

셋은 405호실로 뛰어 들어갔다. 문이 닫혔지만 제일 먼저 검은 옷을 입은 직원이 나왔다. 평소에는 깔끔하게 손질이 되어 있을 머리카락이 이마에 흘러내려 와 있다.

"이봐요."

구경꾼은 직원을 붙잡았다.

"어떤 상황이오?"

직원은 새파란 얼굴로 자신을 에워싼 사람들을 둘러보았다.

"조용히 해 주십시오. 밤중이니 그만 방으로 돌아가 주세요."

"밤중에 총소리가 울렸잖소. 보통 일이 아니야. 우리도 같은 투숙객으로서 불안한 것은 당연하지. 설명을 해 주시오."

맞아요, 하고 동조하는 손님이 있었다.

"손님이 누군가의 총에 맞아 쓰러졌습니다. 총은 창 바깥쪽에서 내부를 노리고 발사되었습니다. 하지만 범인은 도망쳤어요."

처음으로 나온 명확한 설명이었다.

"경찰은 어떻게 되었소?"

"이제 곧 올 겁니다. 당장 전화로 연락했으니까요."

"총에 맞은 사람은 괜찮소?"

"괜찮을 겁니다. 우선 응급처치를 하고 있으니까요."

"총에 맞은 이유는 뭐요?"

"그건, 저희들은 모릅니다."

"이봐요, 이봐."

다른 남자가 성급하게 물었다.

"총에 맞은 사람은 이름이 뭐요? 아니, 내가 아는 사람일지도 몰라서 걱정이오."

직원은 잠시 망설였지만 중얼거리듯이 말했다.

"요시오카 씨라고 합니다. 투숙객 명부에는 그렇게 적혀 있습니다."

구미코는 그 말을 듣고 안색이 바뀌었다.

요시오카—.

무라오 과장이 아닌가. 그가 프런트에 기장한 이름이다. 구미코의 눈에는 아직도 항공사의 짐표가 달려 있는 슈트케이스와 엘리베이터 안에 올라타던 무라오 요시오의 뒷모습이 남아 있다.

구미코가 멍하니 있자니, 직원이 모여든 모든 사람에게 말했다.

"이 옆방에 프랑스인 손님이 계십니다. 걱정하시면 안 되니까 여러분은 이제 돌아가 주십시오."

구미코는 또 입 속으로 비명을 지를 뻔했다.

아까부터 문이 닫혀 있는 406호실에는 구미코를 식사에 초대하려고 했던 프랑스인 부부가 묵고 있는 모양이다.

사람들은 그제야 방 앞에서 떠나기 시작했다. 구미코가 멍하니 그 뒤를 따라 계단을 내려갔을 때 사이렌 소리가 들렸다. 경찰관과 구급차가 도착한 듯했다.

—총에 맞은 이는 무라오 요시오 씨였다.

갑작스러운 일이고 생각도 해 보지 않은 사태가 일어났다. 다리가 떨린다.

그때였다.

자신의 앞을 걷던 파자마 차림의 키 큰 남자가 방문 안으로 들어갔다. 그도 소동을 구경하러 온 손님이었는데, 구미코가 흠칫 숨을 삼킨 것은 얼핏 복도의 전등에 비친 옆얼굴이 이전에 만난 적이 있는 다키 료세이였기 때문이다.

게다가 그는 자신의 옆방에 밤늦게 들어온 손님이었다.

16

피해자는 침대 위에 누워 있었다. 구급차를 타고 온 젊은 의사가 상처를 살피고 있다. 의사는 피에 젖은 어깨를 보며 등을 구부리고 있다가, 뒤를 향해 보고했다.

"오른쪽 견갑골 위쪽을 관통했습니다."

경관 네다섯 명이 서 있었는데 가장 앞에 있는 삼십대 경위가 고개를 끄덕였다.

"생명에는 지장이 없습니까?"

의사에게 물었다.

"괜찮을 것 같습니다."

부상자는 눈을 감은 채 신음하고 있었다. 시트는 피로 물들어 있다.

또 한 군데, 피가 고여 있는 곳이 있다. 방의 거의 한가운데에 쿠션이 떨어져 있고 의자 밑의 바닥으로 피가 떨어지고 있었다. 그 옆에 있는 플로어스탠드 불빛에 고인 피가 번들거린다.

다른 경관이 창가의 유리가 깨진 부분을 조사하고 있다.

경위는 피해자의 파랗게 질린 얼굴을 들여다보았다.

"목숨에는 지장이 없다고 합니다. 정신 차리세요."

피해자는 마흔이 넘은 남자다. 호텔 파자마를 입었는데, 체격이 좋고 얼굴 생김새가 품위 있었다. 이런 일류 호텔에 묵을 정도이니 사회적으로 지위가 있는 사람이거나 부자일 것이다.

"이름은?"

"요시오카입니다."

부상자는 실눈을 뜨고 경위의 얼굴을 바라보며 낮은 목소리로 대답했다.

"요시오카? 이름은 뭡니까?"

"마사오입니다."

경관 중 한 명이 투숙객 명부에서 적어 온 종잇조각을 경부에게 보여 주었다.

"요시오카 마사오 씨로군요. 주소는 도쿄 도 미나토 구 시바니혼에노키 2-4…… 맞지요?"

경위는 부상자의 고통을 생각해, 그가 투숙객 명부에 쓴 그대로 소리 내어 읽었다.

피해자는 고개를 끄덕였다.

"자세한 사항은 입원하시고 나서 물어보겠지만."

피해자가 약한 목소리로 가로막았다.

"입원해야 합니까?"

경위는 가벼운 웃음을 입술에 띠었다. 생명에 지장은 없다고 가르쳐 주기는 했지만 본인은 이 정도의 부상을 가볍게 여기는 모양이다. 이대로 내일 아침에라도 도쿄에 돌아갈 생각인지도 모른다.

“꽤 큰 상처니까요. 이대로 집에 가시는 건 아무래도 무리입니다.”

경위는 말했다.

“응급처치를 받고 도쿄에서 입원하면 안 됩니까? 비행기로 돌아가면 두 시간이면 도쿄에 도착하는데요.”

피해자는 고통 속에서 부탁하는 듯한 표정을 지었다.

“무리일 겁니다. 생명에 지장이 없다고 해도 꽤 중상이니까요.”

피해자는 뭐라고 말하려다가 입을 다물었다. 아픔이 덮쳐 왔기 때문일 것이다.

“어디에서 총을 맞았습니까?”

피해자는 턱으로 의자 쪽을 가리켰다.

“아아, 저기군요. 앉아 있는데 뒤에서 노렸다는 거지요?”

피해자는 그렇다는 듯이 고개를 끄덕였다.

“총은 창 밖에서 쏜 거였어요. 당신이 스탠드에 불을 켜고 앉아 있을 때를 노린 겁니다. 책이라도 읽고 계셨습니까?”

“신문입니다.”

“총을 맞기 전에 소리를 듣지 못했습니까?”

피해자는 몰랐다는 듯이 고개를 저었다.

“범인으로 짐작 가는 사람이 있습니까?”

피해자의 대답은 금세 돌아오지는 않았다. 그는 눈을 감았다가 실눈을 뜨며 대답했다.

“아뇨.”

“하지만 도둑이라고는 생각할 수 없습니다. 범인은 처음부터 당신을 쏠 생각이었어요. 숨기지 말고 말해 주십시오. 대충이라도 짐작이 가지 않습니까?”

“전혀 짐작 가는 데가 없습니다.”

이때 방 안을 수색하고 있던 다른 경관이 손수건에 싼 것을 가져와 경위 앞에서 펼쳤다.

손수건 안에는 작은 총알이 있었다.

“벽 밑에 박혀 있었습니다.”

순경은 그 위치를 가리켰다. 깨진 유리창과 피해자가 앉아 있던 의자와 순경이 가리킨 벽이 일직선을 이루고 있다. 피해자의 견갑골 상부를 관통한 총알은 그 벽에 박혀 있었다.

경위는 잠자코 고개를 끄덕이고는 다시 피해자 쪽을 향했다.

“직업은?”

투숙객 명부를 베껴 적은 것을 들여다보았다.

“회사원이라고 되어 있는데 어느 회사에서 일하십니까?”

피해자는 대답을 잠시 망설이다가 입을 열었다.

“직접 경영하고 있습니다.”

과연, 이 인품으로 보면 사장이라고 해도 부자연스럽지는 않다.

“회사 이름은?”

“무역 일을 하고 있습니다.”

“회사의 이름을 묻는 겁니다.”

"요시오카 상회라고 합니다."

"회사 소재지는?"

"자택과 같은 번지가 사무소입니다."

"그렇군요. 가족은?"

피해자는 얼굴을 일그러뜨렸다. 상처의 아픔이 덮쳐 온 모양이다.

"아내와, 아이가 둘 있습니다."

"아내분의 성함은?"

피해자는 고통과 싸우듯이 입술을 깨물고 있다.

"이토코입니다."

"옷을 꿰매는 그 이토실 사(絲)자는 일본어로 '이토'라고 읽는다 말이지요? 이토코 씨군요. 아내분은 당신이 이곳에 묵는 것을 알고 있습니까?"

"모를 겁니다."

피해자는 고개를 저었다.

"일 때문에 교토에 와 있다는 건 알고 있지만, 어디에 묵을 예정인지는 알리지 않았습니다."

"제 쪽에서 연락을 취해서 알리도록 하지요."

"그건…… 그러지 말아 주십시오."

피해자가 약간 높은 목소리로 말했다.

"왜죠? 이렇게 크게 다치셨는데요."

"어쨌든 알리지 말아 주십시오."

경위는 물끄러미 피해자의 얼굴을 바라보았다. 뭔가 깊은 사정이 있는 것 같다고, 순간 짐작했다.

입원을 하고 싶어 하지 않는 것도 그렇고, 가족에게 연락하기를 거절하는 것도 그렇고, 피해자에게는 복잡한 사정이 있는 모양이다. 그로써 가해자와 피해자의 관계를 상상하게 했다. 피해자는 짐작 가는 데가 없다고 말했지만 실제로는 알고 있는 게 아닐까.

피해자는 의사의 응급처치를 얌전히 받고 있었다. 하지만 표정에는 상처의 아픔 이외의 고통이 느껴졌다.

"지금부터 병원으로 옮기겠습니다."

어쨌든 다친 사람을 옮겨야 한다.

요시오카 마사오는 잠자코 고개를 끄덕였다. 체념한 듯한 승낙이었다.

피해자는 많은 사람에게 안겨 들것에 실린 채 호텔 앞에 대기하고 있던 구급차로 옮겨졌다.

그 뒤에서는 경찰들이 현장의 실황검분서實況檢分書를 만들고 있다. 피가 고인 곳에 하얀 분필로 표시하는 사람이나 사진기로 촬영하는 사람, 유리창에서 의자까지의 거리를 자로 재는 사람 등, 사건 현장 특유의 어수선한 분위기가 만들어졌다.

경위가 현장을 지휘했다.

아래층에는 손전등을 켜고 범인의 도주로로 생각되는 곳을 조사하는 조組도 있었다.

겨냥도가 대충 만들어졌다.

경관 중 한 명이 경위에게 다가와 범인의 도주로를 설명했다.

"범인은 호텔 뒤쪽에서 온 모양입니다."

경관이 도면 위를 손가락으로 짚으며 말했다.

M호텔은 도로 옆의 고지대에 서 있다. 뒤는 산자락이다. 따라서 뒤에서 침입하기가 용이하다. 그렇게 엄중한 담이 있는 것도 아니었다.

"이 절벽에서 내려온 것 같습니다."

경관은 호텔 건물 뒤쪽을 가리켰다.

호텔은 오층이지만, 절벽 사이에 다른 건물이 붙어 있어서 발 디딜 곳은 얼마든지 있다. 밖으로 튀어나온 다른 건물의 지붕이 계단 형태를 이루었다.

그러나 405호실의 창가로 다가가려면 상당히 숙련되어야 한다. 일 미터 아래에 다른 건물의 지붕이 있지만 창가에는 발 디딜 곳이 거의 없다. 민첩한 사람이 아니면 올라올 수 없는 곳이다.

게다가 처음부터 그 창을 목적으로 온 것을 보면 범인이 요시오카 마사오라는 인물을 노렸음은 확실하다. 유리창 파편은 총이 극히 근거리에서 발사되었음을 보여 주었다. 현장에서 방의 겨냥도 위에 직선을 그리면 중앙에 피해자가 앉아 있던 의자가 위치한다.

"범인은 권총을 쏘고 곧장 이 지붕으로 기어 내려가 계단 모양인 다른 지붕으로 옮겨 간 뒤 지면으로 뛰어내려 도주한 것 같습니다. 도주 경로는 침입로와 거의 같을 테고요."

경위는 도면을 보며 일일이 고개를 끄덕였다.

"소리를 들은 사람은 없을까? 이 정도 높이를 올라오려면 지붕을 밟는 소리나, 올라올 때 소리가 반드시 났을 텐데."

발소리를 통해 범인이 단독으로 왔는지, 총을 쏜 사람은 한 명이라고 해도 지상에 감시하는 사람이 있지는 않았는지도 확인해야 한다.

경위 옆에 그날 밤의 숙직 주임이 서 있었다.

"옆방에는 어떤 사람이 묵고 있습니까?"

경위가 물었다.

옆방은 406호실이다. 도면으로 보면 그 방 바로 아래가, 발 딛는 곳이 된 다른 건물 지붕에 해당한다.

"이쪽 방에는 외국인이 묵고 있습니다."

당직 주임은 창백해진 얼굴로 대답했다.

"외국인?"

"네. 프랑스인입니다. 부부고요."

경위는 조금 당혹스러워졌다. 일본인이었으면 한밤중이라도 깨워서 따져 물을 생각이었다.

"그들은 언제까지 머물지요?"

내일이라도 사정을 들어볼 기세다.

"내일 저녁까지로 되어 있습니다."

"물론 일본어는 모르겠지요?"

"일본어는 할 줄 모릅니다. 통역하는 사람이 있으니까요."

"통역이 있소?"

"이곳에 함께 묵지는 않지만 관광을 할 때 따라다니는 모양입니다. 이곳 교토 사람인지 아닌지는 모르겠습니다. 아침에 이 호텔에 와서 저녁때까지 함께 있는 것 같습니다."

"내일도 오겠지요?"

"올 겁니다."

경위는 반대쪽 옆방, 즉 404호실에 대해서 물었다.

"이쪽에는 부인이 혼자서 묵고 있습니다."

"일본인이겠지요?"

"그렇습니다."

시계를 보니 벌써 오전 세시가 다 되었다. 부인이 혼자라는 말을 들으니 경위도 포기할 수밖에 없었다.

"피해자는."

경위가 말했다.

"그러니까 요시오카 씨는 어젯밤에 이 방에 들어왔지요?"

"그렇습니다."

"느닷없이 찾아온 겁니까? 아니면 예약을 했습니까?"

"예약했습니다. 이틀 전, 도쿄에서 전화를 받고 예약해 드렸지요."

"이틀 전?"

경위는 고개를 갸웃거렸다. 아까 본인에게 질문했을 때, 가족은 자신이 이 호텔에 묵고 있다는 사실을 모른다고 했다. 경위는 그 말을 어디에 묵을지 알 수 없으니까, 라는 뜻으로 들었다.

이틀 전에 예약했다면 이곳에 묵는 것이 사전에 정해져 있었다는 뜻이다.

피해자가 가족에게 연락하기를 싫어하는 것도 그렇고, 범인으로 짐작 가는 사람이 전혀 없다고 말한 것도 역시 수상하다.

"오늘 병원에 가서 피해자에게 좀 더 사정을 들어 봐야겠군."

경위가 중얼거렸다.

대략적인 현장 검증은 끝났다.

"지문은 검출되지 않았습니다."

창문에서 바깥쪽 벽까지 새하얀 가루를 뿌리던 감식 담당이 보고했다.

"어쨌거나 어두워서, 날이 밝고 나서 다시 한 번 해 보겠습니다."

"그렇게 해 주게."

경관 일행은 그제야 방에서 물러갔다.

"그쪽도 귀찮게 되었군요."

경위는 옆에 서 있는 당직 주임에게 말했다.

"예, 뭐."

주임은 당혹스러운 얼굴을 하고 있다.

"이런 사고가 일어나면 우리처럼 손님 장사를 하는 사람들은 정말로 곤란합니다."

"하지만 살인 사건이 아니니까 그나마 다행이지. 이 방이 살인 현장이라도 되었어 봐요. 더 곤란했을 텐데."

"예, 그 점은 다행이라고 생각합니다."

주임은 머리를 숙였다.

다른 경관이 침대 옆에 있는 양복 옷장을 열었다. 피해자의 양복과 코트가 걸려 있다.

"병원으로 가져다주게."

경위가 그것을 보고 말했다.

경관이 양복을 간단히 갤 때였다.

"이봐, 잠깐만."

무엇을 발견했는지 경위는 그 손을 멈추게 했다.

경위는 상의 안을 손으로 뒤집었다. 거기에는 '무라오'라는 이름이 수놓여 있었다. 경위는 그것을 물끄러미 바라보고 있다가, "이봐요" 하고 주임 쪽을 돌아보았다.

"피해자는 투숙객 명부에 분명히 요시오카 씨라고 되어 있었지요."

"네에, 그런데요."

경위는 그 대답을 듣자 상의를 다시 원래대로 뒤집었다. 복잡한 눈이다.

"다시 한 번 묻겠는데."

경위는 다시 당직 주임에게 말했다.

"이 손님은 이 호텔에 처음 온 거였지요?"

"네. 첫 숙박입니다. 지금까지 오신 적은 없습니다."

"이곳에 묵고 나서 바깥에 전화를 걸지는 않았소? 아니면 밖에서 전화가 걸려 온 적은 없소?"

"그 점은 조사해 보지 않으면 알 수 없습니다."

"그걸 조사해 주시오. 이쪽에서 어디로 걸었는지도 알 수 있지요?"

"네. 손님의 전화는 모두 요금을 청구하기 때문에 거신 곳의 전화번호는 보관해 둡니다."

경위는 고개를 끄덕였다.

"짐은 이것뿐이오?"

양복 옷장 옆에 슈트케이스가 놓여 있었다. 경위는 그것을 꺼냈다.

슈트케이스에는 항공사의 짐표가 매달려 있다. 경위는 짐표를 집었다. 거기에는 '요시오카 님'이라고 씌어 있었다.

경위가 지퍼에 손을 댔지만 잠겨 있었다.

"양복을 좀 조사해 봐야겠어. 당신, 입회해 주시오."

"네."

주임은 순순히 대답했다.

경위는 상의 주머니에 손가락을 넣었다. 명함집이 나왔다. 경위는 그것을 펼쳐 꽤 두껍게 들어 있는 명함 묶음을 꺼냈다.

잠자코 그것을 넘기다가 다시 원래대로 해서 주머니에 넣었다.

"그 짐이랑 양복 같은 건 병원에 잘 전달해 주시오."

경위의 말투가 조금 달라졌다.

경관들은 복도를 살금살금 걸어 현관으로 내려갔다. 이때쯤 되니 복도에 서서 상황을 구경하던 투숙객들도 보이지 않았다.

호텔로서는 뒤처리가 큰일이다. 주임은 보이들을 모아 바닥 융단의 피를 닦아냈다. 그 후 침대를 바꾸고 청소를 하는 등, 작은 소동이 있었다.

"양쪽 옆방의 손님들이 주무시고 계시니까 되도록 소리가 나지 않게 해 주게."

주임은 흉사가 있었던 방에 서서 보이들에게 지시를 내렸다.

이때 입구에서 사람 하나가 들어왔다. 키가 큰 남자다. 호텔 파자마를 입고 있어서 손님임을 알 수 있었는데, 쉰 살이 넘은 나이에 품위 있는 용모였다.

남자는 허락도 얻지 않고 방 안에 불쑥 들어왔다.

"이보시오."

그가 당직 주임을 불렀다.

"큰일이 있었군요."

주임은 눈썹을 찌푸렸다. 이런 장면을 손님에게 보이고 싶지 않았고, 게다가 이 밤중까지 구경꾼 근성을 드러내는 사람은 질색이었다.

"예에."

주임이 떨떠름한 얼굴로 대답하자 손님은 멋대로 이야기하기 시작했다.

"총에 맞은 사람은 괜찮소?"

"네. 생명에는 지장이 없는 모양입니다."

주임은 마지못해 대답했다.

"그거 다행이군."

초로의 손님은 눈썹을 펴는 것 같았다.

"경찰이 왔던 모양인데 범인은 찾았소?"

"아직입니다."

주임은 어떻게든 이 손님을 쫓아내야겠다고 생각했다.

"그래서, 피해자 이름이 아마 요시오카였지요?"

이름까지 알고 있는 것을 보면 사건 직후에 이 방 앞에 모였던 사람들 중에 하나인 모양이다.

"그렇습니다."

"가족과는 연락이 되었소?"

쓸데없는 것만 묻는다. 주임은 호텔 직원이니 노골적으로 매몰차게 대할 수도 없었다.

"뭐랄까요, 본인은 가족분께 연락하기를 거부한 모양이던데요."

"흠, 사정이 있나 보군."

중얼거린 손님은 전 세계문화교류연맹 상임이사 다키 료세이였다.

그는 복잡한 얼굴이었다. 눈썹 사이에 주름을 짓고 있다. 단순한 호기심에 지은 표정이 아니었다. 심각하게 걱정하고 있다.

"이보시오."

그는 다시 주임에게 말했다.

"부상자는 어젯밤에 여기에 들어왔다고 했지요?"

"예에."

"이 방에 들어온 후, 아무 데도 나가지 않았소?"

주임은 싫은 얼굴을 했다. 아무리 손님이라도 대답할 의무는 없지만 손님의 표정에는 일종의 위엄 같은 것이 있었다.

"딱히 없었던 것 같습니다."

당직 주임은 마지못해 대답했다.

"손님은, 그러니까 밖에서 찾아온 방문자는 없었소?"

바닥을 청소하던 보이가 마침 이 방의 담당이었다. 보이는 두 사람의 대화를 듣고 기세 좋게 얼굴을 들었다.

"손님은 없었던 것 같습니다."

당직 주임은 씁쓸한 얼굴을 하고 보이를 노려보았다.

"그래요?"

다키 료세이는 선 채로, 열심히 청소하는 보이들을 바라보았다.

"전화는 어떻소?"

이 질문은 조금 전에 경위에게서 받은 것과 같았다.

"그건 조사해 보지 않으면 알 수 없습니다."

주임은 뿌리치듯이 말했다.

"교환대에 기록이 있겠군요. 그쪽은 아침이 되지 않으면 알 수 없겠네요."

다키는 혼잣말처럼 중얼거렸다. 주임은 그 얼굴을 날카롭게 바라보았다. 빨리 이 방에서 나가 주었으면 하는 표정을 노골적으로 드러냈다. 그러나 그 표정이 통하지 않았는지 상대방은 전혀 동요하지 않았다. 손님은 여전히 그 자리에 서 있었다.

"옆방 손님은."

다키는 말했다.

"이 소동을 알고 있소?"

주임의 입장에서 보자면 쓸데없는 질문뿐이다.

"글쎄요, 어떨까요."

주임은 심술궂게 대답했다.

"어쨌든 밤중이니까요."

자고 있을지도 모른다는 뜻이었다.

"하지만 이 정도의 소동인데. 나는 훨씬 더 멀리 떨어진 곳에 방을 잡았는데 그래도 잠에서 깨었으니 말이오. 옆방에서 모를 리는 없지. 뭔가 불평을 하지는 않던가요?"

"아뇨, 전혀요."

주임은 시치미를 떼고 대답했다.

"이쪽에는."

다키 료세이는 한쪽 벽을 턱짓으로 가리킨다.

"프랑스인 부부가 있지요?"

이 남자는 전부 다 알고 있었다.

"그렇습니다."

"외국인은 신경질적이지. 이런 일이 있으면 반드시 전화로 뭔가 말을 할 텐데, 그런 일은 없었소?"

"없었습니다. 전혀 듣지 못했습니다."

"옆방 사람은 이런 소동이 있었는데도 상황을 보러 나오지 않은 거로군요?"

"네, 나오지 않았습니다."

주임의 얼굴에는 당신처럼 호기심이 강한 인간은 없다고 면박을 주고 싶은 듯한 표정이 떠올라 있었다.

구미코는 잠에서 깨었다.

창에는 블라인드를 내려 두었지만 희미한 틈새로 불빛이 새어 들어오고 있다. 빛은 커튼 사이로 일부분만 보였다.

시계를 보니 여섯시 반이다.

구미코는 그 후 곧 침내로 돌아와서 잤지만 얕은 잠이었다.

옆방에서 사람이 나간 기척을 느꼈을 정도였다.

소동이 났을 때 복도를 돌아오면서 힐끗 보았는데 옆방의 손님은 다키 료세이를 몹시 닮았다. 설마 싶었지만 생각해 보면 다키가 이 호텔에서 묵는다고 해도 이상한 일은 아니다. 다만 다키가 자신의 옆방에서 묵은 것이 의아하게 느껴질 뿐이다.

만일 그가 다키라면 어째서 한밤중에 방을 나간 것일까. 게다가 사건 직후 구미코와 함께 문제의 방을 들여다보았다. 다른 손님들이 방으로 돌아간 후에도 일단 돌아왔던 자기 방을 다시 나갔다. 그 사건에 어지간히 흥미를 갖고 있는 모양이다.

구미코는 흠칫했다.

그 사람이 다키라면 이상한 일이 아니다. 피해자가 요시오카라는 사람이 아니라 무라오 요시오라면 다키와는 특별한 사이가 아닌가. 다키로서는 무라오가 걱정되어 방에 차분하게 있을 수 없었던 것도 당연하다.

그럼 사고가 일어난 방의 주인은 더더욱 무라오 요시오라는 뜻이 된다.

무라오는 왜 요시오카라는 이름을 썼을까. 전에도 생각했지만 사고가 일어나고 보니 가명과 사고가 밀접한 관계로 이어져 있는 듯하다. 가명을 쓴 까닭은 말하자면 무라오가 사고를 예상했던 게 아닐까.

구미코는 재빨리 파자마를 벗고 정장으로 갈아입었다.

옆방은 쥐 죽은 듯 조용하다. 귀를 기울여 보았지만 희미한 소리 하나 나지 않는다.

그녀는 블라인드를 올리고 창문을 활짝 열었다. 아침의 차갑고 신선한 공기가 방으로 흘러들어 왔다.

교토의 아침이 거기에 있었다. 히가시야마의 산자락이 수묵화처럼 흐릿하다. 아침 안개 속에서 절의 지붕과 숲이 산자락을 부옇게 흐려 놓으며 검은 머리만 내밀고 있었다. 전철 길에는 다니는 사람이 적었다. 차도 다니지 않는다. 전철도 다니지 않았다. 족자 속에 들어 있는 것 같은 아름다운 풍경과는 달리, 호텔에서는 이상한 일이 일어난 것이다.

구미코는 커피를 마시며 기분을 가라앉히고 싶었다. 그러나 여섯시 반은 너무 이른 시간이다. 식당은 여덟시 정도부터 문을 열 것이다.

문틈으로 신문 끝자락이 보였다. 그녀는 그것을 집어들어 펼쳤다. 특이한 기사는 없었다. 정치면도, 사회면도, 이 창의 풍경처럼 평화로운 활자로 차 있다.

갑자기 전화벨이 울렸다.

때가 때였던 만큼 구미코는 깜짝 놀랐다. 어젯밤에도 전화가 울렸다. 직감이지만, 벨이 울리는 모양새가 같은 전화인 것만 같다. 벨은 아직도 울리고 있다.

옆방에서 자고 있을 사람을 생각하고 구미코는 수화기 쪽으로 걸어갔다. 어쨌든 소리를 멈추기 위해서 수화기는 들었지만 아직 귀에는 대지 않았다. 망설임은 오륙 초나 계속되었다.

이윽고 결심하고 수화기를 귀에 댔지만 당장 목소리가 나오지는 않았다.

"여보세요."

낮은 목소리였다. 어젯밤에 들었던 나이가 지긋하고 쉰 목소리였다.

"네."

구미코는 대답했다.

"여보세요."

상대방은 다시 한 번 불렀다.

"네."

구미코는 약간 높은 목소리를 냈다. 그러자 오히려 마음이 차분해졌다.

이번에는 상대방이 침묵했다. 목소리를 내지 않는다. 침묵이 십오륙 초나 계속되었을까. 그녀가 먼저 뭔가 말하려고 했을 때 전화가 끊기는 소리가 났다.

어젯밤과 완전히 똑같은 전화였다.

구미코는 수화기를 놓았다. 어젯밤과 다른 것은 밖에서 방으로 비쳐들고 있는 밝은 햇빛뿐이다. 그러나 전화에서 받은 으스스한 인상은 똑같았다.

어젯밤에는 두 번, 오늘 아침에는 한 번, 같은 일이 세 번 계속되었다. 상대방은 세 번이나 전화를 잘못 건 것일까. 밖에서 걸려 온 전화가 아닌 것은 확실했다.

구미코는 머리를 저었다. 한밤중의 사고가 있고 나서 기분이 진정되지 않았다. 구미코는 산책을 할 생각으로 방을 나섰다. 문도 꼼꼼히 잠갔다.

호텔 현관에는 보이가 추운 듯이 서 있었다.

"좋은 아침입니다."

프런트 앞에서 보이가 구미코를 전송했다.

구미코는 호텔 앞의 언덕을 내려가 전철 길로 나갔다. 자신의 방 창문에서 내려다봤을 때와는 전혀 느낌이 다르다. 오쓰행 전철이 얼마 안 되는 승객을 태우고 눈앞을 지나갔다.

전철 길을 건너 인클라인경사면에 레일을 깔고 동력으로 배나 화물 등을 끌어 올리고 내리는 장치의 흔적이 있는 게아게교토 시 히가시야마 구 북쪽에 있는 지역. 구 도카이도를 따라 고개를 넘어 교토 시내로 들어가는 길에 있는 곳이다. 메이지 시대 중기, 인클라인과 일본 최초의 수력발전소 등이 설치되었다의 완만한 경사를 내려갔다. 주변에는 숲이 많다. 아직 히가시야마 산간에 안개가 달라붙어 있다.

구미코는 거기에서 전철 길로 되돌아갔다. 길을 따라 언덕을 오르자 집들이 끊기기 시작한다. 야마나시 방면에 완만한 산이 있다.

구미코는 잠시 걸었다. 걸어다니는 사람은 별로 없다. 채소를 실은 트럭이 지나갔다.

구미코는 도쿄의 집을 생각했다. 지금쯤이면 어머니가 식사 준비를 하고 있을지도 모른다.

산책은 삼십 분 정도 걸렸다. 다시 전철 길을 따라 원래 온 쪽으로 되돌아갔다. 호텔 건물이 높은 곳에 보인다. 뒤쪽으로 숲에 둘러싸인 조용한 환경이다. 이곳에서 어젯밤의 소동이 있었으리라고 누가 상상할까. 아름다운 풍경 속에 온화하게 잠들어 있는 듯한 건물이다.

여학생 네다섯 명이 가방을 들고 걷고 있었는데 부드러운 교토 사투리로 이야기하고 있었다.

구미코는 호텔 앞을 올라갔다. 완만한 언덕으로 되어 있고 차로 올라가면 그대로 현관의 차 대는 곳에 도착하게 되어 있다.

구미코가 현관이 보이는 곳까지 걸어왔을 때, 마침 자동차 한 대가 출발하는 참이었다. 훌륭한 외제차다. 호텔 종업원들 네다섯 명이 전송하고 있다. 묵고 있던 손님이 떠나는 모양이다.

구미코는 현관으로 들어가려다가 별 생각 없이 자동차 창을 보았다. 차창 속에서 외국인 부인의 얼굴이 보였다. 구미코는 멈추어 섰다. 부인은 고케데라에서 본 프랑스인이었다. 특징 있는 머리카락 색과 옆얼굴이 틀림없었다.

그러나 차는 이미 움직이기 시작한 후였다. 상대방은 구미코가 그리로 걸어온 것을 알아차리지 못한 듯했다. 차 뒤가 반대쪽 언덕을 미끄러져 내려갔다.

그때 처음으로 알았다. 뒤쪽 창에 프랑스 부인과 나란히 앉은 남자의 그림자가 머리만 보였다.

구미코는 어젯밤의 식사 초대를 떠올리고 그 사람이 프랑스 부인의 남편임을 알았다. 난젠지의 툇마루에 앉아 자연석을 물끄러미 바라보던 사람이었다.

프랑스인 부부는 일찍 떠났다.

처음부터 예정되어 있었는지도 모르지만 구미코에게는 한밤중의 사건에 영향을 받은 것처럼 생각되었다.

소동이 일어났을 때 프랑스인 부부는 사고가 일어난 방의 옆방에 있었다. 한밤중에 권총 소리가 울리고 누군가 총에 맞았다. 외국 땅을 계속해서 여행하고 있던 이국인에게는 상당한 충격이었으리라. 갑자기 예정을 바꾸어 출발했대도 이상하지 않다.

구미코는 방으로 돌아가 오트밀을 주문했다.

식욕이 없었다. 무언가가 가슴을 막고 있어서 음식이 목구멍을 넘어가지 않는다. 오트밀을 절반은 남겼다.

이제 자신도 떠나야 한다. 잠시 걷다가 기차를 탈 생각이었다. 구미코는 떠날 준비를 하고 전화로 계산을 해 달라고 부탁했다.

총에 맞은 사람이 만일 무라오라면 어쩌나 하고 그의 용태가 마음에 걸렸다. 오늘 아침에 호텔이 조용한 것을 보면 부상자는 병원으로 옮겨진 것이 틀림없다. 창 너머로 권총을 쏜다. 보통 일은 아니다. 거기다 무라오가 '요시오카'라는 이름을 쓰고 있는 것까지 더해서 생각하면 구미코는 차분해질 수가 없었다.

그는 아버지의 옛 부하다. 남의 일이 아니다. 가능하면 병원에 문병을 가고 싶을 정도다. 하지만 아무리 그래도 그가 가명을 쓰고 있다는 사실 때문에 망설여졌다.

문을 노크하는 소리가 들렸다.

"이제 가십니까?"

하얀 옷을 입은 보이가 나타났다.

"고맙습니다."

보이가 은쟁반에 전표를 얹어 내밀었다.

"어젯밤에는 큰일이었죠?"

그녀는 말했다.

"예에."

보이는 머리를 숙였다.

"폐를 끼쳐 죄송합니다."

"아니에요. 그런데 다친 사람은 어때요?"

"네. 한밤중에 구급차가 와서 병원 쪽으로 옮겼습니다."

"상처는 어떻던가요?"

"괜찮다고 들었는데요."

"다행이네요."

그녀는 한숨을 쉬었다.

"그분 성함은 어떻게 되시나요?"

다시 한 번 확인하고 싶어서 물은 것이다.

"요시오카 님이라고 합니다."

역시 그 이름이었다.

"가해자는 알아냈나요?"

"아뇨."

보이는 아직 스무 살 정도의 어린 얼굴이었다.

"그 후에 곧 경찰이 왔지만 아직 확실하지 않은 모양이에요."

"창 밖에서 총을 쏜 건가요?"

"네. 뒷산 쪽에서 온 게 아닐까 하고 경찰에서는 말하더군요. 지금 다시 조사하고 있는데 아무래도 범인이 한 명은 아닌 것 같습니다."

"네? 한 명이 아니라고요?"

"네. 발자국이 두 명 이상이라고 하던데요."

보이도 사건에 흥미를 갖고 있다. 그래서 구미코의 질문에 적극적으로 대답했다.

"그런데 손님. 경찰이 이상한 걸 발견했어요."

보이는 그녀 쪽으로 몸을 굽히며 말했다.

"이상한 걸 발견했다고요?"

"네. 창가에 종잇조각이 떨어져 있었다고 합니다. 경찰에서는 범인이 총을 쏜 창문의 깨진 틈으로 안에 넣을 작정이었는데, 어쩌다 보니 거기에 떨어졌다고 여기는 모양이에요."

"세상에. 그 종잇조각에 뭔가 적혀 있었나요?"

"네. 배신자, 라고."

"배신자?"

구미코는 숨을 죽였다.

무라오 요시오가 배신자라는 것일까.

"연필로 휘갈겨 썼다더군요. ……하지만 경찰에서는 아직 범인이 썼는지, 아니면 누군가가 장난으로 쓴 것이 거기에 떨어져 있었던 건지 판단하지 못하고 있대요."

"그렇군요."

이야기는 그것으로 끊겼다. 구미코는 은쟁반 위에 돈을 올려놓았다. 구미코가 의자에서 일어서자 보이가 슈트케이스를 들고 먼저 나갔다.

구미코는 두고 가는 물건이 없나 방 안을 둘러보았다. 시선이 탁상의 전화기에 멈추었다.

전화는 어젯밤부터 오늘 아침까지 세 번 울렸다. 상대의 정체는 모른다. 쉰 목소리만 들었다.

구미코는 보이가 나가고 나서 이 분쯤 후에 묵었던 방을 나왔다.

걸으면서 문득 옆방을 보니 문이 열려 있었다. 자신이 묵은 방과 똑같이 그 방에도 붉은색 융단이 깔려 있다. 소리가 울렸다. 앞치마를 두른 메이드가 붉은 융단 위에서 전기 청소기를 움직이고 있다.

구미코는 멈추어 섰다.

입구로 다가가 안을 들여다보았다. 방을 청소하고 있는 것을 보면 손님이 방을 비운 모양이다.

식당으로 내려갔는지도 모른다.

전기 청소기를 밀고 있던 메이드는 구미코가 거기에 멈추어 서자 얼굴을 들었다.

"좀 여쭤 볼 게 있는데요."

구미코는 메이드에게 말을 걸었다.

"이 방 손님은 안 계시나요?"

그가 만일 다키 료세이라면 어찌 되었든 인사만은 하고 싶었다.

"네."

여자는 고개를 끄덕였다.

"손님은 떠나셨어요."

"언제?"

"네. 한 시간 전에요."

한 시간 전이라면 구미코가 아직 전철 길을 산책하고 있을 때다.

다키가 그렇게 빨리 떠나리라고는 생각도 하지 못했다.

"저어, 여기 손님 이름은 어떻게 되나요? 제가 아는 분일지도 몰라서요."

메이드는 두 명이었는데 서로 얼굴을 마주 보았다.

"아마…… 가와다 씨라고 하시는 것 같던데요."

"가와다 씨?"

이름이 다르다. 그러나 구미코는 사람을 잘못 봤다고 생각하지 않았다. 무라오 요시오의 예도 있다. 순간적으로 가명임을 깨달았다.

그러나 왜 무라오도, 다키도 가명으로 이 호텔에 묵었을까.

다키는 어젯밤의 사건에 이상한 눈치를 보였다. 그가 아침 일찍 허둥지둥 떠난 것이다. 왜—.

17

관할서의 수사과장이 병실에 들어갔을 때 환자는 침대 속에서 얼굴을 약간 이쪽으로 돌리고 있었다. 혈색은 좋다. 그러나 딱 본 순간의 느낌으로는 고통보다도 당혹스러운 듯한 표정이었다.

이쪽은 과장뿐만 아니라 주임 경위와 형사까지 세 명이다.

볕이 잘 드는 병실이다. 창문으로 들어온 햇빛이 침대의 절반을 비추었다.

간호사가 환자의 머리맡으로 의자를 가져왔다.

"여어, 기분은 어떠십니까?"

수사과장은 지금 막 의사에게서 용태를 듣고, 질문을 해도 지장이 없음을 확인하고 나서 병실로 들어왔다. 모포 밑으로 붕대를 감은 희고 두툼한 어깨가 엿보였다.

"고맙소."

환자는 인사를 했다. 머리카락이 흐트러져 있다. 그 때문인지 숱

이 적은 머리가 훤히 들여다보였다.

"큰일을 당하셨군요."

"예."

부상자는 미소를 지었다. 그러나 여전히 당혹스러운 것 같다. 눈동자도 안정되어 있지 않았다. 주임과 형사는 과장에게서 떨어진 곳에 의자를 가져다 놓았다.

주임이 간호사에게 슬쩍 뭐라고 귓속말을 했다. 간호사는 고개를 끄덕이고 문 밖으로 사라졌다.

"힘드시죠."

과장은 동정했다.

뒤에 있는 주임 경위는 피해자와 면식이 있다. M호텔의 현장에 제일 먼저 달려가 사정을 들은 경찰이었다.

"요시오카 씨."

주임은 피해자에게 병상을 찾아온 심문인을 수사과장이라고 소개했다. 환자는 그 사정을 알고 있는지 고개를 끄덕였다.

"용태는 이곳 원장님께 방금 들었는데, 가볍다고 하니 다행입니다."

"여러 가지로 걱정을 끼쳤군요."

환자는 베개에 누운 채 머리를 숙이듯이 움직였다.

"요시오카 씨…… 라고 부르고 싶지만 진짜 이름은 우리도 알고 있습니다."

과장이 웃으며 부드럽게 말했다.

이미 각오는 했던 모양이지만 무라오 요시오의 얼굴이 조금 하애졌다.

당사자가 잠자코 있어서 주임이 옆에서 끼어들었다.

"아니, 호텔에서 이야기를 들었을 때 주소 같은 것을 여러 가지로 조사했거든요. 그랬더니 저희에게 대답해 주신 도쿄의 번지에는 요시오카 상회라는 것도, 요시오카 씨라는 사람이 없다는 것도 알았습니다."

"……."

"실례지만 양복 주머니에서 명함을 보았습니다."

무라오 요시오는 체념한 듯한 표정이었다. 과장 일행을 향하던 시선을 들어 천장을 보았다. 과장 일행의 위치에서는 옆얼굴이 정면에 온다.

"무라오 씨의……."

과장은 말했다.

숨기고 있던 본명이 나오자 무라오의 눈꺼풀이 신경질적으로 떨렸다.

"이번 여행은 개인적인 볼일입니까?"

과장의 정중한 태도는 물론 피해자가 외무성의 중견 관료라는 것을 알았기 때문이다.

"……그렇습니다. 사적인 일입니다."

무라오 요시오는 낮은 목소리로 대답했다.

"매우 실례가 되는 질문이지만 사태가 이렇게 되었으니 어쩔 수 없다고 생각하고 이해해 주시기 바랍니다."

"알겠습니다."

"개인적인 여행의 목적에 대해서 대답해 주셨으면 하는데요, 만일 지장이 된다면 억지로 말씀해 달라고는 하지 않겠습니다."

"그 점은 대답해 드리기가 어렵습니다."

무라오 요시오는 단호하게 말했다.

"알겠습니다. 정말 실례지만 호텔에 다른 이름으로 방을 잡으신 것도 개인적인 볼일 때문입니까?"

"그렇게 해석하셔도 상관없습니다."

"범인은."

과장은 옆에 있는 주임 경위에게서 서류를 받으며 말을 이었다.

"M호텔 뒤에서 산을 타고 남쪽을 향해 접근한 모양입니다. 아시다시피 거기에서 쭉 남쪽으로 가면 지온인 쪽으로 가게 됩니다. 우리가 다음 날 아침에 수사해 보니 M호텔 뒤뜰에 나 있던 발자국이 지온인 뒤까지 이어져 있었습니다. 하기야 쭉 이어져 있었던 건 아니고 군데군데에서 발견된 것이지만요."

무라오 요시오는 반응을 보이지 않고 듣고 있었다.

"권총의 총알을 무라오 씨가 묵던 방의 벽에서 꺼냈습니다. 미국제입니다. 권총도 콜트라는 걸 알아냈습니다."

"……."

"범인은 무라오 씨가 의자에서 바닥으로 쓰러진 것을 보고, 목적을 이루었다고 여겨 도망친 모양입니다. 무라오 씨는 짐작 가는 데가 없으십니까?"

"없습니다."

대답은 즉시 나왔다.

"그렇군요. 하지만 범인은 도둑이라고도 생각되지 않습니다. 우리가 추정하기로는, 이런 방식은 원한 관계인 경우가 많지요. 특징이라고 해도 좋을 겁니다. 그래서 무라오 씨에게 분명히 짐작 가는 데가 있지 않을까 싶은데요."

"없는데요."

물어본 쪽이 발끈할 정도로, 그의 대답은 가차 없었다.

"개인적인 볼일에 관련된 이야기입니다만."

과장은 말을 이었다.

"내용은 말씀해 주시지 않아도 됩니다. 다만 이번 여행의 목적과 이번 흉사가 간접적으로라도 관련이 있는지 그 점을 여쭙고 싶은데요."

"전혀 관련 없습니다."

과장과 주임은 얼굴을 마주 보았다. 피해자인 무라오 요시오는 분명히 심문을 거부하고 있다. 적어도 그는 무언가를 숨기고 있다. 경관이 느낀 인상은 그랬다.

상대는 외무성 유럽아시아국 ××과장이다. 수사과장의 태도가 조심스러워진 이유는 신분 때문만이 아니라 외무성이라는 관청이 갖는 직업상의 기밀성 때문이었다.

무라오는 철두철미하게 이 여행이 개인적인 용무라고 대답한다. 저격 사건은 여행과 상관없다며, 범인으로 짐작 되는 사람은 없다고 주장하고 있다.

과장은 이를 공적인 입장에 있는 사람이 종종 진실을 숨겨야 하는 상황이리라 추측했다.

"무라오 씨."

수사과장은 정중하게 말했다.

"여기에서 상해 사건이 일어났습니다. 게다가 흉기는 권총이었어요. 우리로서는 직무상 수사를 해야 합니다. 가해자도 찾아내서 체포해야 하고요. 피해자는 무라오 씨입니다. 사건이 일어났고, 가해자와 피해자가 발생했어요. 가해자를 알 수 없는 현재의 단계에서는, 우리로서는 피해자에게 사정을 물어볼 수밖에 없습니다."

무라오는 입술을 휘었다.

"지장이 없는 정도에서 협조를 부탁드리고 싶은데요."

"곤란하군요."

무라오 요시오가 대답했다.

"정말이지, 무엇 때문에 총에 맞았는지 저 자신도 모르겠습니다. 아무리 이것저것 물으셔도, 달리 말씀드릴 것이 없습니다. 여러분이 범인을 체포해 주시고 당사자를 심문해서 진상을 알아낸 다음 제게 알려 주시면, 아아, 그렇구나, 하고 그제야 납득할 겁니다."

경찰 측은 전면적으로 협조를 거부당했다.

"알겠습니다. 그럼 더 이상 여쭙지 않겠습니다."

과장은 부드러운 웃음을 띠었다. 일단 휴전하자는 인사였다.

"외무성 쪽에 연락할까요?"

"아뇨, 그러실 것까지는 없습니다."

"가족분들께는요?"

"마음 쓰지 마십시오. 절대로 가족에게 알려서는 안 됩니다. 그것만은 곤란합니다."

무라오 요시오는 처음으로 애원하는 눈이 되었다.

"아하. 그럼 교토에는 몰래 여행을 온 거라 알려지면 귀찮아진다는 뜻입니까?"

무라오 요시오는 대답하지 않았다.

과장이 물러가자 병실은 조용해졌다. 햇살이 움직여 환자의 얼굴에 빛이 닿았다. 간호사가 커튼을 치려고 했지만 환자가 말렸다.

창 밖에는 교토의 지붕들이 옆으로 펼쳐져 있다. 그 사이에 도지東寺 절의 오층탑이 솟아 있었다.

무라오 요시오는 얼굴을 돌려 창밖의 풍경을 바라보았다. 무심해 보이는 표정이었지만 눈에 초조한 빛이 나타나 있었다.

그가 간호사를 불렀다.

"오늘은 무리라고 해도 내일 아침에는 도쿄로 돌아갈 수 있을까요? 아니, 무모하다는 건 알고 있지만."

환자가 이 질문을 한 것이 세 번째다. 간호사는 곤란해했다. 원장은 처음부터 환자의 부탁에 비협조적이었다.

환자가 보통 사람이 아니라 외무성의 높은 관리라는 사실은 알고 있었다. 환자 본인이 도쿄로 돌아가고 싶어 하는 것은 관청의 용무가 마음에 걸리기 때문이리라. 하지만 도저히 이삼일 안에 움직일 수 있는 몸이 아니었다.

누워 있으면서 그는, 냉정할 때도 있고 몹시 초조해 보일 때도 있었다—.

이때 환자에게 새로운 면회인이 찾아왔다. 접수대에서 면회 사절이라고 얘기했지만 상대는 끈질기게 매달렸다.

키가 크고 머리카락이 반쯤 하얀 신사였다. 태도는 부드러웠지만 집요할 정도로 입원 환자와의 면회를 요구했다.

간호사들로는 감당할 수 없었다. 그가 명함을 내밀었기 때문에 원장이 끌려나오게 되었다. 명함에는 '세계문화교류연맹 이사 다키 료세이'라고 되어 있었다.

"오 분이면 됩니다."

다키 료세이는 원장에게 말했다.

"환자는 저와 친한 친구입니다. 꼭 하고 싶은 이야기가 있습니다."

"곤란한데요."

원장은 망설였다.

"아니, 그와 같은 호텔에 묵었거든요. 그 소동을 밤중에 알았습니다. 총에 맞은 사람이 무라오 씨인 줄은 몰랐습니다. 나중에 듣고 깜짝 놀라서 이곳으로 달려온 겁니다."

다키는 미소를 띠며 말했지만 부드러운 동작에서 느껴지는 관록이 원장을 압박했다.

"그게 무라오 씨라는 걸 안 것도, 실은 경찰에게 들었기 때문입니다. 오래는 아닙니다. 오 분만 만나고 돌아가겠습니다."

원장은 사절할 의지를 놓아 버렸다.

"여어."

다키 료세이는 병실 문을 조용히 닫고는 침대 쪽으로 천천히 걸어갔다.

무라오 요시오는 누워 있는 위치에서 눈으로 그를 맞이했다. 놀라지는 않았다. 당연히 올 사람이 왔다는 표정이었다.

간호사가 수사과장에게 내놓았던 것처럼 문병객을 위해 의자를 준비했다.

“심한 일을 당했군. 용태는 원장에게서 들었네만.”

다키 료세이는 의자에 걸터앉았다.

“기분은 괜찮은가? 안색은 나쁘지 않은데.”

환자는 힐끗 간호사에게 시선을 던졌다.

“금방 나갈 건데요. 간호사 선생님.”

손님도 그녀를 불렀다.

“잠깐 자리를 비워 주시겠습니까? 오 분, 아니, 십 분이면 끝납니다.”

간호사는 환자의 모포를 잘 덮어 주고는 방을 나갔다.

“담배 피워도 되나?”

“상관없네. 재떨이가 없는데, 그 근처에 뭔가 있지?”

다키 료세이는 은으로 만든 담배 케이스를 열고 한 개비 뽑았다. 푸른 연기가 햇빛과 그림자 부분 사이를 스치고 올라갔다.

“놀랐네.”

간호사를 쫓아 보낸 후에 문병객은 말했다.

“도착한 그날 밤이었잖나, 그 소동이. 설마 했지.”

다키 료세이는 환자의 얼굴을 들여다보았다.

“이만하길 다행이네. 자네 얼굴을 볼 때까지는 안심할 수 없었네만. 이제 마음 놓았어."

무라오 요시오는 살짝 고개를 움직였다. 어깨는 판자처럼 부자연스럽게 침대에 대고 있다.

"만났나?"

다키 료세이가 요시오에게 바짝 다가가 낮은 목소리로 물었다.

"못 만났네. 연락은 전화로 했네만. 자네는?"

"호텔에 도착한 게 밤중이었네. 기차 사정 때문에 그렇게 되었거든."

"도쿄에 없었다면서?"

"아아, 신슈의 산속에 일주일 정도 있었네. 소식을 듣고 곧장 주오선 전철을 탔네만, 그 기차는 느리지. 게다가 나고야에서 연락하기도 나빴네."

"그쪽은 어떻게 됐나?"

무라오 요시오는 다키의 얼굴을 아래에서 올려다보았다.

"곧 떠난 모양이야."

무라오는 고개를 끄덕였다.

"어디로?"

"모르겠네."

"그럼 두고 갔나?"

"누구 말인가?"

"딸. 딸을 불렀거든."

"어, 어디로?"

"난젠지에서 만나기로 약속되어 있었다고 하네. 여자 이름으로 불러냈는데, 딸은 편지를 보고 여기로 온 거지."

"그래서, 대면했나?"

다키 료세이는 숨을 죽이다시피 하며 무라오의 얼굴을 옆에서 바라보았다.

"못 봤다고 하네. 본인에게서 전화로 들었는데."

무라오는 눈을 감으며 말했다.

"웬 형사 같은 놈이 뒤에서 얼쩡대고 있어서 그만두었다더군."

"호오."

"상대방 쪽에서는 당사자의 신변을 걱정해서 붙였겠지. 무리도 아니지만 그게 잘못이었어. 완전히 이쪽에게 경계심을 일으켰거든."

"그게 끝인가?"

"그렇지 않네. 우연이지만 M호텔에 묵고 있었다더군."

"뭐, 그 아이가 말인가?"

다키 료세이는 눈을 부릅떴다.

"놀랍군. 그럼 자네……."

"그래. 내가 총에 맞은 것도 알고 있을걸세. 물론 이름을 바꾸었으니까 나인 줄은 모르겠지만."

"어느 방일까?"

"이것도 전화로 마담에게서 들었는데, 325호실이라고 하네."

"내가 묵은 방의 옆방이잖나."

다키 료세이는 소리쳤다.

"뭐, 자네의?"

무라오 요시오의 얼굴도 친구의 경악에 물들었다.

"그건 몰랐네. 자네 옆방에."

침묵이 두 사람 사이에 잠시 떨어졌다.

부드러운 지붕이 바다처럼 늘어서 있는 교토의 창에, 비행기가 날개의 일부를 반짝이며 춤추고 있다.

소에다 쇼이치는 신문사에서 교토판 신문을 주의 깊게 보고 있었다.

교토판은 오사카 본사의 관할이다. 그래서 신문이 도쿄에 도착하는 것은 신문이 나오고 나서 하루 뒤였다. 구미코가 교토로 출발한 후부터, 소에다는 교토판을 주의 깊게 살피고 있었다. 사고를 예견해서가 아니라 사고가 없기를 기도하고 싶은 마음에서였다.

구미코가 교토에 가 있는 기간은 겨우 이틀뿐이고 그 사이에 사고가 난다고 생각하는 것도 유난스럽지 않나 싶지만, 그는 그 정도로 구미코의 신변에 불안을 느꼈다.

11월 1일자 지면에는 아무것도 없었다. 그는 큰 사건 기사를 기대하는 것이 아니다. 그래서 지방판을 찾아보고 있었다.

이튿날이 되어 다음 신문이 도착했다. 오사카 본사에서 송부해오는 신문에는 관할 지역의 각 지방판이 전부 포함되어 있다. 교토판 2일자 지면에도 아무 변화가 없었다. 소에다는 안심했다. 그러나 그의 눈길이 본지의 사회면에 문득 떨어졌을 때 깜짝 놀랐다. 3단 기사에 다음과 같은 표제가 붙어 있다.

"M호텔에서 총격 소동, 투숙객 한 명이 총에 맞다—."

기사를 읽어 보니 구미코와는 상관없는 일이었다.

M호텔에 묵고 있던 요시오카라는 이름의 어느 회사 사장이 한밤중에 객실에서 권총에 맞았다는 것이다. 범인은 사층 창문에서 실내를 노리고 권총을 발사했고, 요시오카라는 사람에게 상처를 입힌 후 도주했다. 피해자는 견갑골 부근에 총상을 입었을 뿐, 생명에 지장은 없다. 관할서에서 수사를 해 보니 M호텔 뒤쪽에서 산을 타고 지온인 방면으로 도망친 듯한 범인의 발자국을 발견했다. 현재 범인을 수색중이라고 한다.

M호텔이라면 교토 제일의 관광호텔이다. 교토에 오는 대부분의 외국인이 여기에 묵는다. 소에다도 묵어 본 적은 없지만 그 건물은 보아서 알고 있다. 게아게의 고지대에 있는 숲 속에 자리 잡은 풍아한 서양식 건물이다.

큰 기사라서 교토판에는 싣지 않고 본지에 게재했다. 흉기가 권총이라고 하니 경찰에서도 중대하게 보고 지면도 중요한 곳에 크게 할애한 것 같다.

구미코가 교토에 가 있는 동안 현지에서 일어난 변화라면 이것뿐이었다. 물론 구미코와는 상관이 없다.

소에다는 일단 신문을 덮기는 했지만 왠지 잊을 수는 없었다. 무언가 마음에 걸린다.

구미코 때문에 예민해진 걸까. 물론 교토에서도 여러 사건이 일어난다. 그 사건들이 모두 구미코와 관련이 있을 거라고 여기지는 않는다. M호텔의 충격적인 사건에 대해서도, 그녀가 그 주변에 있을 이유가 없다.

구미코 어머니의 이야기로는 경시청의 형사가 특별히 그녀를 따라갔다고 한다. M호텔 같은 곳에 그녀가 묵고 있을 리도 없다. 형사도 경계하며 붙어 다녔을 테니 신변은 안전할 것이다. 숙소도 그런 호화로운 호텔이 아니라 교토다운 일본 여관을 골랐을 것이 틀림없다.

소에다는 일단 이런 것을 분석하며 좋은 쪽으로 생각했지만 아무래도 마음에 걸리는 것이 있었다.

왜일까.

소에다의 기억에는 하네다 공항에서 이타미행 비행기를 타던 무라오 요시오의 뒷모습이 남아 있다. 그것만이라면 이렇게 신경 쓰지 않겠지만 무라오가 이타미에 도착한 날이 마침 구미코가 교토에 머문 날이다. 신문기사에 따르면 총격 소동이 일어났을 때는 무라오가 이타미에 도착한 날의 한밤중이다.

더욱 마음에 걸리는 것은 무라오 요시오가 교토에서 어딘가에 묵는다면 역시 M호텔이 아닐까 짐작되는 점이다. 그는 외무성의 관리이고 과장이라는 중견 관료 신분이니 M호텔에 묵을 가능성이 많다.

무라오가 비행기로 도착한 곳은 이타미이고, 그다음에 그가 교토로 갔을지 오사카로 갔을지, 아니면 고베로 향했을지는 알 수 없다. 하지만 무라오 요시오와 구미코 아버지의 관계, 그가 이타미에 도착한 날과 구미코가 교토에 머문 날의 일치, 그리고 M호텔에서 일어난 권총 저격 사건의 날짜…… 이런 선들이 서로 불안하게 얽혀 있다.

신문에는 피해자 요시오카 마사오라는 사람의 주소가 실려 있었다. 미나토 구 시바니혼에노키 2-4에서 요시오카 상회라는 회사를 경영하고 있다고 한다.

소에다는 회사에서 곧 차를 타고 출발했다. 신문에 적힌 주소를 찾아갔지만 그 번지에는 전혀 다른 사람이 살고 있었다.

그곳은 자전거 가게였는데, 물어보니 이십 년 전부터 거기에서 살고 있다고 한다. 그 부근에도 요시오카 상회라는 회사는 없고, 요시오카 마사오라는 사람이 살고 있다는 이야기도 듣지 못했다는 대답이 돌아왔다. 반쯤은 예상한 일이다. 소에다는 다시 회사로 돌아갔다.

그는 오사카 본사로 전화를 걸었다.

본사 사회부에 아는 사람이 있다. 그 친구는 다행히 데스크에 있었다.

신문사의 전화는 직통이라 금방 받았다.

"여어, 오랜만이야. 잘 지내?"

친구는 갑자기 소에다에게서 전화가 걸려 왔기 때문에 놀란 것 같았다. 부서가 다르기 때문에 평소 연락도 없었다.

"귀찮은 일을 좀 부탁하고 싶은데."

소에다는 호텔 관련 기사에 대해 짧게 이야기했다.

"이쪽 그 번지에는 요시오카 마사오라는 사람이 없어. 요시오카 상회라는 것도 없고. 경찰 쪽의 발표가 잘못된 게 아닐까 싶은데, 조회 좀 해 봐 줄 수 있겠나?"

"무슨 소리야? 자네랑 상관이 있는 일인가?"

"응. 마음에 걸리는 점이 있어."

"그래? 그럼 교토 지국 쪽에 전화해서 담당자에게 물어보지."

"그리고 피해자가 가명을 사용한 게 아닌지 경찰에도 물어봐 주었으면 좋겠네."

"왠지 재미있을 것 같군. 자네한테 짐작 가는 바가 있다면 얘기해 주게."

"아니, 그런 건 없어. 하지만 지금 말했다시피 걱정스러운 점도 있거든. 자세한 건 나중에 정리가 되면 얘기해 주겠네."

"그래? 어쨌든 해 보지."

전화는 끊겼다.

오사카에서 전화가 다시 걸려 온 것은 세 시간 정도 시간이 지나서였다.

"겨우 담당자와 연락이 되었어."

오사카의 전화는 말했다.

"물어보니 그 기사는 관할서의 발표대로 쓴 거라더군. 그래서 자네가 말한 내용을 전하고 관할서에 피해자가 가명을 사용하는 게 아닌지 확인해 달라고 했네. 그랬더니 대답이 왔는데, 확인은 했대. 하지만 경찰에서는 여전히 요시오카 마사오라는 사람이 틀림없다고 했다더군."

"하지만 그 주소에 요시오카라는 사람은 없다고."

"응. 그것도 말해 두었어. 경찰에서는 그럴 리 없다고 하더래."

"이상하군."

소에다는 교토 지국이 의외로 이 사건에 열심이지 않다는 것을 깨달았다. 자신들이 흥미를 갖고 있는 사건이라면 끝까지 쫓아가겠지만, 도쿄 본사에서 한 개인의 생각으로 의뢰해 온 일에 마음이 내키지는 않는 모양이다.

소에다가 교토 지국 사람과 직접 관련이 있다면 좀 더 강력하게 말할 수 있었겠지만, 평소 인연도 없고 사고방식도 다르기 때문에 이 정도에서 포기해야만 했다.

18

소에다 쇼이치는 노가미 가에 전화를 했다.

"아, 안녕하세요. 일전에는 고마웠어요."

전화를 받은 이는 구미코의 어머니였다.

"늦게까지 실례가 많았습니다. 구미코 씨는 아직 돌아오지 않았나요?"

"네. 지금 알려 드리려던 참이에요."

다카코는 평소보다 말이 빨랐다.

"구미코는 돌아왔어요."

"어, 돌아왔습니까? 언제요?"

소에다는 구미코가 돌아왔다면 당연히 자신에게 전화가 오리라 생각하고 있었다.

"어젯밤에 도쿄에 도착해서, 오늘 아침에도 한 시간 전까지는 피곤하다면서 자고 있었어요."

"그래요?"

구미코는 무사했다. 소에다는 교토에 갔던 일이 어떻게 되었는지 알고 싶었다.

"편지를 쓴 분과는 결국 만나지 못했대요. 난젠지에서 세 시간 정도 기다렸다는데, 끝내 만나지 못했다고 했어요."

"흐음. 그거, 일부러 갔는데 유감스럽게 되었군요."

소에다가 구미코를 바꿔 달래려는데, 그것을 알아차린 듯이 다카코가 말했다.

"구미코는 지금 세쓰코네 집에 갔어요. 구미코가 소에다 씨한테 전화하지 않았나요?"

"아뇨."

"그래요? 구미코가 세쓰코네 집에 가는 길에라도 소에다 씨한테 전화를 드릴 줄 알았는데."

"구미코 씨는 괜찮나요?"

"네."

네, 라는 다카코의 대답은 애매했고 망설임이 느껴졌다.

"무사히 돌아오기는 했는데 분위기가 조금 이상해요."

소에다는 곧 신문기사를 떠올렸다.

"어떻게 이상한가요?"

"걱정할 정도는 아니지만, 뭐랄까, 구미코의 기분이 가라앉아 있어요. 기운이 없는 것 같아요."

"피곤해서 그런 걸까요."

소에다는 일단 무난하게 그렇게 말했다.

"저도 그렇게 생각해요. 하지만 도쿄에서 출발했을 때와는 전혀 다르게 풀이 죽어 있어요."

"상대방을 만나지 못해서 그런 게 아닐까요. 어쨌든 일부러 멀리까지 갔으니까요."

"그럴지도 모르겠네요."

"구미코 씨와 함께 갔던 경시청 사람은 어떻습니까?"

"아아, 그걸 말씀드리지 않았군요."

다카코가 문득 깨달은 듯이 말했다.

"구미코를 따라가 줬던 스즈키 씨가 교토에서 전화를 주셨어요. 교토에 도착한 다음 날 오후였지요. 갑자기 구미코가 멋대로 숙소를 나갔다면서요."

"흐음, 그거 놀랍군요. 구미코 씨에게 그런 면이 있었나요."

"저도 깜짝 놀랐어요. 스즈키 씨도 책임이 있다 보니 몹시 걱정하셨고요. 그런데 그날 밤에 구미코가 직접 전화를 했어요. M호텔에 묵고 있다고요."

"뭐라고요, M호텔?"

소에다는 펄쩍 뛰어오를 뻔했다. 그렇다면 총격 사건의 현장에 구미코가 있었던 것은 아닐까.

구미코가 교토에서 기운을 잃고 돌아온 이유도 그 사건에 원인이 있는 것이 아닐까. 있을 수 있는 일이다. 그녀는 쇼크를 받은 것이다.

"저는."

소에다가 말했다.

"저녁때 찾아뵙겠습니다. 구미코 씨도 그때까지는 돌아오겠지요?"

"네. 돌아올 거예요. 제가 세쓰코네 집에 전화해 둘게요."

"그렇게 해 주시겠습니까? 저는 아마 여섯시 정도에 도착할 것 같습니다."

소에다는 수화기를 놓고 왠지 모를 흥분을 가라앉히기 위해 주머니에서 담배를 꺼냈다. 담배를 문 직후에 떠오른 것이 있었다.

다테시나에서 만난 다키 료세이였다. 다키는 아직 그 고원에 있을까.

늦가을 다테시나의 오솔길을 걷는 다키의 모습이, 소에다에게는 아직 선명하게 남아 있었다. 그와 나란히 걸으며 들었던 의미심장한 말도 함께.

소에다는 수첩을 보며 다키의 자택에 전화를 했다. 전화를 받은 이는 다키의 부인인 듯했다.

"남편은 아직 돌아오지 않았어요. 글쎄요, 언제 돌아올지, 지금으로서는 모르겠네요."

소에다는 이쪽의 이름을 말하지 않고 그냥 신문사 이름만 말했다.

다음으로 다테시나의 여관에 지급 전보로 전화를 신청했다. 아마 한 시간 정도는 걸릴 것이다. 이렇게 시간을 보내다가 구미코의 집으로 갈 작정이었다.

소에다는 오늘 중에 처리해야 할 일을 열심히 해치웠다. 시간이 어떻게 가는지도 모를 정도였다.

다테시나에 전화가 연결되었다.

소에다는 "그쪽에……"라고 말하다가, 그렇지, 다키는 가명으로 묵고 있었지, 하고 깨닫고 서둘러 수첩을 넘겼다. 다키의 가명을 찾아냈다.

"야마시로 씨가 아직 묵고 계십니까?"

"아아, 야마시로 세이이치 씨 말인가요."

상대는 숙소의 종업원인 듯했다.

"야마시로 씨라면 이틀 전에 떠나셨습니다."

"이틀 전?"

"네, 아침 일찍 떠나셨지요."

"어디로 갔는지는 모르십니까?"

"글쎄요, 듣지 못했는데요."

"저는 일전에 도쿄에서 찾아갔던 사람인데요."

"아."

종업원은 그 말에 생각난 것 같았다.

"안녕하세요."

"그 후, 야마시로 씨를 찾아온 사람이 있었나요?"

"네, 기자님이 떠나신 직후에 왔어요. 도쿄에서 왔다면서 세 분이 찾아오셨지요."

"……."

소에다는 다테시나에서 지노 역으로 내려가는 버스 안에서 스쳐 지나간 자동차를 떠올렸다. 차 안에는 분명히 남자 세 명이 타고 있었다.

다키 료세이는 이틀 전에 고원에서 내려갔다고 한다. 게다가 도쿄로는 돌아오지 않았다. 이틀 전에 떠났고, 만일 그가 교토에도 갔다고 가정한다면 M호텔의 총격 사건이 있었던 날 밤에 도착할 수 있지 않은가.

소에다 쇼이치는 저녁 늦게 스기나미의 노가미 가를 찾아갔다. 구미코의 그림자가 현관 유리문에 비쳤다.

"안녕하세요."

소에다는 역광 속에 있어서 어둡게 그늘이 진 구미코의 얼굴을 향해 말했다.

"어서 오세요. 전화해 주셨다고 들었는데 집을 비워서 죄송했어요."

"교토는 어땠나요?"

"그냥요."

뺨에 불빛을 받은 구미코는 애매하게 미소를 짓고 있었다.

소에다는 집 안으로 들어갔다.

다카코가 손을 닦으면서 나왔다.

"어서 오세요."

"안녕하세요. 늦은 시간에 찾아와서 죄송합니다."

"아뇨. 낮에 전화를 주셔서 슬슬 오시지 않을까 기다리고 있었어요."

구미코는 방으로 돌아오지 않았다. 부엌에서 차라도 준비하는 듯했다.

"구미코 씨, 조금은 기운을 찾았나요?"

소에다는 다카코에게 슬쩍 물었다.

"네, 교토에서 돌아왔을 때만큼 기운이 없지는 않아요. 하지만 아무래도 출발 전처럼 기운이 넘치지는 않는 것 같아요."

"그러다가 나아지겠지요."

소에다는 위로했다.

"실은 그 일로 찾아뵈었는데, 이건 어머님께 미리 부탁드리고 싶습니다."

소에다는 역시 낮은 목소리로 말했다.

"뭐지요?"

"구미코 씨에게 묻고 싶은 게 좀 있습니다. 어머님 앞에서는, 구미코 씨에게도 확실하게 대답할 수 없는 사정이 있을 것 같아요. 아니, 딱히 나쁜 일이어서 어머님께 말할 수 없다는 뜻이 아니라 다른 이유가 있을 것 같다는 생각이 듭니다."

"……."

"그래서 같이 산책이라도 했으면 하는데. 그걸 부탁드리려고요."

"알겠어요."

다카코는 고개를 끄덕였다.

"데리고 나가세요. 소에다 씨가 이야기를 해 주시면 저 애도 원래대로 돌아올지 몰라요."

"아니, 그런 건 아니고요."

소에다는 뺨을 붉혔다.

"저는 다만 구미코 씨에게 교토에서 어떤 일이 있었는지 물어보고 싶습니다. 제 나름대로 생각한 게 있거든요."

"그래요? 알겠어요."

그것은 소에다가 둘러댄 구실이었다. 이 이야기는 다카코 앞에서는 할 수 없는 것이다.

"실례할게요."

구미코가 홍차를 가지고 들어왔다.

"아무것도 없네요. 소에다 씨가 오실 것 같아서 근처에서 케이크를 사 왔는데, 시골 가게라서 맛은 없어요."

"호오, 잘 먹겠습니다. 구미코 씨는 교토에서 어디를 가셨나요?"

소에다는 밝은 목소리로 물었다. 구미코는 약간 눈을 내리깔며 대답했다.

"절을 보고 왔어요."

"어느 절을요?"

"난젠지에서부터 고케데라 쪽까지요."

"좋은 곳을 다녀오셨군요. 이맘때의 교토는 좋지요?"

"네."

구미코는 말수가 적었다. 다카코는 찻잔을 손에 들고 있었다.

"갑자기 떠나셔서 저는 깜짝 놀랐어요."

소에다는 웃으며 말했다.

"하지만 교토라는 말을 듣고 안심했습니다. 역시 교토의 오래된 절은 혼자서 보는 게 제맛이지요."

"네."

구미코는 짧은 대답밖에 하지 않았다.

"저도 역에서 오는 도중에 보았는데, 이맘때 이 주변 풍경이 멋지더군요. 헐벗은 잡목림 속 느티나무 가지가 밤하늘을 향해 곧게 서 있었어요. 게다가 기온 때문인지 엷은 안개가 먼 숲에 끼어 있고요. 그걸 보니까 좀 걸어 보고 싶어지더라고요."

"어머나, 소에다 씨."

다카코가 눈치 빠르게 말했다.

"그럼 다카코랑 같이 산책이라도 하고 오실래요?"

"그럴까요. 구미코 씨만 괜찮다면요."

"어떠니, 구미코, 같이 다녀오지 그러니?"

구미코의 표정이 한순간 움직였다.

그 희미한 변화를 소에다는 놓치지 않았다. 그는 구미코가 이쪽의 의도를 꿰뚫어보았다고 생각했다.

"네, 다녀올게요."

그녀는 침을 삼키는 듯하더니 대답했다.

"그럼 잠시."

소에다는 다카코 쪽으로 눈길을 향했다.

"네, 천천히 다녀오세요."

소에다는 구미코에게 권하듯이 몸을 일으켰다.

다카코는 두 사람을 현관까지 전송했다. 그곳에만 밝은 불빛이 새어 나오고 있었다.

이 부근에는 화백나무 산울타리를 두른 집이 많다. 잡목림이 군데군데 검은 그림자가 되어 하늘로 뻗어 있었다.

두 사람은 한동안 말없이 걸었다. 미지근한 밤이었다. 희끄무레한 길은 수없이 구부러져 있고 교차로가 많다.

소에다는 완만한 언덕길을 내려갔다. 한쪽에는 커다란 저택이 있고 거기에는 자연림 같은 정원수가 있었다.

구미코는 소에다 바로 옆에서 어깨를 나란히 하고 걸었다. 평소에는 좀 더 활발한데, 걸을 때도 역시 고개를 숙이다시피 하고 있었다.

소에다는 밤 공기를 폐 깊은 곳까지 들이마셨다.

"교토에 간 일은."

소에다는 천천히 발을 옮기면서 구미코에게 말했다.

"결과가 어땠나요?"

그 한 마디가 그가 난젠지에 대해서 알고 있다는 것을 그녀에게 전했다.

"어머니한테 들었어요?"

구미코는 낮은 목소리로 물었다.

"당신이 교토로 떠난 후에 어머님께 이야기를 들었어요."

"그렇군요."

헤드라이트가 뒤에서 달려와 길에 두 사람의 그림자를 비추었다.

"만나지 못했다면서요?"

"네."

구미코는 희미하게 고개를 끄덕였다.

"어떻게 된 걸까요. 일부러 교토까지 불러 놓고…… 설마 그 편지가 장난이었던 건 아니겠지요?"

"사정이 있었던 걸 거예요."

"그렇다고 해도 상대방이 조금 제멋대로인 것 같은데요. 당신이 온다는 것은 그쪽도 알고 있었을 텐데 말이지요."

강이 있었다. 돌에 막힌 부분에서만 물이 빛났다.

두 사람은 짧은 다리를 건넜다.

"어머님께는 아무 말도 하지 않았다면서요. 저한테만 이야기해 주십시오."

소에다는 구미코의 옆얼굴을 보며 말했다.

구미코는 잠자코 있었다. 왠지 그 일에 관해서는 묘하게 고집스럽다. 두 사람은 다시 어두운 집이 있는 길을 나아갔다.

두 사람은 완만한 경사를 올라갔다. 절벽 위의 초등학교 건물이 검게 보였다.

"이야기할게요."

구미코는 결심한 듯이 말했다. 그러나 그 결의는 그녀가 소에다의 권유로 집을 나왔을 때부터 이미 되어 있었다.

"그분이 오지 않은 이유는 제 옆에 경위님이 붙어 있었기 때문이에요."

"여기서 같이 간 사람 말이군요?"

소에다는 말했다.

"맞아요. 난젠지에는 오지 말아 주셨으면 좋겠다고 양해를 구했는데, 그분이 절 걱정해서 같이 오신 게 잘못이었어요."

구미코는 말했다.

"그쪽은 경위님의 모습을 분명히 보았을 거예요. 편지에도 적혀 있었어요. 지정한 장소에는 저 혼자 와 달라고, 못을 박았지요."

"그래요?"

소에다는 구미코의 어두운 옆얼굴을 바라보며 걸었다.

"그래서, 난젠지에서 고케데라로 가신 거로군요?"

"포기하고, 그쪽으로 갔지요."

"고케데라는 좋았지요?"

"풍경이 아름다웠어요."

그러나 말투에 즐거운 기색은 없었다.

"아아, 거기에서 어느 프랑스인 부인을 만났어요."

"프랑스인 부인?"

소에다는 걸음을 멈출 뻔했다.

"무슨 이야기인가요?"

"네, 그때는 그냥 제가 그분의 카메라 모델이 되었을 뿐이었어요. 하지만 그게 나중에 묘한 인연이 되더라고요."

구미코는 소에다에게 모든 것을 이야기해 버리고 싶어졌다. 언제까지나 마음속에만 담아 둘 수는 없다.

그렇다고 어머니에게 말할 수는 없었다. 설명하기는 힘들지만 어머니에게는 왠지 모르게 말하기 곤란하다고 느꼈다.

그러나 소에다에게라면 말할 수 있다. 또 소에다가 판단을 내려 주기를 바랐다.

"그날 밤, 저는 M호텔에 묵었어요."

"게아게에 있는. ……좋은 곳이지요."

소에다도 약간 높은 곳에 있는 우아한 건물이 눈앞에 떠오르는 것 같았다.

"그냥 호기심이었어요. 경위님한테는 미안하지만, 자유로워지고 싶었던 것도 있고요."

"그 기분은 잘 압니다."

소에다는 희미하게 웃었다. 길은 왼쪽으로 구부러지고 있었다.

하늘의 어슴푸레한 빛 속에, 숲을 끼고 있는 넓은 밭이 보였다. 멀리 있는 집에 모래알만 한 불빛이 켜져 있다.

소에다는 구미코가 드디어 사건을 이야기해 줄 거라고 기대했다. 역시 예상대로였다. 신문기사에서 본 M호텔의 현장에 구미코가 있었던 것이다.

그러나 소에다가 먼저 말하지는 않았다. 결론은 구미코의 이야기를 듣고 나서 내릴 것이다.

"그날 밤, 저는 그 프랑스 부인에게 식사 초대를 받았어요."

구미코는 자세히 이야기했다. 소에다는 귀를 기울이며 걸었다.

그녀도 단숨에 호텔 권총 저격 사건에 대해 있는 그대로 털어놓았다.

소에다는 사건의 줄거리를 신문기사로 읽어서 알고 있었지만, 실제로 현장에 있었던 구미코의 이야기는 기사보다도 훨씬 생생해 실감이 났다.

"그 사건은 신문에도 나서 대충 읽었어요."

소에다는 처음으로 말했다.

"어머나, 읽으셨어요?"

구미코는 조금 놀란 것 같았다.

"우연히 그 기사가 눈에 들어와서요."

거짓말이다. 소에다는 구미코가 교토에 갔기 때문에, 일부러 오사카 본사에서 나오는 교토판을 조사했다. 실제로 사건을 발견한 것은 본지에서였지만.

게다가 오사카 본사의 사회부에 전화까지 했다. 하지만 구미코에게는 그런 사정을 자백할 수 없었다.

"신문기사에 따르면 저격당한 사람은 요시오카 씨라는 분이더군요."

소에다는 그렇게 말하며 옆을 보았다. 마침 길이 밝은 외등 근처로 접어들었기 때문에 그녀의 모습이 잘 보였다. 그때까지 앞만 보고 있던 구미코가 갑자기 시선을 내리깔았다.

"이름은 몰라요."

구미코는 낮게 대답했다. 하지만 그 대답은 약했다.

"구미코 씨는 그 요시오카라는 사람을 본 적이 있나요?"

"그렇게 큰 소동이었는걸요. 도저히 볼 용기가 없었어요. 하지만 그 전에 현관에서 뒷모습을 본 적이 있어요. 마침 호텔에 도착한 참이었는지, 엘리베이터 쪽으로 걸어가는 뒷모습을 봤죠."

"잠깐만요. 그건 몇 시쯤이었나요?"

"밤 열시가 넘었던 것 같아요."

소에다는 재빨리 머릿속에서 계산했다. 무라오 요시오가 하네다에서 비행기를 탄 시각이 여섯시쯤이었으니, 교토에 들어가는 시간이 딱 그 정도 된다는 계산이 나온다.

소에다는 그걸로 자신의 상상이 구체적으로 맞아 떨어졌다고 생각했다.

"구미코 씨. 그 사람의 뒷모습이 눈에 익지는 않던가요?"

구미코는 침묵했다. 당장 부정하지는 않았다. 그 반응이 소에다에게 자신감을 주었다.

"외무성의 무라오 씨를 닮지 않았던가요?"

소에다는 일부러 걸음을 늦추지 않았다. 구미코의 기분을 가볍게 해서 대답을 솔직하게 끌어내고 싶었기 때문이었다.

구미코는 잠시 침묵했다. 맞은편에서 남자 둘이 걸어왔다. 한 사람은 휘파람을 불고 있었다. 구미코는 통행인들이 지나가고 나서 대답했다.

"소에다 씨 말대로, 그 사람은 무라오 씨와 비슷했어요."

"역시 그렇습니까."

틀림없었다. 무라오 요시오는 M호텔에서 가명을 쓰고 있었다. 권총에 맞아 부상을 입고 나서도 경찰과 병원에 그 가명을 밀어붙였다.

왜일까.

"아는 사람이 한 명 더 있었어요."

구미코는 결연하게 말했다.

"네? 같은 호텔에 말입니까?"

소에다는 이번에야말로 정직하게 걸음을 멈추었다.

"그래요. 제 옆방이었어요."

"누굽니까?"

"다키 료세이 씨예요. 저한테 화가 사사지마 선생님께 가라고 권해 주셨던 분이에요."

"다키 씨가?"

소에다는 아연실색했다. 자신의 상상이 지나치게 적중하고 있다. 게다가 다키는 구미코의 옆방에 묵었다고 한다.

"다키 씨와는 아무 이야기도 하지 않았나요?"

"네. 처음으로 다키 씨라는 걸 깨달았을 때는 한밤중에 총격 소동이 일어났을 때, 투숙객들이 놀라서 다들 복도로 나왔을 때였어요. 그 속에 다키 씨의 얼굴이 있었거든요."

"그래요? 다키 씨 쪽에서는 당신을 알아보았나요?"

"그렇지는 않았을 거예요. 저도 거기에서 다키 씨와 얼굴을 마주하는 건, 그분께 불편한 일이 될 것 같았거든요."

"그럼 무라오 씨는 당신과 같은 층에 묵고 있었군요?"

"아뇨, 무라오 씨는 한 층 위였어요. 저와 다키 씨가 삼층이었고, 무라오 씨는 사층 모퉁이에서 두 번째 방이었어요. 모퉁이 방이, 저를 식사에 초대해 주신 프랑스인 부부의 방이었고요."

"뭐라고요?"

길은 숲이 우거진 곳 아래를 지나, 다시 산울타리가 이어진 마을 속으로 들어갔다. 먼 곳에 자동차 헤드라이트가 몇 개나 이어졌다.

"그 프랑스인이 부부였나요?"

소에다의 목소리는 높았다.

"맞아요."

"하지만 아까, 고케데라에서 만난 건 프랑스인 부인이라고 하셨잖아요?"

"그때는 그랬어요. 일본인 통역이랑 둘이 있었어요. 하지만 그분은 나중에 제가 M호텔에 묵고 있는 걸 알고, 식사에 초대하고 싶다면서 일부러 통역하는 분을 보내셨어요."

"고케데라에서는 남편이 없었던 거군요?"

"그래요."

"그 프랑스 부인은 몇 살 정도 되는 분인가요?"

"외국인이라 나이를 잘 모르겠어요. 하지만 쉰 살 가까이 되지 않았을까 싶어요. 금발의, 아주 예쁜 분이었어요."

"그럼 남편이라는 분은 본 적이 없군요?"

"아뇨, 있어요."

"네? 있다고요?"

소에다는 또 깜짝 놀란 목소리를 냈다.

"어디에서?"

"난젠지에서였어요."

"음."

소에다는 신음했다.

"난젠지의 어디에서 만났지요?"

"절의 정원이었어요. 그곳은 방장으로 들어가서 안뜰을 구경하게 되어 있거든요. 하얀 모래땅에 물가의 파도 같은 비질 자국이 되어 있고, 자연석을 섬처럼 보이게 배치한 곳이에요. 료안지의 정원에 푸른 나무를 곁들이면 그런 느낌이 나올지도 모르겠네요. 마침 그때, 외국인 관광객 일행이 들어왔는데 그중에 그 부부가 있었어요."

구미코는 말을 이었다.

"물론 그건 제가 고케데라로 가기 전이었으니까 프랑스 부인과는 아직 면식이 없었어요. 하지만 그 부부는 일본인처럼 방장의 툇마루에 걸터앉아서 싫증 내지도 않고 천천히 정원을 바라보고 있었어요."

"남편도 프랑스인인가요?"

"글쎄요. 프랑스인이라기보다도 왠지 스페인계나 이탈리아계 사람이 아닌가 싶어요. 머리카락은 새하얗지만 피부색도, 눈의 색깔도 동양인 같았거든요."

이번에는 소에다가 침묵할 차례였다.

"그 부부는 당신을 보지 못했나요?"

소에다는 억누른 낮은 목소리로 말했다.

"그때는 우연히, 일본인이라고는 저뿐이었어요. 그런 의미에서 그 부부뿐만 아니라 일행인 외국인 분들이 빤히 저를 쳐다보더군요."

"그래서 그 프랑스인…… 그러니까 나중에 호텔에서 당신을 식사에 초대한 프랑스인 부부가, 특별히 당신에게 관심을 보이지 않았나요? 예를 들면 말을 걸어온다거나 열심히 당신 쪽을 본다거나……."

"아뇨, 그렇게 보이지는 않았어요. 물론 말을 건 것도 고케데라에서가 처음이었고요."

"다시 한 번 묻겠습니다."

소에다는 말했다.

"구미코 씨가 난젠지 산문 부근에서 편지를 보낸 사람을 기다리는 동안, 그 외국인 일행이 근처에 있지 않았나요?"

"글쎄요?"

구미코는 생각에 잠겼다가 대답했다.

"맞아요. 제가 서 있었을 때, 그 관광객을 태운 자동차가 밑에서 올라왔어요. 그 차는 제 옆을 지나서 방장 앞에 멈추었지요. 그랬어요. 차에서 내린 사람들이 난젠지의 명물인 산문 부근으로 와서, 가이드의 설명을 들으면서 높은 지붕을 올려다보기도 하고 카메라로 사진을 찍기도 했어요."

"물론 프랑스인 부부도 그중에 있었겠군요?"

"그랬을 거예요. 하지만 그건 알아차리지 못했어요. 저는 편지를 보낸 사람을 기다리면서 계속 경내 입구에만 신경을 쓰고 있었으니까요."

"그래요?"

소에다는 다시 침묵했다.

단둘이서 느긋한 발걸음으로 길 위를 따라간다. 길은 외등이 있는 곳만이 둥글게 밝고, 그렇지 않은 곳은 멀리 있는 불빛을 엷게 받고 있었다.

썩은 나뭇잎 냄새가 희미하게 풍겨 온다.

"호텔에서 프랑스인 부부의 초대를 거절하셨다고 했지요?"

소에다는 다시 물었다.

"거절했어요. 왠지 처음 만나는 사람이랑 식사를 하기는 거북했고, 그날 밤에는 교토 명물인 '이모보'를 먹고 싶었거든요."

"낙담했겠네요."

소에다는 저도 모르게 말했다.

"아니, 그, 당신을 초대한 프랑스인 부부 말이에요."

"하지만 별것도 아닌 일에 어리광을 부리고 싶지 않았어요. 모델이 되어 주었다고 해 봐야 고케데라의 정원을 배경으로 잠깐 서 있었을 뿐인걸요."

"그 사진은 틀림없이 부부에게 좋은 기념이 되었을 겁니다."

소에다는 걸으면서 구미코의 얼굴에서 자신의 말에 대한 반응을 찾아내려고 했다. 그러나, 어두운 곳이기는 했지만 구미코의 호흡은 지금까지와 다르지 않았다.

"프랑스인 부부의 이름은 아세요?"

"아뇨, 이름은 여쭤 보지 않았어요. 다만 통역하시는 분이 부인이 프랑스인이라는 것만 가르쳐 주셨죠. 일본에는 관광으로 오셨대요. 남편은 무역 쪽 일을 하신다고 했어요."

"아깝네요."

소에다는 진심으로 말했다.

"당신이 그 식사 자리에 초대되었다면 또 다른 경험이 되었을 텐데."

다른 경험이라는 말에 소에다는 힘을 주었다.

"그럴까요? 저는 그렇게는 생각하지 않아요."

"어째서지요?"

"그냥 여행중에 오다가다 만난 사람인걸요."

"여행중의 만남도 인생에 큰 전기가 될 때가 있지요."

"소에다 씨는 의외로 운명론자시네요……."

"때로는 그걸 믿고 싶어질 때도 있으니까요."

"운명은 저보다 그분들 쪽이었어요. 그날 밤중에 총격 소동이 일어났잖아요. 마침 그게 프랑스인 부부의 옆방이었어요."

"만약을 위해 묻겠는데, 총에 맞은 사람의 방은 몇 호실이었나요?"

"405호실이었어요. 사층이니까요."

"그럼 프랑스인 부부는 404호실이나 406호실이겠군요?"

"406호실이었어요."

"소동이 일어났을 때 프랑스인은 어떻게 했나요?"

"그날 아침에 출발하는 걸 제가 봤어요. 아마 깜짝 놀랐을 거예요. 바로 옆방에서 그 소동이 있었는걸요."

"옆방에서."

소에다는 말했다.

"그야 놀라는 것도 무리는 아니지요. 그래서 호텔에서 체크아웃하고 어디로 옮겼는지는 모르나요?"

"아뇨, 못 들었어요. 저하고는 상관없는 일이고요."

"그야 그렇지요."

소에다는 고개를 끄덕였다.

"당신과는 상관없는 일이에요."

길은 구미코의 집 쪽으로 되돌아가고 있었다.

"그럼 다키 씨 쪽은 어땠던가요?"

“다키 씨는 아침 일찍 출발했어요.”

“그래요? 다키 씨도.”

소에다가 생각에 잠긴 듯이 하늘을 올려다보았다. 별이 희미하게 빛나고 있었다.

“그 외에 그날 밤, 뭔가 이상한 일은 일어나지 않았나요?”

“일어날 리가 없지요.”

구미코는 그렇게 대답한 후 깨달은 듯이 덧붙였다.

“맞다, 그러고 보니 생각나는데 제 방에 몇 번이나 전화가 잘못 걸려 왔었어요.”

“전화가 잘못 걸려와요?”

“방을 잘못 안 거예요. 교환대에서 걸려 온 게 아니었어요. 호텔 손님이 다른 방으로 건 전화였지요. 남자 목소리였어요.”

“뭔가 말하던가요?”

소에다의 목소리가 약간 떨렸다.

“아뇨. 제가 아니라고 대답했더니, 실례했다고 말하고는 그냥 끊었어요.”

“그게 한 번이 아니었다는 거군요?”

“네. 그런 일이 세 번 있었어요. 그냥 벨만 울리고 수화기를 들면 여보세요, 라고만 말하고 끊긴 적도 있었어요.”

“상대방은 구미코 씨의 목소리를 듣고 싶었던 건지도 모르겠네요.”

그러나 소에다의 말은 구미코에게 깊은 의미로 받아들여지지는 않았다.

구미코의 집이 가까워졌다.

전철에서 내린 사람들인지, 대여섯 명이 한 덩어리가 되어 빠른 걸음으로 묵묵히 길을 걷고 있다.

"소에다 씨."

구미코는 말했다.

"저는 뭐가 뭔지 전혀 모르겠어요."

소에다의 귀에 이 말은 불안해하는 것처럼 들렸다. 뭔가 자신을 중심으로 보이지 않는 소용돌이가 치고 있다. 소용돌이의 실체는 알 수 없다. 그런 알 수 없는 근심이 그녀가 하는 말의 울림에 나타나 있었다.

소에다는 자신의 추측을 그녀에게 털어놓을까 잠시 고민했다. 그러나 그 추측은 지나치게 중대했다. 섣불리 말할 수는 없다. 구미코도 그렇지만 그녀의 어머니 다카코에 대한 영향도 있었다. 아무렇지 않은 한마디라도, 모녀에게는 땅이 무너지는 듯한 충격일 것이 틀림없었다.

"소에다 씨가 보기엔 어때요?"

그들은 화백나무 산울타리가 양쪽으로 이어지는 좁은 길로 돌아왔다.

"여러 가지 일이 있었어요. 다키 씨의 부탁을 받고 사사지마 선생님의 모델이 되었을 때부터 뭔가 이상했어요. 사사지마 선생님은 갑자기 돌아가시고, 교토에 가 보니 무라오 씨가 권총에 맞았고요. 같은 숙소에 다키 씨가 있었죠. 보이지 않는 실이 모두를 에워싸고 있는 것 같은 기분이 들어요. 저는 그 편지에 꾀여서 교토에 가는 게 아니었다고 후회하고 있어요."

구미코가 받은 충격을 소에다는 충분히 이해할 수 있었다. 실체가 없는 만큼 불안은 크다.

"저도 아직은 모르겠어요."

소에다는 역시 천천히 걸으면서 대답했다.

"하지만 구미코 씨가 그렇게 신경 쓸 필요는 없을 겁니다. 우연히 여러 가지 일이 일어난 것뿐일 거예요."

"아뇨, 우연이 몇 번이나 겹치면 왠지 필연 같은 게 느껴져요."

"그건 지나친 생각일 거예요."

소에다는 말했다.

"신경 쓸 필요 없어요. 신경 쓰기 시작하면 끝이 없으니까요. 아무것도 아닌 일에도 묘하게 신경이 날카로워지지요. 노이로제에 걸린 사람이 그렇잖아요. 보통 사람들이 아무렇지도 않게 보아 넘기는 것도 일일이 고민하고."

소에다는 그렇게 말하면서 구미코가 노이로제 같은 것에 걸리지 않았나 생각했다. 그러고 보니 늘 쾌활한 그녀인데 오늘은 풀이 죽어 있고 그러면서도 어딘가에 고집스러운 면이 엿보였다. 구미코는 원래 그런 성격이 아니다. 솔직하고 밝았다.

"잠은 잘 자요?"

"네."

구미코는 낮게 대답했다.

"숙면한다고 할 정도는 아니지만요."

"운동이라도 좀 하면 어떨까요? 머리를 가능한 비우는 거예요.

몸만 쓰고, 아무것도 생각하지 않고 멍하니 있는 거지요."

"……."

"음악회라든가, 전시회라든가, 가능한 한 그런 걸 듣거나 보는 겁니다."

여기까지 말하다가 소에다는 그렇지, 하고 깨달았다.

"음악회 하니까 생각나는데."

소에다는 일본을 찾아오는 세계적인 베이스 가수의 이름을 말했다.

"히비야 공회당에서 공연하기로 되어 있어요. 표는 제가 구할 테니까, 뭣하면 어머니와 함께 다녀오시면 어때요?"

구미코는 처음으로 조금 밝은 목소리로 말했다.

"고마워요."

"저도 그날 밤에 시간이 나면 같이 갈게요."

"그래요. 좋네요."

역시 젊은 여성이었다. 구미코는 음악회에 자주 가곤 했지만 요즘 한동안은 발길이 뜸했다.

"걱정할 건 아무것도 없어요."

소에다는 격려했다.

"그냥 구미코 씨의 머리가 지쳐 있는 거예요. 한동안 멍하니 지내 보세요. 아무것도 생각하지 말고요."

구미코의 집 현관 불빛이 보이기 시작했다.

"그럼 저는 여기서 실례하겠습니다."

"어머나."

구미코가 소에다의 정면에서 마주 보며 걸음을 멈추었다.

"들렀다 가시지 그래요? 어머니도 기다리실 거예요."

"벌써 시간이 늦었으니까 이만 실례할게요. 어머님께도 안부 전해 주세요."

소에다는 구미코의 손을 잡았다.

"기운 내세요."

구미코의 얼굴이 소에다 바로 앞에 있었다. 그녀는 눈을 크게 뜨고 소에다의 눈동자를 들여다보다시피 했다. 어둑어둑한 길 위였지만 그녀의 한쪽 뺨에 엷은 빛이 한 줄기 선을 그렸다.

"제가 걱정을 끼쳤네요."

구미코가 말했다. 그 숨이 소에다의 얼굴에 가볍게 닿았다. 그녀의 손가락이 움켜쥔 소에다의 손을 감싸듯이 눌렀다.

"안녕히 가세요."

소에다는 손을 놓았다.

"먼저 들어가요. 저는 여기 서서 지켜보고 있을게요."

소에다는 양손을 주머니에 넣었다.

그녀는 그에게 꾸벅 머리를 숙이고는 등을 돌렸다.

그 검은 뒷모습을, 소에다는 파수꾼처럼 서서 지켜보았다. 구미코의 모습이 길 맞은편으로 작아져 갔다. 양쪽 집의 안쪽에는 나무도 있다. 집과 나무 사이로 난 길을 걸어가는 구미코의 모습이 몹시 고독해 보였다.

구미코는 집 앞에 도착할 때까지 분명히 두세 번은 돌아보았다. 소에다가 거기에 서 있는 것을 확인한다기보다, 그때마다 안녕이라고 말하고 있는 것 같았다.

소에다 쇼이치는 오사카 본사에 있는 친구에게 전화를 했다. 교토 M호텔에 11월 2일 아침까지 묵었던 프랑스인 부부의 이름을 조사해 달라고 부탁했다.

직접 M호텔로 전화해도 되지만, 호텔은 투숙객의 이름을 쉽게 제삼자에게 밝히지 않는다. 친숙한 기자가 아니면 사실을 말하지 않을 것이다. 소에다는 늘 M호텔에 취재하러 가는 기자에게 의뢰해서 부탁했다.

답변은 저녁때 돌아왔다.

그 손님들은 반네드 부부라고 했다. 남편의 이름은 로베르 반네드이고 아내의 이름은 엘렌이다. 직업은 무역상으로 되어 있다. 남편 쪽은 쉰다섯 살, 아내는 쉰두 살이었다.

반네드 부부!

소에다는 그 이름을 주문처럼 되풀이해서 중얼거렸다.

하지만 과연 그것이 본명인지 아닌지는 알 수 없다. 가명일 수도 있다. 특히 이 부부의 경우는 그럴 가능성이 농후했다. 농후하다는 것은 그럴 만한 이유를 소에다가 상상하고 있기 때문이었다.

그러나 우선 이름을 안 이상, 그 이름으로 찾아보아야 한다.

반네드 부부는 교토를 떠났다. 아마 도쿄로 돌아왔을지도 모른다. 아니면 오사카일까.

미야지마나 벳푸 온천 등으로 유람중일 수도 있다. 어쨌든 생각난 일부터 해 보아야 한다.

소에다는 전화번호부를 뒤져 외국인이 묵을 만한 일류 호텔의 번호를 옮겨 적었다.

그는 신문사에서 차례차례 호텔을 호출했다.

"반네드라는 손님이 그쪽에 묵고 있지 않습니까? 프랑스인인데요?"

어느 호텔이나 대답은 정해져 있었다.

"그런 분은 계시지 않습니다."

"지금까지 그런 이름의 프랑스인이 묵은 적은 없습니까? 반네드 부부의 이름으로 예약되어 있는 방이 있는지도 알고 싶은데요?"

호텔 측은 없다는 대답만 되풀이했다. 반쯤은 예기했던 일이지만 실망스러웠다.

호텔의 대답에서 두 가지 가능성을 생각해 볼 수 있다.

하나는 당사자가 전혀 다른 이름으로 묵고 있다는 것이다. 즉 그들이 도쿄에서는 반네드 부부라는 이름을 쓰지 않을 수 있다.

또 하나는 현재 그 부부가 도쿄에 없다는 것이다.

그러나 가까운 과거에 그 이름으로 투숙한 사람이 없었다면 가명일 가능성이 높을 듯하다. 프랑스인이 일본에 와서 도쿄의 호텔에 묵지 않을 리가 없다. 역시 가명일 것이다.

그러나 외국인 손님이 호텔에 투숙하는 경우, 일본인처럼 쉽게 가명을 쓸 수 있을까. 외국인은 투숙객 명부에 자신의 이름을 쓰면서 동시에 반드시 여권 번호를 적어 넣도록 되어 있다.

소에다는 수속에 의문을 가졌다.

그는 그런 것을 잘 아는 지인에게 물어보았다.

"그야, 못 할 건 없겠지."

지인은 고개를 갸웃거리며 대답했다.

"그 외국인한테 사정이 있어서 다른 이름을 쓰는 경우, 여권 번호를 바꾸는 일도 가능해. 반드시 호텔 프런트에서 직원이 여권을 들고 손님이 적은 번호와 일일이 조회하지는 않으니까. 당사자가 그럴 마음만 있다면 어떻게든 되지. 특히 지방으로 가면 더 쉽게 할 수 있을 것 같은데. 대체 무슨 일이야?"

지인은 소에다가 신문기자이니 재미있는 사건이 일어났나 싶어 흥미진진한 듯 되물었다.

소에다는 대답을 얼버무렸다.

역시 가명을 쓰는 것은 불가능하지 않다.

반네드 씨와 엘렌 부인—.

소에다는 문득 생각나는 것이 있어 일불협회日佛協會와 관련이 깊은 친구에게 물었다.

"반네드 부부라고?"

그 친구도 함께 머리를 맞대고 생각해 주었다.

"내가 못 들어 본 이름인데."

"일본에 오는 프랑스인은 대개 협회로 연락이 가지 않나?"

"그야 그런 경우가 많지."

지인이 물었다.

"뭘 하는 사람이야?"

"무역상이라는군."

"일 때문에 온 건가?"

"아니, 일본에 관광하러 온 모양이야. 하기야 프랑스인이라고 해도 남편 쪽은 스페인계나 이탈리아계 같아. 나이도 쉰다섯 살이라고 하는데. 보기에 꼭 일본인 같다고 하고."

"물어봐 주지."

친구가 약속해 주었다.

여기에서 소에다는 나름의 논리를 세워 보았다. 그러나 일련의 기묘한 일들이 그 논리와 어떻게 관련되는지는 아직 조리 있게 설명할 수가 없었다.

소에다는 외무성의 무라오 과장의 집과 다키 료세이의 집에 손을 써야 했다.

다키 료세이는 교토를 떠나 도쿄로 돌아왔을 것이다. 그러나 자택에 전화했을 때, 가족은 주인이 집에 없다고 했다. 행선지도 전혀 모른다고 한다.

무라오 과장의 집에 전화해도 가정부인 듯한 여자의 목소리가 "지금 여행중이십니다" 하고 대답했다.

"행선지에서 아직 연락이 없으세요. 언제 돌아오시는지도 모르겠습니다."

만약을 위해 부인을 바꿔 달라고 말하자 부인도 집에 없다고 한다. 전화를 세 번 걸었는데 세 번 다 같은 말을 들었다.

친구의 답변도 받았다.

"이쪽에 있는 프랑스인들에게 물어보았는데 말이지. 반네드 부부라는 사람은 아무도 모른다는군. 무슨 사기꾼 아닌가?"

다키 료세이도 어디론가 가서 돌아오지 않았다. 무라오 요시오는 아마 가명으로 교토의 병원에 있을 것이다.

소에다는 조만간 뭔가가 일어날 것 같은 예감이 들었다. 그는 이제 와서, 이전에 무라오 과장이 차갑게 내뱉었던 말을 떠올렸다.

'그 일이라면 윈스턴 처칠에게 물어보셔야죠.'

그 말은 농담이 아니었다!

19

자동차가 하얀 먼짓길을 달린다. 추수가 끝난 논이 드넓게 펼쳐져 있다. 길옆에 맑은 강이 있었다.

차는 후쿠오카에서 출발한 기사 딸린 렌터카로 벌써 이십 킬로미터 이상 달렸다.

손님은 예순쯤 된 키가 큰 남자였다. 요즘 보기 드물게 단정한 헌팅캡을 쓰고 있다.

손님은 창밖의 풍경을 바라보았다. 산속에 소나무 숲이 보이고 한데 모인 민가의 지붕이 빛나기 시작했다.

"손님, 쓰야자키 어디로 모실까요?"

기사가 등 뒤를 향해 물었다.

"벌써 쓰야자키요?"

손님이 되물은 것을 보면 이곳에는 처음 오는 모양이었다.

"바로 저기가 마을 입구입니다."

"절인데, 후쿠류지라고 하는 곳이요. 사람들에게 좀 물어봐 주지 않겠소?"

기사는 뒤를 돌아보며 고개를 끄덕였다.

길에는 나무 그늘이 길게 뻗어 있다. 해가 꽤 서쪽으로 기울었다.

"손님은 도쿄에서 오시지 않았습니까?"

"음, 뭐, 그렇소."

"여기는 처음이신 것 같네요?"

"처음이오."

손님은 어느 질문에나 짧게 대답했다.

논이 끊기고 차는 마을 속으로 들어갔다. 양쪽으로 오래된 집들이 이어진다.

기사는 쌀 배급소 앞에서 차를 세우고 창문으로 고개를 내밀더니 안쪽을 향해 말을 걸었다.

"실례합니다, 후쿠류지로 가려면 어느 쪽으로 갑니까?"

쌀가마니를 들고 있던 남자가 일손을 멈추고 큰 소리로 길을 가르쳐 주었다.

차는 다시 달리기 시작했다. 꽤 큰 마을이었다.

"향과 꽃을 좀 사고 싶은데. 그런 가게가 있으면 세워 주시오."

기사는 차를 가게 앞에 댔다.

남자는 초와 향을 사고 꽃도 샀다. 양복이 몸에 딱 맞는다. 노인이지만 복장은 세련되있다.

차는 마을 안에서 길을 꺾어 산 쪽으로 언덕길을 올라갔다. 집이 끊긴 곳에 절의 돌계단이 나왔다.

"여기입니다."

기사는 차에서 내려 문을 열었다.

손님은 꽃을 안고, 기사에게 기다려 달라고 말하고 나서 높은 돌계단을 올라갔다. 양쪽 옆은 소나무와 삼나무 숲이었다. 돌계단 위로 산문의 지붕이 보였다.

계단 끝까지 다 올라가자 남자는 한 번 쉬듯이 걸음을 멈추고 돌아보았다. 마을의 지붕이 아래쪽에 가라앉아 있고, 바다가 전방에 솟아올라 있다. 정면에 커다란 섬이 보인다. 돌제突堤에 에워싸인 곳에 발동기선이 모여 있었다.

남자는 산문에 걸려 있는 '후쿠류지'라는 편액을 확인하고 나서 문 안으로 들어갔다.

남자는 본당 옆에서 절간 부엌 쪽으로 걸어갔다. 절은 꽤 오래되어 건물의 붉은 칠이 벗겨져 있었다. 전체가 검은 녹으로 이루어져 있는 느낌이다.

시든 낙엽을 청소하고 있는 젊은 승려를 발견하고, 남자는 그에게 말을 걸어 주지를 만나고 싶다고 청했다.

주지를 기다리는 동안 남자는 경내를 한가로이 거닐었다. 높은 은행나무에는 잎은 없고 가지만이 해 질 녘에 가까운 하늘로 뻗어 있다.

긴 수염을 가슴까지 늘어뜨린 주지가 하얀 기모노 차림으로 방문객이 서 있는 곳으로 걸어왔다.

"스님이십니까?"

남자가 모자를 벗었다. 백발이 많은 머리카락이 단정해 보인다. 얼굴 표정도 침착했다. 이 남자의 모습에서는 처음부터 쓸쓸함이 느껴졌다.

"이 절에 데라지마 야스마사 씨의 무덤이 있을 텐데요……."

"네, 데라지마 씨의 무덤이 여기에 있지요."

"저는 생전에 데라지마 씨와 가깝게 지냈던 사람입니다. 이번에 규슈에 오게 되어서 생각난 김에 무덤을 참배하러 들렀습니다. 안내를 부탁드려도 될까요."

"그러시지요."

주지는 젊은 승려에게 명하여 물이 든 들통을 가져오게 했다.

주지는 앞장서서 걸으면서 바로 뒤를 따라오는 남자에게 말을 걸었다.

"요즘 좀처럼 찾아오는 분을 뵙지 못했지요. 데라지마 씨도 참 기뻐하실 겁니다."

절의 경내를 가로질러 가자 사립짝이 있었다. 묘지는 낮은 대울타리로 구분되어 있다.

꽤 넓은 묘지에서, 주지는 무덤 사이의 길을 나아간다. 감나무 한 그루가 붉은 잎을 가지 끝에 매달고 있는데 그 잎이 떨리고 있었다.

바다가 무덤 사이로 보이기 시작했다. 바람이 강한 것은 이 높은 곳이 현해탄 정면에 있기 때문일 것이다. 구름 사이로 해가 그늘지고, 바다 위로 엷은 햇살이 새어 나가고 있었다. 앞바다에 빛줄기가 서 있다.

“여기입니다.”

주지가 남자를 돌아보았다.

무덤 주위에는 돌담으로 만들어진 울타리가 둘러져 있었다. 그러나 묘표는 자연석으로 만들어져 있다. 남자는 묘표의 정면에 섰다. 묘석 앞면에는 ‘정광원창원진관거사亭光院蒼円眞觀居士’라고 적혀 있었다.

남자는 짧은 돌계단을 올라가 꽃통에 가져온 꽃을 꽂았다. 주지가 물통을 옆에 두자, 남자는 몸을 굽히고 초와 향에 불을 붙였다.

긴 배례였다. 미리 준비해 왔는지 손에 검은 염주를 쥐고 있다.

주지는 남자와 나란히 서서 짧은 경을 외었다. 나란히 선 두 사람의 등 위로 바람이 지나갔다. 남자는 주지의 경이 끝나도 여전히 무릎을 꿇고 절을 했다. 얇은 어깨에 구름에서 나온 햇빛이 떨어졌다. 남자의 진지한 모습에 주지는 그 자리에 오래 서 있었다.

남자는 겨우 일어서더니 물통에서 국자 모양의 바가지로 물을 퍼서 묘석 위에 뿌렸다. 물방울이 줄기가 되어 돌을 적셨다.

짧은 염불이 다시 남자의 입술에서 새어 나왔다.

바람이 먼 기적 소리를 실어 왔다.

이렇게 마음을 담아 성묘하는 사람은 육친 외에는 좀처럼 없을 듯하다. 주지의 눈이 의아해하는 듯해 보인 것은 그 때문이다.

남자는 다시 바다 쪽을 보았다. 마치 묘표와 풍경의 관계를 확인하는 것 같은 눈빛이었다.

“멋진 풍경이군요.”

남자는 야윈 얼굴에 조금 후련한 표정을 띠었다.

"데라지마 씨도 이런 곳에 잠들어 계시면 행복할 겁니다."

조용한 말이었다. 남자는 아직도 아득한 눈빛으로 앞바다를 보고 있었다. 앞바다에는 섬이 그린 것처럼 떠 있다.

빛줄기가 쑥 튀어나온 섬 끝에서 끊긴다.

"그렇지요. 역시 태어난 고향이니까요. 사람이 잠들 장소로는 역시 태어난 곳이 제일이지요."

스님은 말했다.

"데라지마 씨가 이곳 출신이라고 알고는 있었는데 이 마을에서 태어나셨습니까?"

남자가 주지에게 묻는다.

"태어나신 곳은 마을에서 조금 떨어져 있는데 지금은 유족분들이 마을에서 장사를 하고 있습니다."

"호오, 유족이요?"

"원래는 이 부근의 지주였지요. 전쟁 후 농지 개혁으로 땅이 절반으로 줄어서 결국 땅을 포기하고 잡화점을 경영하고 있습니다. 기일이 되면 꼭 이 무덤에 오시지요."

"사모님은 아직 건강하신가요?"

"네."

"이제 예순두셋……?"

"아뇨, 일흔이 되셨습니다."

"호오, 벌써 그렇게?"

남자는 놀란 듯이 시선을 바다로 피했다.

"다른 유족분들도 건강하십니까?"

남자는 물었다.

"네, 다들 잘 지냅니다. 아드님 부부가 착한 분들이라 어르신도 행복하시지요."

노승이 대답하자 남자는 어렴풋하게 굵은 한숨을 쉬었다.

"그거 다행이군요. 안심했습니다."

주지는 성묘를 온 손님의 얼굴을 새삼 바라보았다.

"선생님은 데라지마 씨와 많이 친했던 분이십니까?"

"신세를 졌던 사람입니다."

"호오. 그럼 데라지마 씨의 유족분들을 이리로 불러 드릴까요?"

남자는 고개를 저었다.

"괜찮습니다. 제가 돌아가는 길에 들를 테니까요."

"그러시군요. 이 절의 길을 쭉 따라 나가서 후쿠오카 방향으로 가시면, 왼쪽에 데라지마 상점이라는 잡화점이 있으니 금방 아실 수 있을 겁니다."

"고맙습니다."

"데라지마 씨도 공사까지 되셔서 이제부터 출셋길이 기대되던 차에 참으로 가엾게 되셨지요."

승려는 묘석을 바라보며 말했다.

"전쟁이 끝난 후에 곧 돌아가셨으니 역시 패전을 견디기 힘드셔서 그랬던 걸까요?"

"그럴지도 모릅니다."

남자는 가볍게 고개를 끄덕였다.

"상당히 우수한 외교관이라고 평판이 자자했다더군요. 아니, 이

지역 사람들도 이 고장이 배출한 사람이라 실망이 컸습니다. 그렇게 훌륭한 분은 더 이상 여기에서 나오지 않을 겁니다."

주지를 마주 보며 남자는 동감이라는 듯이 몇 번이나 고개를 끄덕였다.

"전쟁이 한창일 때 중립국 공사라는 어려운 입장에서 몹시 심하게 고생하셨으니 지치기도 하셨겠지요?"

"그럴 겁니다."

남자는 주지와 함께 절 쪽으로 발길을 옮겼다. 신발 밑에서 은행 낙엽이 소리를 냈다.

"돌아가시고 나서는 도쿄에서 외무성 분들이 가끔 오셨는데, 요즘은 멀리에서도 오시는 분이 없습니다. 선생님께서 오랜만에 오신 손님이지요."

"그렇습니까."

노승의 느린 걸음에 남자도 보조를 맞추었다.

사립짝 밖으로 나가자 본당 옆으로 나왔다. 낙엽이 나무뿌리에 높다랗게 쌓여 있었다.

뒤가 숲이라 햇빛을 차단하고 있어서 여기로 왜 갑자기 어둡게 느껴졌다.

"저쪽으로 가시지요. 차라도 대접하고 싶습니다."

승려가 권했지만 남자는 온화하게 거절했다.

"감사하지만 급한 일이 있어서요, 이만 실례하겠습니다."

남자는 주머니에서 꾸러미를 꺼냈다.

"실례지만 데라지마 씨의 보리 값을 좀 보태고 싶습니다."

"오오, 그러십니까. 고맙습니다."

주지는 종이 꾸러미를 받아들고 그 위에 적힌 글씨를 읽었다.

다나카 고이치라고 먹으로 씌어 있었다.

"다나카 님이시군요?"

"예에."

"유족분들께 당장 보여 드리겠습니다."

"아뇨, 모쪼록 말하지 말아 주십시오. 혹시 보여 주시더라도 그 분들은 제 이름을 모르실 테니까요. 그저 생전에 데라지마 씨와 저만이 아는 교제였습니다."

노승은 다시 종이 꾸러미의 글씨를 내려다보았다. 이번에는 꼼꼼하게 바라보았다.

"아주 훌륭한 글씨로군요."

승려는 잠시 후 얼굴을 들었다.

"실례지만 이 글씨는 미불의 서류書流인 것 같습니다."

"아니, 그런……."

"아니, 저도 서예를 하고 있어서요. 이 부근 사람에게 배우고 있습니다. 그래서 글씨에 대해서는 조금 아는데 훌륭한 서체군요. 요즘 이런 글씨를 만나기는 힘든데 정말로 기쁩니다."

주지는 성묘객을 돌계단 위까지 전송해 주었다. 그 장신이 서 있는 아래쪽에서 차가 조금씩 움직이기 시작했다.

남자는 좌석에 앉아 기사에게 말했다.

"이 길에서 오른쪽으로 꺾으면 잡화점이 있다는군요. 데라지마 상회라고 하는데 그 앞에서 서행해 주시오."

차는 그의 지시대로 달렸다.

큰길로 나가자 길 양쪽에 상점들이 있었다. 쓰야자키는 오래된 동네로 이곳에 늘어서 있는 집들도 묵직한 구조의 집이 많다. 붉은 햇빛을 받고 있는 흙광도 있었다.

남자는 앞쪽에서 차창을 향해 다가오는 집에 주목했다.

"저기요."

기사의 눈에도 '데라지마 상점' 간판이 들어온 모양이다. 차가 서행하기 시작했다.

그 가게에서 담배를 팔고 있다는 것을 알았을 때 손님은 갑자기 정차해 달라고 했다.

"담배를 사 오겠소."

"손님, 제가 사 올까요?"

"아니, 괜찮소."

손님은 직접 문을 열었다.

가게는 지방에 흔히 있는 정면의 폭이 넓은 가게였다. 한쪽에서는 잡화를 팔고 가게의 일부가 담배 매장으로 되어 있다. 안쪽이 어둡다. 담배가 늘어서 있는 유리 케이스 맞은편에 열일고여덟 살 정도의 소녀가 앉아서 뜨개질을 하고 있었다. 손님의 그림자가 비치자 소녀는 하얀 얼굴을 들었다.

"피스 세 갑 주십시오."

소녀는 케이스 안으로 손을 움직였다. 손님은 앞에 선 채 그 모습을 보았다. 눈은 소녀의 얼굴을 향하고 있었다.

"고맙습니다."

소녀는 가볍게 인사를 하며 피스 세 갑을 케이스 위로 내밀었다.

"성냥 있습니까?"

"네, 있어요."

손님은 벌써 담뱃갑을 뜯어 한 개비를 입에 물고는 소녀가 건넨 성냥을 받아들었다. 당장 떠나지는 않는다. 비치되어 있는 성냥을 내려놓고도 푸른 연기를 내뿜으며 서 있었다.

"아가씨는 이 댁 아가씨인가요?"

망설이던 손님이 결심한 듯이 물었다.

"네."

소녀는 깜짝 놀란 얼굴이었다. 갸름한 얼굴이 귀여운 느낌이다.

"몇 살이십니까? 아니, 이거 실례했습니다. 내가 아는 사람을 닮아서 그만."

소녀는 부끄러운 듯이 미소를 지었다.

소녀의 뒤는 상품 진열대로 되어 있다. 안쪽은 어두워서 어떻게 되어 있는지 알 수 없다. 서녘 해가 가게 끝에 비쳐, 그곳만 빛이 고여 있는 것처럼 밝다.

"안녕히 가세요."

소녀에게는 이상한 손님이었으리라. 손님이 차로 돌아가는 모습을 소녀는 유심히 바라보았다.

손님은 차의 뒤쪽 창으로 데라지마 상점을 돌아보고 있었다. 상점이 점차 멀어지고 마을의 집들도 보이지 않는다.

손님은 왠지 모르게 안도한 듯한 표정이 되었다.

묘하게 말이 없는 손님이다. 후쿠오카의 호텔에서 태웠는데, 꽤 긴 거리인데도 기사 쪽에서 말을 하지 않으면 아무 말도 하지 않았다. 이야기하기를 싫어하는 손님인가 보다.

그 손님이 작은 역을 지날 때 갑자기 말을 꺼냈다.

"석간 신문을 좀 사다 주지 않겠소?"

신문은 후쿠오카에서 발행되는 것이었다. 손님은 차의 진동에 몸을 맡기고 열심히 신문을 읽었다. 바깥에서는 저녁 햇빛이 닿은 산이 붉은 주름을 그렸다. 논에는 이미 빛이 없다.

손님은 신문을 읽기 위해 안경을 썼는데, 어떤 부분에 시선을 멈추더니 갑자기 신문을 추스르며 자세히 들여다보았다.

기사는 짧다.

현재 규슈 대학에서 개최중인 의학회에는 도쿄, 교토를 비롯해 전국 각지에서 온 학자들이 모여들어 연일 열렬한 학술 토론을 계속하고 있는데, 오늘의 강연자와 강연은 다음과 같았다.

• 전암前癌 상태와 위궤양에 대해-K대학 구라토미 요시오 박사
• 백혈병의 병리조직학적 관찰-T대학 아시무라 료이치 박사

손님은 시선을 떼고 창밖을 바라보았다. 지금까지 보인 적이 없었던 동요한 얼굴이다. 손님은 그 후에도 같은 기사를 세 번이나 되풀이해서 읽었다.

아시무라 료이치는 숙소에서 전화가 왔었다는 전언을 들었다.

오늘 모임이 끝나고, 그는 친목회를 위해 레스토랑에 다녀왔다. 전화는 그가 숙소를 비운 사이에 걸려 왔다.

숙소의 여종업원은 교환대에서 전해 준 메모를 갖고 있었다.

> 내일 오전 열한시에 히가시 공원의 가메야마 상황上皇 동상 앞에서 기다리겠습니다. 만일 바빠서 오시지 못하는 경우에는 뵙지 못하는 것으로 알고 포기하겠습니다. 저는 열한시 반까지 기다릴 생각입니다.
>
> 야마구치

교환대에서 쓴 글씨였다.

아시무라 료이치가 알고 있는 야마구치라는 성은 많다. 그러나 이런 묘한 지시를 내릴 사람은 떠오르지 않는다. 짐작 가는 바가 없다.

그는 방에서 교환대로 전화를 했다.

"분명히 저한테 온 전화였습니까?"

"네, 저희가 두 번이나 확인했으니까 틀림없어요."

교환대에서는 그렇게 대답했다.

"그냥 야마구치라고만 하던가요?"

"그러면 알 거라고 하셨어요."

"이상하네."

"모르는 분입니까?"

"아무래도 짐작 가는 데가 없어요."

"죄송합니다. 상대방께서 그렇게 말씀하셔서 그만."

"아니, 괜찮습니다. 물론 남자겠지요."

"네. 왠지 나이가 좀 있는 분 같았는데요."

"다시 한 번 전화를 하겠다는 말은 없었지요?"

"딱히 그런 말씀은 없으셨어요."

아시무라 료이치는 전화를 끊었다.

그는 오랫동안 거기에서 담배를 피웠다. 방은 전철 길에 면해 있다. 그는 전철 소리와 차가 달리는 소리를 들으면서 꼼짝 않고 있었다.

그는 삼십 분 정도 생각에 잠겼다가 교환대를 불렀다.

"도쿄 부탁합니다."

전화번호는 자택이었다.

전화국의 교환수가 "기다려 주세요"라고 말했다.

상대의 목소리가 들릴 때까지 아시무라 료이치는 자세를 무너뜨리지 않았다. 눈도 천장의 한 모퉁이를 응시하고 있다.

말씀하십시오, 라는 교환수의 목소리에 이어 아내가 나왔다.

"세쓰코 당신이오?"

"어머나, 당신이에요? 어때요?"

"음, 순조롭게 되어 가고 있소."

"앞으로 이틀 남았네요."

"이틀 남았지."

"수고 많았어요. 예정대로 돌아올 수 있나요?"

"돌아갈 거요."

"근데 목소리가 왜 그래요? 무슨 일 있어요?"

세쓰코는 료이치의 목소리가 내는 분위기에 뭔가 깨달은 모양이었다.

"아니. 아무것도 아니오. 내가 없는 동안 이상한 일은 없었지?"

"네. 아무 일도 없었어요."

"그래요?"

"왜 그러세요?"

"그냥, 집이 어떤지 묻고 싶었을 뿐이오."

"이상하네요. 지금까지 여행지에서 이런 전화를 한 적이 좀처럼 없잖아요."

아시무라 료이치는 망설이고 있었다. 전화를 걸었을 때는 세쓰코에게 그 일에 대해 말할 생각이었지만 막상 연결이 되자 말문이 막혔다.

"여보세요."

료이치가 잠자코 있자니 세쓰코가 재촉했다.

"왜 그러시오? 듣고 있소."

"갑자기 입을 다무니까요."

"아니, 후쿠오카는 처음인데 와 보니 꽤 좋은 곳이로군. 당신은 아직 이곳에 대해 모르지?"

"몰라요. 규슈는 아직 안 가 봤어요."

"다음에 기회가 있으면 데려가겠소."

"그래요. 좋아요. ……그 말을 하려고 일부러 전화를 건 거예요?"

세쓰코의 목소리가 들떠 있었다.

"구미코는 규슈에 와 본 적이 있나?"

료이치는 아무렇지도 않은 듯이 물었다.

"글쎄요, 구미코는 어떨까. 학교 같은 데서 가지 않았던가요?"

"그런가?"

또 말이 끊겼다.

"다카코 외숙모님은 어떨까?"

료이치는 낮게 말했다.

"글쎄요, 물어본 적이 없어요. 어머나, 오늘 정말 이상하네. 우리 모두 규슈에 데려가게요?"

세쓰코가 웃음소리를 냈다.

"분명히 다들 좋아할 거예요. 다음에 구미코라도 오면 얘기해 줄게요."

"됐소. 그러지 마요."

료이치는 당황해서 말렸다.

"말하지 마시오. 아니, 나는 그냥 생각나서 말했을 뿐이니까."

"그렇겠죠. 갑자기 그런 말씀을 하다니."

"집에 가면 찬찬히 얘기해 봅시다."

"여보, 거기에서 무슨 일이라도 있었어요?"

"그렇지 않아요. 아무 일도 없소. 그럼 이만 끊지."

"그래요? 앞으로 이틀, 힘내세요. 수고하시고요."

"일찍 자요."

"네. 하지만 생각지도 못한 때에 당신 목소리를 들어서 기뻤어요. 오늘 밤에는 분명 푹 잘 수 있을 거예요. 잘 자요."

료이치는 전화를 끊었다. 끊고 나서도 그는 여전히 개운치 못한 얼굴이었다. 끝내 아무 말도 할 수 없었다는 생각에 그의 눈이 멍해졌다.

열한시 정각에 아시무라 료이치는 차로 히가시 공원 입구에 도착했다.

넓은 공원은 잔디의 노란색이 주조를 이루었다. 가로수도 헐벗은 가지만 남은 것이 많다.

료이치는 높다랗게 만들어진 대지臺地 위에 서 있는 동상을 목표로 걸었다. 약한 겨울 해를 머금은 구름을 배경으로, 가메야마 상황이 사모관대 차림을 검게 보이며 서 있었다. 동상을 중심으로 대지 주위는 철쭉으로 메워져 있다. 철쭉 철이 되면 매우 보기 좋다고 숙소에서 가르쳐 주었다. 료이치가 히가시 공원에 간다고 하니 구경하러 나간다고 생각한 모양이다.

학회는 오늘도 있었지만 동료에게 부탁해서 빠지기로 했다. 이 기회를 놓치면 돌이킬 수 없을 것만 같은 기분이 들었다.

발치에서 바람이 춤추고 있다. 어제보다 추운 날이다. 료이치는 동상으로 가는 오솔길로 꺾었다.

걷고 있는 사람이 있었지만 가족이나 연인이 많았다. 어린아이가 노랗게 시든 잔디 위를 달리고 있다. 나무 사이로 붉은 찻집 지붕이 보인다.

료이치는 눈으로 찾아보았다. 그럴듯한 인물은 눈에 띄지 않았다. 가메야마 상황은 겨울 하늘 아래 의연하게 홀을 들고 있었다.

료이치는 언덕에 나 있는 돌계단을 올라갔다. 동상에 이르기 전에 평평한 장소가 있다. 그는 거기에서 멈추었다. 꽤 높아서 공원 일대가 내려다보인다. 멀리 있는 소나무 숲 너머에 니치렌 동상이 소매를 펄럭이며 서 있었다.

료이치는 벤치에 앉아 담배를 꺼냈다. 눈길은 끊임없이 아래쪽으로 쏟아지고 있다. 새로운 사람이 공원에 들어올 때마다 시선이 긴장했다.

공원 옆을 달리는 전철 소리가 들리는 것 외에는 조용한 곳이다. 공원이 워낙 넓어서 걷고 있는 사람이 적었다.

구름이 잔디 위에 반점 모양의 그늘을 이동시키고 있었다.

이때, 뒤에서 가벼운 발소리가 났다. 발소리는 료이치 옆으로 돌아왔다.

그는 요즘 보기 드문 헌팅캡을 단정하게 쓰고 코트 목깃을 세우고 있었다. 키가 컸다.

그는 벤치 끝에 서 있었다. 료이치와는 상당히 거리를 두고 있다. 료이치를 보는 것이 아니라 공원을 내려다보고 있었다.

료이치는 그의 옆얼굴을 물끄러미 보았다. 아직 마음속에 의심이 남아 있다. 당장 말을 걸지 않은 것도 반쯤은 믿을 수 없었기 때문이다.

뭔가 중얼거림이 그의 입에서 새어 나왔다. 처음 목소리는 바람에 지워져 들리지 않았다. 그는 똑바로 공원을 내려다보며 마치 보초 같은 단정한 자세로 서 있었다.

아시무라 료이치가 용수철처럼 벤치에서 벌떡 일어선 것은 두 번째 목소리를 똑똑히 들었을 때였다.

"료."

그는 그 자세 그대로 이름을 불렀다. 구름이 그의 옆얼굴을 그늘지게 했다. 하기야 모자와 코트 목깃 때문에 얼굴은 절반밖에 보이지 않았다.

료이치는 그 사람 옆으로 서둘러 걸어가, 한 자도 떨어지지 않은 곳에 섰다. 여전히 그의 옆얼굴을 바라보고 있다.

"역시……."

료이치는 헐떡였다.

그는 자세를 바꾸지 않았다. 시선도 역시 공원을 향한 채다.

"나다. ……오랜만이네."

그의 목소리는 쉬어 있었다. 그러나 료이치는 분명히 그 목소리를 들은 적이 있다. 이십 년 가까이 듣지 못한 그리운 목소리였다.

"료, 축하하네. 신문에서 읽었어. 박사가 되었군. 대단해."

"외숙부님."

오랜만에 부르는 이름이었다. 목소리가 떨렸다.

"외숙부님……."

뒷말이 나오지 않았다. 온몸이 떨렸다. 손끝이 저리다.

"거기 앉게. 서로 잡담 같은 걸 하는 척하는 거야. 알겠지, 료?"

그는 직접 손수건을 꺼내 벤치의 먼지를 료이치의 자리까지 털어 주었다.

끙차, 하고 가볍게 신음하며 앉는다. 료이치의 마음을 진정시켜 주기 위한 동작이었다.

그는 담배를 천천히 코트에서 꺼내고 라이터를 켰다. 그 몸짓을 료이치는 눈도 깜박이지 않고 보았다. 처음으로 알았는데, 헌팅캡 밑에서 하얀 머리카락이 삐져나와 있었다. 옆얼굴은 옛날 그대로 이목구비가 뚜렷했다.

료이치는 숨을 쉴 수가 없었다.

상대는 유유자적하다. 푸른 연기가 구름 속으로 뿜어졌다.

"결국 나왔네. 망령이."

그 눈은 공원의 겨울 풍경을 감상하고 있었다.

"하지만……."

료이치는 무슨 말을 해야 좋을지 알 수가 없었다. 거기에 있는 사람에게 아직 실감이 나지 않는다.

"나라는 걸 금방 알았나? 숙소에 남긴 전언 말일세."

시원시원한 도쿄 사투리도 변함이 없었다.

"……물론 알았습니다. 외숙부님이라는 걸 알았어요."

"죽은 줄 알았던 내가? 자네가 그걸 어떻게 알았단 말인가?"

"전부터 그런 예감이 얼핏 들었습니다."

"구미코는 모르겠지?"

구미코라고 말했을 때, 어투가 달라졌다.

"모릅니다. 저 외에는, 어쩌면 세쓰코가 반신반의하고 있을지도 모르지요."

"그렇지. 세쓰코는 잘 지내나?"

"네. ……그리고 외숙부님, 외숙모도 건강하십니다."

"알고 있네."

대답은 꽤 시간을 두고 나왔다. 그의 시선이 아래를 향했다.

"알고 계셨습니까? 일본에 오시고 나서, 누군가한테 들으셨는지요?"

"봤네."

"네? 어디에서?"

"한 번은 가부키 극장이었네. 구미코도 그때 보았지. 다 컸더군."

그는 다카코 이야기는 하지 않았다.

"외무성 관련 사무소에서 일하고 있다면서?"

"네."

"꿈같군. 내가 일본을 떠날 때는 아직 유치원생이었는데…… 작은 가방을 어깨에 메고 말이지. 빨간 토끼 그림이 그려진 거였다네. 방공모가 가방과 함께 매달려 있었어. 일바지를 입고. 다카코의 옷을 고친 거였지."

"외숙부님이 다카코 외숙모와 구미코를 가부키 극장에서 보셨다는 건 우연입니까?"

"뭐, 우연이었다고 말해 두지."

대답은 조금 늦게 나왔다.

"그렇게 컸을 줄은 생각도 못 했네."

"외숙모는 어떠셨습니까?"

"음."

그는 뜸을 들이다가 말했다.

“료.”

“…….”

“그래서 자네를 불러낸 건데…… 그렇지, 학회 때문에 바쁘지?”

“아니, 그런 건 아무래도 상관없습니다.”

“미안하게 됐네.”

료이치는 노가미 겐이치로의 옆얼굴을 뚫어져라 바라보았다. 신문에 임지에서 죽었다고 분명히 공표되었던 사람이다.

그 당사자가 지금 눈앞에 있다.

“료, 아직도 이상하다는 듯이 쳐다보는군. 보다시피 이렇게 다리는 붙어 있네.”

노가미 겐이치로는 농담처럼 말하며 구두로 지면을 차 보였다.

“그런데 어째서…….”

“내 사망이 발표되었느냐고 묻고 싶은 거지?”

“그건 당시 정부의 발표였습니다. 신문사 특파원의 전보가 아니고요.”

“그래. 노가미 겐이치로는 이 세상에 존재하지 않는다네.”

노가미 겐이치로는 지친 듯이 등을 벤치에 기댔다. 자연히 그 몸이 늘어지고, 눈이 구름을 올려다보게 되었다.

“나라는 인물은 여기에 있네. 하지만 노가미 겐이치로는 어디에도 없어. 죽은 것은 틀림이 없지. 일본 정부의 엄연한 공표야.”

듣고 있던 아시무라 료이치 쪽이 얼굴을 굳히고 있었다.

20

높은 곳에 서면 하늘이 넓다.

회색 구름이 서쪽 방향으로 흘러가고 있었다. 둔한 빛이 구름 주위를 에워싸고 있다.

노가미 겐이치로는 벤치에 앉은 채 꼼짝도 하지 않았다. 헌팅캡의 차양 아래가 어두워졌다. 이목구비가 뚜렷한 얼굴에 주름이 깊어지고 턱 밑의 목울대에는 세월의 흔적이 보였다.

아시무라 료이치는 생활의 냄새라곤 나지 않는 옷차림을 하고, 국적도 일본이 아니게 된 처외삼촌을 바라보고 있었다.

"어떤 사정이 있는 건지 저는 모릅니다."

료이치는 말했다.

"외숙부님의 의지로 일본 국적을 없애신 겁니까?"

"물론이야."

겐이치로는 즉시 대답했다.

"스스로를 처치한 걸세. 누구한테도 강요당한 게 아니야."

"하지만 이유가 있을 거 아닙니까. 우리는 외숙부님이 사망했다고 하면서까지 일본 국적을 버린 동기를 이해할 수가 없어요."

"어쩔 수 없었네."

겐이치로는 단호하게 대답했다.

"무슨 뜻입니까?"

"료, 인간은 환경에 따라서 어쩔 수 없이 마음이 바뀌는 존재인 모양일세. 원래 확실하게 갖고 있는 것 같아도, 의외로 의지라는 놈은 환경에 지배되는 법이지. ……초보 유물론 같은 말이지만."

"그 환경이 문제입니다. 외숙부님의 의지를 거기까지 가게 한 환경이라는 게 뭡니까?"

"전쟁일세."

겐이치로는 짧게 말했다.

"그 이상은 말할 수 없어."

"하지만 전쟁이 끝난 지 상당한 세월이 지났는데 아직도 그 비밀이 남아 있습니까?"

"나에 관해서는 그렇지."

"하지만 처칠도, 이든도, 전쟁에 대한 회고록을 공표했습니다. 이제 와서 외숙부님만……."

"말해 두겠는데, 나는 그렇게 거물이 아닐세. 하찮은 재외공관의 서기관이었지. 거물이라면 나중에 지장 없는 것만 고백할 수 있지만 송사리는 오히려 아무 말도 할 수 없는 경우가 많다네."

"그럼 외숙부님이 일본 국적을 버린 건 나라를 위해서였습니까?"

"이제 그만두지. 점점 털어놓게 될까 봐 걱정이군. 나에 대해서는 그 정도에서 멈춰 주게. 사실만이 여기에 있네. 료, 그렇게 생각하고 나를 봐 주지 않겠나?"

노가미 겐이치로는 소나무 숲 위로 시선을 옮겼다. 멀리 보이는 니치렌의 검은 동상 머리 부분이 둔한 햇빛을 받고 있다.

"이런 이야기를 하기 위해서 바쁜 자네를 부른 게 아니었네."

"알겠습니다."

아시무라 료이치는 표정을 바꾸었다.

"그럼 그건 더 이상 여쭙지 않기로 하겠습니다."

"아아, 그렇게 해 주게."

"외숙부님은 이제부터 어떻게 하실 겁니까?"

"일본에 있으라는 뜻이로군!"

"물론 그것보다 더 좋은 일은 없지요."

"나도 사정이 허락한다면 일본에 있고 싶네. 역시 일본은 좋아. 그래서 이렇게 유령처럼 어슬렁어슬렁 찾아온 거지."

"일본의 풍경만 구경하시려고요?"

"……."

"다카코 외숙모님은 만나지 않으실 겁니까?"

"바보 같은 말을 하는군."

겐이치로는 쓸쓸하게 웃었다.

"그 사람은 나라는 사람이 죽고 이 세상에서 혼자가 되었네. 오봉일본의 명절 중 하나. 우란분재. 이날 죽은 사람이 돌아온다는 속설이 있다도 아니고, 이제 와서 망령이 아내한테 얼굴을 내밀 수도 없지."

"하지만 외숙부님은 저를 만나러 오셨잖아요."

"자네니까 만난 거야. 아내나 딸이었어 보게. 도저히 불러낼 면목이 없지."

"하지만 구미코하고는 만나셨지요."

"만났네."

겐이치로는 낮은 목소리로 말했다.

"이미 알고 있었나?"

"알고 있었습니다. ……외숙부님이 다카코 외숙모나 구미코를 만나시기 전부터, 외숙부님이 일본에 오신 것도 알고 있었어요."

"호오."

놀람이 겐이치로의 입에서 새어 나왔다. 갑자기 료이치를 날카로운 눈으로 보았다.

"어떻게 알았지?"

"세쓰코 덕분입니다."

"세쓰코가?"

"세쓰코가 도쇼다이지에 갔을 때 방명록에서 외숙부님의 필적을 보았어요."

"그렇군."

노가미 겐이치로는 실수했다는 듯이 자신의 손가락을 튕기며 "쓸데없는 짓을 했어" 하고 말했다.

"나라에 갔을 때 나도 모르게 어딘가에 내 흔적을 기념으로 몰래 남기고 싶어졌는데, 시시한 짓을 했어. 수학여행을 온 아이들이 나무줄기나 돌에 칼로 흔적을 남기는 것 같은 짓이지. ……그걸 세쓰코가 알았나?"

"특별한 필적이라 금방 알았다고 했습니다."

"그래, 자업자득이군. 세쓰코한테는 젊은 시절부터 내 편벽한 글씨를 실컷 보여 주곤 했고, 오래된 절을 돌아보는 노인네 취미를 심어 주었지. 그래, 그래서 알았다는 건가?"

겐이치로는 곤란하게 되었다는 눈빛을 했다.

"아뇨, 그때는 아직 반신반의했습니다. 설마, 라고 누구나 생각하겠지요. 외무성에서 정식으로 발표된 사망자가 살아 있다고는 생각하지 않을 테니까요."

"미안하군."

"세쓰코가 구미코에게 그 이야기를 한 모양입니다. 그래서 다시 한 번 그때의 공표를 확인하러 간 사람이 있었습니다."

"누구지? 설마 다카코는 아니겠지?"

"소에다라는 신문기자입니다."

"뭐?"

겐이치로의 눈이 날카로워졌다.

"괜찮습니다. 신문기자라고 해도 장래에 구미코의 남편이 될지도 모르는 사람입니다."

노가미 겐이치로는 격동을 억누르듯이 주머니를 뒤져 담배를 꺼냈다. 그는 료이치에게도 담배를 권하며 직접 라이터로 불을 붙여 주었다. 새끼손가락이 희미하게 떨리고 있었다.

"그래? 구미코한테."

푸른 연기가 희미한 구름 아래로 퍼졌다.

"어떤 남자인가?"

이번에는 열심히 물었다.

"저도 두세 번 만난 적이 있는데 똑똑한 청년입니다. 구미코의 배우자로도 손색이 없을 겁니다."

"자네가 봐 주었나?"

"저보다 세쓰코가 더 마음에 들어 해요."

연기가 겐이치로의 입술에서 또 흘러나왔다.

"세쓰코라면 틀림없지. 세쓰코가 마음에 들어 한단 말이지."

노가미 겐이치로는 몇 번째인가 거무칙칙한 소나무 숲 위를 시선으로 더듬었다. 모자 차양 밑에서 눈이 젖어 빛나는 것을, 료이치는 보았다.

지켜보는 아시무라 료이치의 가슴이 미어졌다. 두 사람은 한동안 아무 말도 하지 않았다. 지나가는 사람이 보면, 두 남자가 벤치에 걸터앉아 멍하니 공원에서 피로를 풀고 있는 것처럼 비쳤으리라.

"구미코는."

노가미 겐이치로가 잠시 후 말했다.

"자네 부부에게 부탁하겠네."

"그야 당연하지요."

아시무라 료이치는 눈시울이 시큰해졌다.

"제가 할 수 있는 일은 모두 하겠습니다. 외숙모도 아직 건강하시고요."

료이치는 그렇게 말하며 외숙부를 바라보았는데 겐이치로의 옆얼굴은 엄해 보였다.

"외숙부님은 외숙모를 보셨다고 했지요?"

"실은 무라오 군이 손을 써 주었네."

"일본에 돌아오신 것도 무라오 씨가 몰래 힘을 써 주신 겁니까?"

"내가 멋대로 돌아온 걸세. 무라오 군 때문이 아니야."

"그래요? 그건 아무래도 상관없습니다. 다만 제가 여쭙고 싶은 것은 외숙모를 보시고 어떤 느낌이 드셨나 하는 겁니다."

받아들이기에 따라서는 잔혹한 질문이다. 하지만 아시무라 료이치는 외숙부가 그 문제에서 끊임없이 도망치고 있음을 알고 있었다. 여기에서 정면으로 파고들어야 할 것 같았다.

"……음. 고생시켰다고 생각하고 있네."

먼 곳을 보는 듯한 눈빛에, 목소리도 낮았지만 료이치에게는 큰 음향으로 들렸다.

"역시 많이 늙으셨다고 생각하십니까?"

"헤어진 지 십팔 년이 지났으니까. 당연하지. 나도 머리가 하얘졌네."

아시무라 료이치의 가슴에서 뭔가가 치밀어 올랐다.

거기에는 아내에게서 도망친 남자의 이기주의가 엿보였다. 자신만 숨어서, 두고 온 아내를 엿보는 이기적인 눈이었다.

"제가 그 자리에 있었다면, 외숙부님이라는 걸 알자마자 억지로라도 외숙모한테 끌고 갔을 겁니다."

"이보게, 당치않은 소리를 하면 곤란해."

겐이지로는 공허한 웃음소리를 냈다.

"그런 짓을 했다간 큰일 날 걸세. 나는 정말 죽어야 하네."

"뒷일은 어떻게든 될 겁니다. 어쨌든 외숙부님은 외숙모 앞에 나와 주시기만 하면 됩니다. 귀찮은 뒷일은 다 함께 처리하면 되지요."

"고맙네."

겐이치로는 감사 인사를 했다.

"자네의 마음은 잘 알겠네만 그렇게 간단하게 될 일이 아니야. 그럴 수 있었다면 나는 범죄자처럼 남의 눈을 피해서 일본으로 돌아오지는 않았을 걸세. 당당히 귀국했겠지. 그럴 수가 없는 걸세. 어쨌든 1944년에 귀적에 든 인물이니까."

"그런 건."

료이치는 옆에서 발끈했다.

"전혀 상관없습니다. 전사했다고 공표되었던 군인도 속속 살아서 돌아오고 있어요."

"군인은 괜찮아."

겐이치로는 료이치의 말을 비난하듯이 말했다.

"전쟁터는 순식간에 그 인간의 세계를 차단하니까. 여기서는 무슨 일이 있든 괜찮지. 하지만 내 경우는 다르네. 중립국에 있었고, 만인이 내 죽음을 알았어. 그렇게 쉽게 생환할 수는 없네."

"하지만 실제로 외숙부님은 살아서 여기에 돌아오셨잖아요."

"왈가왈부할 것 없네."

외숙부는 포기한 듯이 말했다.

"그런 당치않은 소리를 하면, 나는 자네와 만난 걸 후회하고 싶어질 거야. 자네는 남자고, 이해해 줄 거라고 생각했네."

아시무라 료이치는 흠칫했다. 외숙부님이 말하는 '남자'라는 말이 가슴을 찔렀다. 이 말은 동시에 자신이 외숙부에게서 가장 먼 존재라는 것을 지적하기도 했다.

다카코나 구미코, 세쓰코는 모두 외숙부와 핏줄로 연결되어 있다. 료이치라면 냉정해질 수 있을 거라고 외숙부는 판단했다. 단순히 성별의 문제만은 아니었다.

"자네라면 이해해 주겠지."

겐이치로는 료이치가 잠자코 있자 말을 이었다.

"나는 본래 자네 앞에도 모습을 나타내지 말았어야 했어. 사실 이번에 일본에 돌아올 때도 그럴 결심이었네. 일본 땅을 밟고 보니 나도 모르게 그 결심이 흔들렸다고 할 수 있겠지. 어떻게 설명하면 좋을까. 그러니까 말이지, 내가 살아 있다는 것을 내 가족 중 누군가에게 슬쩍 알려 두고 싶었던 걸세……."

어떤 사람이 공원 아래를 걷고 있었다. 이쪽을 올려다보고 있다. 하지만 두 사람 쪽을 보고 있는 것이 아니라 그 뒤에 솟아 있는 가메야마 상황의 동상에 눈길을 보내는 것이었다.

"그게 살아 있는 인간의 번뇌지. 아직 깨달음을 얻지 못한 거야. 누군가가 나를 알아두기를 바라는 걸세. 누구에게도 알려지지 않는 건 역시 쓸쓸하다. ……이런 번뇌 말일세. 그래서 그럴 만한 사람을 찾아보니 역시 자네밖에 없더군."

겐이치로는 말을 이었다.

"그러니 물론 나를 만난 것도 자네의 가슴속에만 담아 두게. 절대 누구에게도 말해서는 안 돼. 자네라면 내 부탁을 들어줄 거라고 생각했네."

"저는."

아시무라 료이치는 어깨로 거칠게 숨을 몰아쉬었다.

"그럴 자신이 없습니다."

"아니, 그럼 누군가에게 이야기할 거라는 뜻인가?"

"제 마음이 허락하지 않을 것 같습니다. 자제할 수 없을 겁니다."

"자네라면 괜찮을 걸세. 자네도, 내가 부탁하지 않더라도 나를 만난 사실은 다카코에게도 말할 수 없을 테고, 구미코에게도 털어놓지 못하겠지. 세쓰코에게도 그렇고."

"……."

"내가 멋대로 굴고 있다는 건 알고 있네."

"아뇨, 외숙부님은 무서울 정도로 스스로를 극복해 낸 사람일 겁니다."

"그렇게 보이나? 그렇다면 나는 자네와도 만나지 않았을 걸세. 일본을 떠난 후, 자네를 만나지 않았다는 사실에 아아, 잘했다, 역시 나는 강해, 라고 생각했을 게 틀림없어. 하지만 그러지 못하는 인간인 게지. 나는 일본을 떠나는 순간, 자네를 만난 것을 분명히 후회할 거야. 그렇게 생각하면서도 이렇게 어슬렁어슬렁 정체를 보인 걸세."

"이제 이번을 마지막으로 저는 만나 주시지 않을 겁니까?"

"단 한 번도 지나치게 많아. 두 번, 세 번이나 만나면 망령의 신비성이 없어지지."

"그럼 외숙모와 구미코가 너무 가엾습니다."

"바보 같은 말을 하는군. 자네가 그런 말을 할 줄은 몰랐네. 자네는 의사잖아. 과학자지. 감정으로만 말해서는 안 되네. 실은 내가 감정적인 사람이니 자네에게만은 냉정함을 요구하는 걸세."

"하지만 외숙부님. 세쓰코도 그렇지만 사실은 구미코도, 외숙부님에 대해서 느끼고 있습니다."

순간 노가미 겐이치로의 얼굴이 무서운 표정을 띠었다. 그때까지는 어딘가 편안한 말투였는데 갑자기 여유를 잃었다. 몸까지 움직이지 않게 되었다.

"그래?"

입술만 희미하게 움직여, 말이 새어 나오는 것 같은 말투였다.

"그렇지 않을까 하고 느끼고 있었네만."

"물론 구미코는 우리들에게 아무 말도 하지 않습니다. 하지만 똑똑한 아이니까 느끼고 있을 겁니다."

"언제부터인가?"

겐이치로가 서둘러 물었다.

"구미코는 사사지마 선생님의 모델이 된 적이 있어요. 화백이 그 애의 데생을 그려 주었지요."

료이치는 자신을 바라보는 외숙부의 시선을 받아들이며 말했다.

"구미코를 그린 그림이 화백이 급사하면서 사라지고 말았어요. 그런데 그 후, 어떤 여자 이름으로 그 데생을 넘겨줄 테니 교토의 난젠지까지 가지러 와 달라는 편지가 왔습니다. 구미코는 편지에 지정된 장소로 갔지요. 하지만 상대 여자는 나타나지 않았고, 허무하게 도쿄로 되돌아왔어요. ……이때쯤부터 구미코는 이상하다고 생각했을 겁니다."

"음."

겐이치로는 눈을 원래대로 소나무 숲으로 돌렸다.

"이상하다는 건, 그 묘한 편지 뒤에 아버지가 있다고 상상했다는 건가?"

"확실하게는 모르겠지만 아버지의 그림자를 느낀 게 아닐까 싶어요."

"구미코는 혼자서 교토에 갔나?"

"아뇨, 아무리 생각해도 불안해서 제가 경시청 경관에게 따라가 달라고 했습니다."

"역시 그랬나."

"역시라니요?"

료이치는 깜짝 놀랐다.

"그럼 외숙부님이 하신 일입니까?"

노가미 겐이치로는 얼굴을 숙였다. 처음으로 눈썹 사이에 깊은 주름이 생겼다. 고통의 빛이 뚜렷하게 보였다.

"편지는 내가 보낸 것이 아닐세."

겐이치로는 목구멍 깊은 곳에서부터 토해내듯이 말했다.

"나와 구미코를 만나게 해 주려고 한 사람의 짓이지. 하지만 책임은 내게 있네."

"역시 무라오 씨나 다키 씨였습니까?"

"이름은 말하지 않겠네."

"……."

"편지에는 구미코 혼자 와 주었으면 좋겠다고 썼다더군. 나를 보호해 주려고 했던 거야. 타인에게 새어 나가서는 안 되는 일이니까. 그래서 주의 깊게 약속을 한 걸세. 아니, 약속이라고는 할 수 없겠군. 일방적으로 지정했지. 그런데 구미코 혼자 온 게 아니라 그 뒤에 묘한 남자가 어슬렁거리고 있었네. 자네가 친절하게 주선해 준 경찰이었어."

"아아, 그래서 만나지 못하신 거군요?"

"일부러 도쿄에서 교토까지 구미코를 불러내서 미안하게 됐다고 생각하고 있네."

"제 책임입니다."

료이치는 가로막듯이 말했다.

"제가 쓸데없는 참견을 했군요."

"아니, 료, 됐네. 자네가 구미코를 위해서 참견하는 것을 고맙게 생각하고 있어. 아까도 잘 부탁한다고 말했네만 지금 다시 그 마음에 부탁하고 싶네. 자네 이야기를 들으니 구미코는 아무래도 행복한 결혼을 하게 될 것 같군."

"……."

"이상한 일이지. 신문기자를 별로 좋아하지 않는 내가, 그 이야기를 들은 지금부터 갑자기 그렇지도 않게 되었으니. 아직 당사자는 본 적도 없지만 왠지 얼굴 생김새까지 어렴풋이 상상할 수 있을 것 같네. 이제 와서 애비 노릇을 하려는 것도 아닌데, 이상한 일이로군."

"일본에는."

료이치는 말했다.

"외숙부님을 맞이해 줄 사람들이 많이 기다리고 있습니다. 외숙부님에게 불리하다면 그 사람들은 어떤 비밀이든 지킬 겁니다. 외숙부님을 표면에 드러내지 않고 몰래 어딘가에 숨겨 둘 수도 있어요. 죽었다고 생각했던 여생을 조용히 살면서 보내실 생각은 없으십니까? 모두들 그러기 위해서라면 어떤 노력이든 할 텐데요."

"료, 여러 번 말하는데 그런 이야기는 일절 없었던 것으로 하세. 항상 현재라는 시점에서 말을 해 주었으면 좋겠어. 이제 와서 되돌아갈 수는 없네."

아시무라 료이치는 그의 얼굴을 똑바로 바라보았다.

"일본에는 앞으로 얼마나 더 머무르실 생각입니까?"

"오래 있을 수는 없어. 나는 그냥 관광객으로 온 걸세. 귀향한 사람이 아니고. 곧 일본을 떠나는 게 당연하지."

"예정은요?"

"그런 건 정하지 않았네. 하지만 되도록 빨리 떠나고 싶어."

"혼자서 오셨습니까?"

"뭐?"

기분 탓인지 노가미 겐이치로의 표정에 당황한 기색이 나타났다.

"뭐라고 했나?"

"일본에는 혼자서 오셨느냐고 여쭈었습니다."

노가미 겐이치로는 첫 번째 질문을 듣지 못한 것이 아니었다. 그가 되물은 까닭은 대답할 시간을 벌기 위해서였다. 아니, 대답은 준비되어 있다. 그러나 그 대답을 입에 담아도 될지 어떨지, 망설임이 생겼다.

"혼자일세."

겐이치로는 마음을 정하고는 말했다. 눈썹 사이에 괴로움의 빛이 떠올랐지만 헌팅캡 차양의 그늘이 숨겨 주었다.

"물론 혼자 왔지."

재차 말했다.

"하지만."

겐이치로는 말을 이었다.

"일본을 떠나더라도 자네에게는 알리지 않을걸세. 자네와는 여기에서 만나고 여기에서 헤어지는 게 마지막이야. 이번에는 정말 몰래 나갈걸세. ……게다가 내가 일본에 있으면 나쁜 일이 일어날 거야."

"나쁜 일이라니요?"

아시무라 료이치는 캐물었다.

"어떤 일 말입니까?"

"구체적으로 어떤 일인지는 말할 수 없네. 왠지 그런 예감이 들 뿐이야."

"외숙부님."

료이치는 날카로운 눈빛으로 그를 바라보았다.

"아까 말씀드린 사사지마 화백 말인데요, 구미코의 데생을 그린 사람 말입니다. 그 사람이 갑자기 원인불명의 죽음을 당했습니다."

"……."

"게다가 구미코가 교토에 가 있을 때, 호텔에서 총격 소동이 일어나 묵고 있던 사람이 다쳤다고 하던데요."

"양쪽 다 나는 모르는 일이야."

겐이치로는 조용히 대답했다.

"사사지마 화백이라는 사람은 만난 적도 없네."

"하지만 다키 씨가 구미코에게 모델을 해 달라고 부탁했습니다."

"다키는 알고 있지만 일본에 돌아온 후 다키와는 교제가 없네. 그가 유럽에 있을 때 교제했을 뿐이었어."

"구미코가 교토에 간 것은 외숙부님을 알고 있는 누군가가 주선했다고 지금 말씀하셨습니다. 그 교토의 호텔에서 권총 상해사건이 일어났어요. 총에 맞은 사람은 제가 모르는 사람입니다. 신문을 구해다 읽어 보았지만 모르는 사람의 이름이더군요. 하지만 구미코가 묵은 숙소에서 그 일이 일어났다는 게 문제예요. 사사지마 씨의 경우도 구미코와 관련이 있고요."

"불쾌한 이야기로군. 그건 내가 이야기하는 의미와는 다르네. 나는 그저 내가 일본에 있으면 여러 사람들에게 폐가 될 거라고 생각했을 뿐이야. 어쨌거나 외무성에서 내가 죽었다고 했으니까."

노가미 겐이치로는 구름 쪽으로 시선을 향하면서 말을 이었다.

"말하는 걸 잊었는데, 내가 일본에 돌아온 이유 중 하나는 데라지마 공사의 무덤에 성묘를 가고 싶었기 때문일세. 실은 어제 겨우 그 숙원이 이루어졌거든. 후쿠오카 부근이야. 바다가 보이는 높은 곳이지. 아름다운 무덤이었어. 향을 올리면서 절실하게 생각했네. 역시 진짜 죽은 사람은 누구에게도 폐를 끼치지 않는다고."

"……."

아시무라 료이치는 대꾸할 수가 없었다.

"나는 데라지마 씨에게 꽤 신세를 졌네. 성묘를 한 것만으로도, 일본에 돌아온 보람이 있다고 생각했어. 그거면 되었네. 내가 일본에 지나치게 오래 머무른 것 같아."

"외숙부님."

"음, 왜 그러나?"

"데라지마 공사는 일본에 돌아오신 후 병사하셨습니다. 틀림없이 가족이나 친척, 친구들이 지켜보는 가운데 숨을 거두셨을 겁니다."

"……."

"외숙부님의 경우도 그랬을 겁니다. 신문에 따르면 스위스의 병원에서 돌아가셨다고 나와 있었어요. 외숙부님이 입원해 있었다면 많은 의사와 간호사들도 알고 있었을 겁니다. 그런데 어떻게 사망으로 처리되었는지, 아니, 그 사실을 의사가 어떻게 납득했는지가 궁금합니다."

노가미 겐이치로는 다시 원래의 종잡을 수 없는 표정으로 돌아가 있었다.

"아니면 외숙부님이 스위스의 병원에 입원했다는 것 자체가 위장이었습니까?"

"말할 수 없네."

노가미 겐이치로는 낮게 대답했다.

"그럼 한 가지 더 여쭙겠습니다. 당시 현지에는 무라오 씨도, 그 외의 직원도 있었습니다. 게다가 스위스에는 특파원으로 다키 료세이 씨가 가 있었어요. 그런데 무라오 씨도, 다키 씨도, 외숙부님의 귀국을 알고 있습니다. 적어도 무라오 씨는 외숙부님께 외숙모와 구미코를 보여 주었으니 부정할 수는 없을 겁니다. 다키 씨에게도 그런 거동이 보이고요. 다른 직원은 모르겠지만 적어도 이 두 사람은 외숙부님의 생존을 전부터 알고 있었던 겁니다. 이건 어떤 이유 때문인가요?"

"료, 그 이야기는 하지 말기로 하세. 자네는 호기심이 지나치게 많아. 왜, 왜, 하고 어린아이처럼 묻는군."

"지극히 단순하고 소박한 의문입니다. 하지만 중대한 의문이지요."

"그만두세. 나는 자네를 부른 걸 후회하기 시작했어. 경솔했던 걸까."

"아무한테도 말하지 말라고 하신다면 그 약속은 지키겠습니다. 하지만 저를 신뢰하고 이곳으로 불러 주신 이상, 제가 납득할 만한 이야기를 듣고 싶습니다. 그건 저에 대한 외숙부님의 의무라고 생각하는데요."

"망령에게 의무는 없네."

노가미 겐이지로는 태연하게 단언했다. 료이치가 아연해졌을 정도다.

"원래 망령이라는 놈은 제멋대로 만들어져 있거든. 자기가 좋아하는 곳에 나타나고, 마음대로 사라지게 되어 있는 걸세. 자네를 이곳으로 부른 것도 나라는 망령이 멋대로 한 짓이고 그 이유를, 아니, 자네가 말하는 의무를 다하지 않는 것도 그 망령의 특권이지."

노가미 겐이치로는 처음으로 벤치에서 일어섰다.

"좋은 경치로군. 일본적인 풍경이야. 이런 곳에서 지금 자네를 만나서 이야기하고 있다는 게 거짓말 같네. 일본에 올 때는 이런 장면을 상상하지 않았는데. 하지만 그런 만큼, 내가 저쪽으로 돌아가도 이 빛깔과 자네 목소리가 언제까지나 머릿속에 남아 있겠지."

료이치가 외숙부 뒤에서 일어섰다.

"외숙부님. 외숙부님은 실은 제가 아니라 구미코를 만나고 싶으신 거지요?"

료이치는 일부러 외숙부의 얼굴을 보지 않았다. 세련돼 보이는 양복의 등을 바라보며 말했다.

등은 침묵했다.

"제가 구미코를 데려가겠습니다. 외숙부님이 계속 숨어 있어야 한다면, 그렇게 알고 몰래 데려가겠습니다. 당사자는 아무것도 알아채지 못하게 할게요."

"……."

"그것만은 제가 할 수 있게 해 주시지 않겠습니까? 비밀은 꼭 지키겠습니다. 외숙부님의 마음을 들었으니 외숙모에게도, 세쓰코에게도 아무것도 말할 수 없어요. 살아 있는 외숙부님과 만났다는 사실은 제가 무덤까지 짊어지고 가겠습니다."

료이치는 열심히 말을 이었다.

"그러니까 연락할 방법을 알려 주세요. 어떤 것이든 거기에 따르겠습니다. 외숙부님은 구미코를 가부키 극장에서 잠깐 만나셨을 뿐이잖아요. 아니, 그건 만났다고도 할 수 없지요. 얼핏 보았을 뿐이에요. 그리고 외숙부님께는 사사지마 화백이 그린 구미코의 얼굴이 있을 겁니다. 하지만 외숙부님은 아직 구미코와 말 한마디 나누지는 않았어요. 정말로 만났다고는 할 수 없는 거지요. 외숙부님이 이야기를 하고 구미코가 대답을 하는, 그런 대화가 없으면 외숙부님은 포기하실 수 없을 텐데요. 그걸 제가 하겠다는 겁니다."

"고맙네, 료."

등이 대답했다. 등은 선 채로 꼼짝도 하지 않았다.

"고맙네만 자네의 마음만 받아 두지."

료이치는 눈을 부릅떴다.

"나쁘게 생각하지 말아 주게. 고집스러운 것 같지만 어쩔 수 없어. 자네의 마음은 눈물이 날 정도로 기쁘네. 하지만 그러지 않는 편이 좋겠어."

"하지만 이제 두 번 다시 일본에는 오시지 않을 거잖습니까?"

"오지 않을 걸세. 아니, 올 수 없겠지."

"그러니까 이건 평생에 한 번뿐인 기회입니다."

"알고 있어. 사정만 허락한다면 나는 당장 자네 말대로 할 걸세. 나는 구미코를 사랑하네. 줄곧 헤어져 있었으니 더욱 사랑스럽지. 나는 그쪽에서 살면서도 구미코의 꿈을 꾸곤 했네. 이렇게 다 자란 구미코가 아니라 아직 어린 모습이야. 내 무릎에 기대어 오는 구미코 말일세. 그래, 이런 일이 있었네. 어느 날 아침, 내가 눈을 떠 보니 내 가슴 위에 구미코가 오도카니 앉아 있더군. 그건 아마 구미코가 두 살 때쯤이었을 걸세. 깜짝 놀랐지. 고양이가 와서 앉은 것처럼 무게도 느껴지지 않았네. 그래서 눈을 번쩍 뜨고, 인형처럼 오도카니 앉아 있는 구미코를 보면서 이게 내 아이가 맞나 생각했을 정도일세. 그때의 인상이 너무 선명해서 꿈을 꾸면 그게 자주 나오지……."

"그러니까 더더욱……."

료이치는 목이 메었다.

"지금의 구미코와 이야기를 하라는 건가?"

겐이치로가 말을 받았다.

"그러면 나한테 쓸데없는 꿈이 또 하나 늘어날 걸세. 어릴 때의 구미코와 어른이 된 구미코 말이야. 고맙지만 나중에 괴로워하게 될 것 같네. 아무리 괴로운 일에 익숙해진 남자라도 자식 때문에 괴로워하는 것은 견딜 수 없는 일일세……."

노가미 겐이치로는 담배의 푸른 연기를 머금은 바람 속에 그런 말을 내뿜었다.

"이야기가 이상해졌군."

그는 말했다.

"자네를 일부러 불러내 놓고 자네 말대로 하지 않은 건 미안하네."

"아뇨. 저는 괜찮습니다."

아시무라 료이치는 겐이치로와 어깨를 나란히 했다.

소나무 숲 맞은편에 병원인지 호텔인지 모를 백아의 건물이 있었다. 둔한 구름이 하얀 건물 위에 줄기를 만들며 겹쳐 있다.

"일본을 떠나서 어디로 가실 겁니까?"

"글쎄, 아직 목적지는 없네만."

"하지만 외숙부님은 다른 나라에 호적이 있으신 거지요? 어느 나라입니까?"

"그걸 알면 자네들이 나중에 그걸 단서로 나를 찾게 될 걸세. 인지상정이지. 그러니까 내가 대답하지 않더라도 이해해 주게."

아시무라 료이치는 외숙부의 옆얼굴을 보았다. 태양 빛 때문인지 처음 만났을 때보다도 귀 뒤에 백발이 많이 보였다.

"외숙부님이 스위스에서 돌아가셨을 때가."

그는 말했다.

"1944년이었어요. 일본의 패색이 확실해졌을 때지요. 그때 외숙부님의 국적이 바뀌었다면 추축국일 수는 없어요. 연합국이겠지요. 그것도 미국, 영국, 프랑스, 벨기에 말고는 생각할 수 없습니다. 설마 소련은 아닐 테고요. 이 네 나라 중 어디에선가, 외숙부님은 시민권을 얻으신 겁니다. 노가미 겐이치로라는 외교관이 현지에서 사망한 직후였을 겁니다."

노가미 겐이치로는 담배를 버리고 손을 주머니에 넣었다. 하늘에서 불어 내려오는 바람을 향해 어깨를 치켜 올리는 것처럼 보이는 자세였다.

"외숙부님은 말하자면, 멋대로 도피한 게 아닙니다. 외무성에서 틀림없이 사망을 공표했으니까요. 이건 외숙부님의 행동에 일본 정부, 특히 외무성 수뇌들의 양해가 있었다고 생각해야 합니다. 그럼 외숙부님의 죽음이 갖는 의미는 외숙부님 개인의 것이 아니라 일본이라는 당시 나라의 운명과 이어져 있다는 뜻이 됩니다……."

"료, 이제 그만해 주었으면 좋겠네. 오래된 이야기야."

"아니, 저는 좀 더 말씀드려야겠습니다. 저는 일개 의사입니다. 정치에 대해서도, 국제 정세에 대해서도 깊은 지식이 있는 것은 아닙니다. 다만 외숙부님의 행동과 외무성의 발표를 맞대어 생각하면 아무래도 그런 결론이 나오게 됩니다."

"호오, 어떤 결론 말인가?"

"제 억측이지만, 외숙부님은 일본에 희생된 거라고 생각합니다."

"과장일세. 나는 그렇게 대단한 사람이 아니고, 실력도 없었어."

"외숙부님 자신의 평가는 그렇다 치더라도."

료이치는 말을 이었다.

"어쨌든 당시의 일본에는 파견 외교관 중 누군가가 '사망'해 주어야 할 필요가 있었다고 할 수 있겠지요. 포츠담 선언이 나온 건 1945년 7월이었습니다. 즉 외숙부님이 사망하고 나서 일 년 안에 그 선언이 발표되었는데, 초고는 그 전부터 준비되고 있었을 겁니다……."

"무슨 이야기인지 모르겠지만."

노가미 겐이치로는 조금 초조한 듯이 말을 가로막았다.

"자네에게 그런 얘기나 듣자고 부른 게 아닐세. 나는 다만 자네에게만은 내가 살아 있다는 걸 알리고 싶었을 뿐이야. 나는 이렇게 자네 앞에 서 있네. 이것만 인정해 주면 돼. 아까도 말했지 않나. 이야기는 현재의 시점에만 한정해 주었으면 좋겠어. 과거로 돌아갈 필요는 없네."

"하지만……."

"이제 됐네, 이제. 나는 성질이 급해져서 말일세. 그렇게 너무 집요하게 물으면 화낼지도 모르네."

료이치는 입을 다물었다.

히가시 공원의 아름답게 다듬어진 소나무 숲 위로 새 떼가 날아가고 있었다.

"아니, 난폭한 소리를 해서 미안하네."

노가미 겐이치로는 자신의 목소리에 퍼뜩 깨달은 듯이 사과했다.

"료, 여기에서 헤어지세."

"아뇨, 드릴 말씀이 조금 더 남아 있습니다."

"듣고 싶지 않아."

"그래도 말씀드리겠습니다. 외숙부님은 그렇게 당시의 일본에 희생되었어요. 제가 하고 싶은 말은 그 일의 원인이 아니라 그런 입장으로 몰아넣은 일본이 외숙부님을 맞아들여 주지 않는 건 너무하다는 겁니다. 외숙부님을 죽인 채, 뒷일은 모른다는 얼굴을 하고 있는 것 말이에요. ……당시의 책임자였던 고관 중에는 전범으로 처형된 사람도 있지만, 전쟁이 끝난 후에 부활한 사람도 있습니다. 실세로 현재 일본의 지도자로서 거만한 얼굴을 하고 큰 힘을 휘두르고 있는 사람도 있어요. 그런 사람들이 외숙부님에 대해서 모를 리는 없지요. 그들이 노가미 겐이치로라는 희생자를 그대로 내버려 두고 있는 겁니다."

아시무라 료이치의 감정이 격해져 있었다.

"그건 무리야."

노가미 겐이치로는 저도 모르게 말하다가 흠칫하며 자신의 말을 억눌렀다.

"자네의 그 가설이 사실이라고 해도 당시의 대일본제국이 '사망'이라고 공표했고, 신문도 그 사실을 보도했단 말일세. 나는 군인이 아니야. 엄연한 제국 외교관일세. 이제 와서 그건 잘못이었습니다, 라고 말할 수는 없어."

"아뇨, 할 수 없는 일은 아니라고 생각합니다. 한 인간을 죽여서 내팽개칠 이유는 어디에도 없습니다."

"흠. 싸구려 센티멘털리즘이군. 아니면 서생론인가? 나는 분명히 말했네. 시점을 원래대로 돌리는 건 불가능하다고."

"외숙부님은 그 말씀만 하시네요. 외숙부님이야말로 관념론자입니다. 아니면 혹시 그렇게 되었을 때, 현재의 일본에 다치는 사람이 나올 수도 있다는 소리입니까? 그런 배려라면 그만두십시오. 일본은 패전했어요. 모든 질서가 바뀌었습니다. 한 외교관이 살아서 돌아오는 정도로 무슨 일이 있다는 겁니까?"

"음, 말은 되는군. 자네는 지금 일본이 패전했다고 했지. 하지만……."

말이 잠시 끊겼다.

"하지만 일본의 패전에 한 축을 담당한 외교관이 있었다면 어떻게 되겠나? 그는 배신자일세."

거기까지 말하고 겐이치로는 말을 끊었다.

"외숙부님."

"이제 됐네. 그만해."

겐이치로는 자세를 바꾸었다. 료이치와 정면에서 마주 보고 섰다.

"꽤 시간이 지난 것 같군, 모처럼 왔는데 학회에 빠지게 해서 미안하네."

"그런 건 상관없습니다."

"아니, 학문은 소중하게 여겨야지. 게다가 언제까지 여기에 서 있어 봐야 소용없네."

노가미 겐이치로는 두세 발짝 걷기 시작했다.

"료, 잘 가게."

"외숙부님."

료이치는 뒤에서 다가갔다. 그의 얼굴이 일그러져 있었다.

"건강하게 지내기 바라네. 그리고 구미코도 부탁하네. 다카코도 점점 나이를 먹겠지. 그 사람도 잘 부탁하네."

"이제 만날 수 없는 겁니까?"

"아마 그렇게 되겠지. 세쓰코한테도 안부 전해 달라고 말하고 싶지만 자네 입으로 전하면 곤란하겠군. 내 마음만, 자네가 마음에 담아둬 주면 되겠네."

"어디에선가, 어디에선가…… 다카코 외숙모나 구미코가 눈치채지 못하도록, 외숙부님이 와 주시면 안 되겠습니까? 어떤 조처든

하겠습니다."

"고맙네. ……그러고 싶은 마음이 들면 편지를 보내서 부탁할지도 모르겠어. 하지만 지금은 그럴 뜻이 없네."

노가미 겐이치로는 료이치가 따라오는 것을 손을 들어 막았다.

"나 혼자 돌아가는 게 좋겠네. 자네는 거기 남아 있어 주게."

이 의미를, 아시무라 료이치는 곧 알았다. 헤어지는 사람을 전송하려면, 걸어가는 모습을 그 자리에 가만히 서서 바라보는 것보다 더 좋은 방법은 없다.

노가미 겐이치로의 뒷모습이 동상 받침대에서 돌계단을 내려간다. 앞쪽에는 잔디가 깔린 땅과 소나무 숲, 하늘에 펼쳐져 있는 구름이 있었다.

약간 몸을 앞으로 수그린 그 뒷모습은 한 번도 돌아보지 않고 돌계단을 끝까지 내려가, 산책하는 사람 같은 발걸음으로 넓은 땅을 걸어 작아져 갔다.

21

아시무라 료이치는 후쿠오카의 학회에서 도쿄로 돌아왔다.

"별일이네."

그날 밤, 세쓰코는 료이치의 행동을 보고 미소를 지었다.

료이치는 귀가하자마자 다카코에게 전화를 걸었던 것이다. 아직 옷도 다 갈아입기 전이었다.

출장에서 돌아온 후, 그가 보고를 겸해 다카코에게 전화하는 일은 지금까지 몇 번 있었다. 그러나 양복도 채 벗기 전에 전화를 걸기는 처음이었다.

"외숙모세요?"

료이치는 전화에 대고 말했다.

"지금 후쿠오카에서 돌아왔습니다. 제가 없는 동안 감사했어요."

세쓰코에게는 들리지 않았지만 다카코가 수고했어요, 라고 인사하고 있는 것 같았다.

"잘 지내셨어요?"

료이치는 굳이 안부를 물었다.

이런 물음도 이상하다. 오랫동안 만나지 못한 사람에게 인사하는 것 같다. 게다가 남편의 목소리도 그냥 건성이 아니라 어딘가 진지한 데가 있었다.

"그래요? 그래서 구미코는 좀 어떻습니까?"

세쓰코가 뒤에서 중얼거렸다.

"너무하네."

남편이 장난을 치고 있다고밖에 생각할 수 없었던 것이다.

"여보."

남편은 상대방의 대답을 듣고 수화기를 쥔 채 세쓰코를 돌아보았다.

"내일 밤에 당신은 시간이 어떻소?"

"왜요?"

세쓰코는 놀랐다.

"외숙모와 구미코를 불러서 식사나 하지. 오랜만에 T호텔에 갑시다. 거기 그릴이 좋겠어."

"그건 좋은데요."

갑작스러웠다. 세쓰코가 당황했을 정도다. 남편은 굳이 말하자면 학자다운 신중한 성격이었다. 이렇게 급하게 무언가를 결정하는 성격이 아니다.

"내일 밤 말인데요."

료이치는 벌써 전화에 대고 말하고 있었다.

"세쓰코랑 둘이서 외숙모와 구미코를 초대하고 싶습니다. 오랜만이니까 T호텔 그릴에서 저녁을 먹죠. 시간은 어떠십니까?"

다카코의 대답을 듣고 있는 것 같던 료이치가 이야기했다.

"그래요? 그럼 저녁 여섯시 반으로 하지요."

세쓰코가 당황하며 수화기를 남편에게서 받아들었다.

"외숙모? 세쓰코예요."

다카코의 목소리가 세쓰코의 귀에 흘러 들어왔다.

"지금 들으셨죠? 그이가 규슈에서 돌아오자마자 이런 초대를 하네요."

"고맙긴 하다만…… 무슨 일이니, 갑자기?"

"저도."

세쓰코는 수화기를 든 채 웃음을 터뜨렸다.

"깜짝 놀랐어요. 집에 들어오자마자 외숙모 댁에 전화를 하더라니까요. 어쩌면 규슈에 출장을 갔다가 뭔가 느낀 건지도 모르죠."

료이치가 순간 흠칫 놀란 눈을 했다.

"그런데 외숙모, 정말 괜찮으세요?"

"응, 응. 나는 괜찮아. 구미코는 지금 나가고 없는데, 아마 괜찮을 거야. 둘이 같이 갈게."

"그래요? 그이가 모처럼 그렇게 말하니까, 꼭 와 주세요."

"그래, 그래. 내일 저녁 여섯시 반이지?"

료이치가 아내 뒤에서 말을 걸었다.

"이쪽에서 차로 모시러 가겠다고 말해 주시오."

세쓰코는 그렇게 전하고 전화를 끊었다.

"외숙모가 깜짝 놀라셨어요."

세쓰코가 남편의 옷을 받아들며 말했다.

"놀랄 것 없잖소. 저녁 식사 초대 정도로."

"하지만 평소의 당신답지 않은걸요."

"나도 갑자기 이런 생각이 들 때가 있소."

"별일이네요. ……하지만 좋아요. 오랜만에 맛있는 걸 먹을 수 있어서."

세쓰코의 목소리가 들떠 있었다.

"규슈는 어땠어요?"

그녀는 남편의 상의를 옷걸이에 걸며 물었다.

"그냥."

대답하는 료이치의 목소리는 담담했다.

"학회니까 비슷비슷하지."

"아, 맞다."

갑자기 그녀는 남편에게 고맙다는 인사를 했다.

"생각지도 못했는데 후쿠오카에서 전화해 줘서 정말 고마워요. 갑작스러워서 더 기뻤어요."

남편이 출장지에서 전화를 걸어 온 것도 처음이었다. 규슈에 간 후로 그는 확실히 평소와는 달랐다.

"그쪽에서 누구를 만나기라도 했어요?"

"누, 누구 말이오?"

료이치가 약간 허둥거리는 목소리로 말했다.

"다들 모이셨으니까 보기 힘든 분도 계셨을 거 아니에요."

"응, 그야…… 그렇지, 도호쿠 대학의 하세베 선생님을 뵈었소. 오랜만이었지. 요전에 교토 학회 때는 오시지 않았는데, 이번에는 건강이 좋아지셔서 일부러 규슈까지 오셨더군. 그 나이인데 앓고 난 후의 수척함도 없었소."

료이치는 열심히 이야기했다.

"그거 다행이네요. 그렇지, 교토 하니까 당신이랑 같이 교토에 갔을 때가 생각나네요."

료이치는 갑자기 입을 다물었다.

"목욕물은 데워져 있소?"

남편은 무뚝뚝하게 물었다.

"네, 지금 어떤지 보고 올게요."

세쓰코는 남편의 기분 변화에 당혹스러워하면서 방을 나갔다.

아내가 나가자 료이치는 띠를 천천히 허리에 둘렀다.

후쿠오카에서 외숙부 노가미 겐이치로를 만난 흥분이 아직 가슴속에 남아 있었다. 그 흥분이 세쓰코의 얼굴을 보고 다시 타올랐다고 할 수 있다. 입 밖에 내어 말할 수 없는 것이 가슴속에서 퍼져나갔다. 진실을 이야기해서는 안 되지만 가상으로 조금이라도 전달하고 싶었다.

갑자기 다카코에게 전화한 것도 그 때문이었다. 후쿠오카에서 도쿄로 돌아오자마자 다카코의 목소리를 듣는 것, 다카코에게 말을 거는 것—그것이 나름대로 최소한의 마음을 전달하는 것이었다. 물론 상내는 무슨 일인지 모른다. 료이치만의 의사 표시다.

료이치는 할 수 있다면 다카코도, 구미코도, 아니, 아내 세쓰코도 노가미 겐이치로가 살아 있음을 알아차리지 못하게, 그리고 그의 생존을 알리지 않고도, 그가 생존해 있다고 믿도록 이야기하고 싶었다.

물론 그에게 그런 말재주는 없었다.

T호텔 그릴은 손님 대부분이 외국인이었다.

다카코는 아시무라 료이치 맞은편에 앉았다. 구미코는 바로 왼쪽에, 세쓰코는 오른쪽 옆에 자리했다.

넓은 그릴이었다. 식사하는 동안에도 끊임없이 악단이 조용한 음악을 연주하고 있었다.

"정말, 오늘 밤은 생각지도 못한 즐거운 밤이었어."

다카코가 말했다. 식탁에서는 코스가 절반쯤 진행되는 중이다.

"가끔 이런 변덕이 일어나곤 해요."

세쓰코가 웃으며 외숙모에게 말했다.

"어머나, 이런 변덕이라면 좋아요."

구미코가 나이프를 움직이면서 사람들을 웃게 했다.

"앞으로 자주 변덕을 일으켜 주셨으면 좋겠어요."

"실은."

료이치는 말했다.

"후쿠오카 학회가 끝나고 다 함께 식사를 했거든요. 그때, 그렇지, 도쿄에 돌아가면 다 함께 모였으면 좋겠다, 그런 생각을 했습니다."

"집에 돌아오자마자 당장 전화를 하더라니까요."

세쓰코는 주석을 덧붙였다.

"하지만 이상했어요. 잘 지내셨냐니, 꼭 일 년은 안 만난 사람한테 하는 말 같잖아요."

그러나 그 말은 료이치가 정말로 하고 싶은 말이었다. 잘 지냈냐는 말은 노가미 겐이치로를 염두에 두고 입에서 나왔다.

이렇게 보니 다카코도 나이를 먹었다는 생각이 든다. 자주 보기 때문에 늙어가는 것은 잘 모르겠지만, 그래도 료이치가 세쓰코와 결혼했을 당시에 다카코는 아직 삼십대 초반의 젊은 나이였다. 먼 기억이 지금 조심스럽게 포크를 들고 있는 그녀의 얼굴에 겹쳐진다.

구미코도 많이 컸다는 생각이 든다. 훨씬 옛날에 구미코를 식사에 초대해서 이런 식탁에 앉은 적이 있는데, 그때는 이 의자에 귀여운 다리를 흔들거리며 앉아 있었다. 아직 단발머리 어린아이였던 시절이다.

료이치는 이런 장면을 노가미 겐이치로가 어디에선가 보고 있다면 어떤 얼굴을 할까 하고 생각했다. 그는 저도 모르게 주위를 둘러보았다. 무례하지 않을 정도로, 슬쩍 손님들의 얼굴을 바라본다. 어느 테이블에나 외국인뿐이었다. 은발에 불그레한 얼굴의 신사, 뚱뚱한 외국 부인, 키 큰 남자와 여자—이 위치에서는 보이지 않는 테이블 중 어딘가에 노가미 겐이치로가 외국 부인과 함께 몰래 앉아 있는 것 같은 착각이 들었다.

"역시 외국인이 더 많네요."

구미코가 료이치를 따라서 객석을 둘러보았다.

그 말은 가벼웠지만 그녀의 얼굴에는 무거운 진지함이 떠올라 있었다.

료이치는 그런 구미코의 표정을 문득 깨달았다.

'구미코는 알고 있는 게 아닐까.'

교토에서의 경험. 구미코가 절에서 만났다는 프랑스 부인, M호텔에서 한밤중에 일어난 사건…… 세쓰코에게서 들은 이야기이지만, 지금 떠올려 보면 그 수많은 사건들을 통해서 구미코도 그 사실을 어렴풋하게나마 눈치챈 것은 아닐까.

간접 조명의 희끄무레한 불빛 탓이기도 했지만 다카코의 얼굴이 백자처럼 맑았다.

'이 사람은 아무것도 몰라.'

그 점에서 다카코는 구미코와는 달랐다. 조용하고 차분했다.

료이치는 다카코의 이 정적을 흐트러뜨릴 필요는 없다고 생각하고 있다.

그러나 실은, 그는 아까부터 자신의 마음이 어떤 불안을 느끼고 동요하고 있음을 알고 있었다. 갑자기 외숙부를 만난 이야기를 하고 싶은 충동에 사로잡히고, 그때마다 흠칫 놀랐다.

만일 여기에서 그 사실을 다카코와 구미코에게 이야기하면 대체 어떻게 될까. 그때 그녀들의 기쁨을 자신의 눈으로 보고 싶었다.

료이치는 점차 자기 자신이 무서워지기 시작했다. 외숙부를 만났다는 말이 자신의 의지와 상관없이 저절로 터져나올 것 같은 공포를 느꼈다. 가슴속에 소용돌이치고 있는 무언가가 퇴적되고 있었다.

다카코와 구미코를 이곳에 초대한 것도, 말하자면 료이치 나름의 은밀한 의사 전달이었다. 외숙부가 무사히 살아 있고, 게다가 지금 일본에 와 있다. 그 사실을 침묵 속에서 전하고 있다는 생각이었다.

동시에 그 사실은 그가, 어디에 있는지 알 수 없는 노가미 겐이치로의 대리인 위치에 있다는 뜻이기도 했다.

'외숙부님, 보세요. 외숙모는 이렇게 건강하십니다. 구미코도 이렇게 예쁜 아가씨가 되었어요.'

그의 마음은 양쪽을 향해 말을 걸고 있었다.

료이치는 잡담하는 것도 무서워졌다. 자신의 말이 어떻게 저절로 변할지 알 수 없다. 그는 되도록 세 사람의 이야기를 듣기만 했다.

그러나 그것도 괴로운 일이다. 듣고만 있자니 자신의 눈이 상대방을 자세히 바라보게 되었기 때문이다. 이야기보다도 그 얼굴, 몸, 눈썹까지 바라보게 되었다. 그는 어느새 자신이 노가미 겐이치로가 되어 다카코와 구미코를 만나고 있는 듯한 착각이 들었다.

갑작스러운 일이지만, 료이치는 학생 시절에 읽은 외국 소설을 떠올렸다. 아마 「수다스러운 심장」이라는 제목이었을 텐데, 인간이 가슴속에 갖고 있는 것을 이야기하고 싶어 하는 심리를 테마로 한 소설이었다. 이런 마음은 강한 의지로 막으려고 해도 억누를 수가 없다는 이야기였다.

료이치는 자신이 현재 그 이야기의 주인공이라고 생각했다. 아니, 실은 그 이상이다. 단순한 고자질이 아니다. 외숙모와 구미코를 순식간에 구해 주는 것이다. 십팔 년 동안 고독하게 고뇌해 온 다카코를 순식간에 되살아나게 하는 것이다. 구미코도 그렇다. 아버지가 살아 있다는 사실을 똑똑히 알게 되면, 그녀가 갖고 있는 어딘가 고독해 보이는 그늘도 순식간에 사라지고 말 것이다.

료이치는 그 유혹과 필사적으로 싸우고 있는 자신을 자각했다. 얼굴로는 세 사람과 밝게 웃으며 이야기를 나누고 있다. 그러나 마음으로는 격렬한 싸움을 벌인다. 아내에게도 털어놓을 수 없는 이야기였다. 그는 현재, 어떤 배우도 하기 힘든 고통스러운 연기를 계속하고 있었다.

"아아, 미안하게 됐네요."

옆에 앉은 세쓰코가 작게 소리를 질렀다.

"소에다 씨를 여기 부를 걸 그랬어요. 마침 좋은 기회였는데."

그 말이 료이치를 지옥에서 구해 주었다.

"그러게요."

그는 강하게 아내에게 동감했다.

"지금 불러도 되지 않을까? 아직 회사에 있을지도 모르고. 가까우니까 늦지 않을 거요."

"하지만 식사는 이미 끝났는데요."

구미코가 살짝 얼굴을 붉혔다.

"괜찮아. 차는 마실 수 있을 거야. 식사는 또 다른 기회에 하고, 이야기만 나누어도 되잖니."

"그러게. 오라고 하자."

세쓰코가 말했다.

다카코는 구미코 쪽을 보고 있었다.

"구미코."

료이치가 말했다.

"지금 전화해 봐."

구미코는 조금 수줍은 듯이 망설였지만 어머니에게 상의하듯이 얼굴을 돌렸다.

"부르지 그러니?"

다카코는 미소를 짓고 있었다.

"그럼 전화해 볼게요."

구미코는 의자에서 일어섰다. 로비의 테이블 사이를 걸어가는 뒷모습이 들뜬 듯했다.

그러나 그녀는 기운 없는 발걸음으로 돌아왔다.

"소에다 씨는 이미 퇴근했대요."

소에다 쇼이치는 노가미 겐이치로가 살아 있다고 믿었다.

그는 1944년에 스위스에서 사망한 것으로 되어 있다. 관보도 그렇게 발표했고 당시의 신문에도 실렸다. 있을 수 없는 일이었지만 현상은 그가 살아 있음을 가리키고 있었다.

왜 당시의 대일본제국 정부가 재외공관의 외교관이 사망했다고 발표했을까. 그 이유도 어렴풋이 알고 있다. 언젠가 무라오 과장을 찾아갔을 때, 그는 윈스턴 처칠에게 물어보라고 했다. 그것은 그냥 농담이 아니었다. 초조해져서 저도 모르게 흘린 무라오 과장의 한마디가 실은 노가미 겐이치로의 죽음의 진상을 꿰뚫고 있는 말이었다.

노가미 겐이치로는 분명히 살아 있다. 게다가 일본에 와 있다. 프랑스인 반네드로 되살아난 그가 현재 어디에 있는지는 알 수 없다. 그러나 아직 일본을 떠나지는 않았다.

그 점을 전제로 하면 사건은 처음부터 다시 한 번 따져 봐야 한다고, 소에다는 생각했다.

지금까지 여러 가지로 생각해 왔지만 거기에는 아직 전제로 삼을 것이 아무것도 없었다. 하지만 노가미 겐이치로가 생존해 있다는 커다란 기둥을 세우면 문제의 해명은 다른 방식으로 바뀌게 된다.

소에다 쇼이치는 회사를 일찌감치 나와 조용한 장소를 찾아갔다. 그는 유라쿠초 근처에서 가장 인기 없는 찻집을 골랐다. 한쪽 구석에 앉아 한없이 버텼다. 손님이 조용히 들어왔다가 조용히 나가는 그런 가게였다.

소에다가 고리야마에 가서 이토의 가족을 만났을 때, 그의 며느리는 분명히 이렇게 말했다.

'네. 아버님은 그런 곳을 좋아하셔서 가끔 나라 근처로 놀러 가곤 하셨거든요. 그렇지, 상경 전부터 유독 그런 일이 많아졌어요. 그날은 저녁때 집에 들어오셨는데, 뭔지는 모르겠지만 심각하게 생각에 잠기셔서 아버님 방에서 우두커니 틀어박혀 계셨어요. 그러고 나서였지요, 갑자기 나는 지금부터 도쿄에 다녀오겠다는 말씀을 꺼내신 것은…….'

우두커니 틀어박혀 있었던 것은 절에 남아 있던 필적을 보고 노가미 겐이치로의 생존을 알았기 때문이다. 갑자기 상경해야겠다고 결심한 것은 노가미 겐이치로를 찾아가기 위해서일 거라고 생각했다. 이때 이토 다다스케가 느낀 충동은, 분명히 죽었다고 믿고 있던 인간이 살아 있었다는 사실에 맞닥뜨렸을 때의 경악에서 비롯된 것이다.

그런데 왜 이토 다다스케는 세타가야에서 죽었을까. 그가 다른 곳에서 살해되어 시체가 유기된 것이 아님은 당시의 경찰 검증으로도 알 수 있다. 그렇다면 그는 누군가와 함께 그 근처에 간 것이다. 어쩌면 누군가가 가르쳐 주어서 혼자 갔을 수도 있다. 유도 4단이었던 전직 육군 무관인 그가 그렇게 쉽게 폭력에 의해 볼일도 없는 곳에 끌려갔을 거라고는 생각되지 않는다. 그는 거기에 갈 만한 이유가 있었던 것이다. 즉 소에다가 당시에도 짐작했다시피 이토 다다스케는 누군가를 찾아 세타가야로 간 것이다.

소에다는 자신의 수첩을 꺼내 1944년의 ××국 공사관원의 이름 부분을 펼쳤다. 직원 명부에서 베낀 내용과 그가 직접 조사한 사항들을 메모한 페이지로 지금까지 몇 번이나 봐왔다.

공사 데라지마 야스마사(사망), 노가미 겐이치로(사망), 무라오 요시오, 가도타 겐이치로(서기생, 사망), 이토 다다스케—.

이토 다다스케가 세타가야에 간 이유는 알 수 없다. 어느 인물이나 집주소는 전혀 다른 곳이었다. 왜 세타가야가 이토 다다스케를 부른 것일까.

그때 소에다의 머리에 뭔가 번득이며 지나갔다. 사망이라고 되어 있는 서기생 가도타 겐이치로였다.

'가도타는 정말로 죽었을까.'

죽은 줄 알았던 노가미 겐이치로가 생존해 있었다는 사실에서, 여기에도 또 의심이 든 것이다.

가도타 서기생이 죽었단 얘긴 대체 어디에서 들었을까—소에다는 외무성의 어느 관리를 만났을 때 그 이야기를 들었음을 떠올렸다. 이 리스트의 관계자가 현재 어떻게 지내고 있는지 끊임없이 알아내려고 했을 때다.

그의 말에 소에다는 간단히 가도타 서기생이 죽었다고 결정하고 말았다. 외무성의 관리가 동료에 대해서 말했으니 틀림없다고 믿었다.

그러나 다시 한 번 조사해 볼 필요가 있지 않을까. 만일 가도타 서기생이 노가미 겐이치로와 마찬가지로 살아 있다면 이토 다다스케가 도쿄에서 한 행동은 다르게 해석될 수 있다.

어쩌면 가도타 겐이치로는 전쟁이 끝난 후, 세타가야 쪽에서 살았던 것이 아닐까. 즉 이토 다다스케가 살해된 현장에서 그리 멀지 않은 지역에—.

소에다가 신문사 데스크로 돌아오니 동료가 그를 장난스러운 눈으로 맞이했다.

"소에다 군, 아쉽게 되었군."

"무슨 소리야?"

"조금 전에 자네에게 전화가 왔네. 예쁜 여자 목소리였어. 노가미라는 사람이던데."

"그래?"

"유감스럽다는 얼굴이네. 전화한 사람도 자네가 집에 갔다고 했더니 실망하는 것 같던데."

이 시간에 무슨 일일까. 시계를 보니 여덟시 반이었다. 밤에 구미코가 회사로 전화를 걸어 오는 것은 드문 일이다.

그는 곧 구미코의 집으로 전화를 걸었다.

"몇 번을 호출해도 받지 않습니다."

교환대가 대답했다.

"집을 비우신 게 아닐까요."

그렇다면 다카코와 함께 외출했을 것이다. 전화는 외출한 곳에서 걸었으리라. 그렇다면 안심이다. 딱히 걱정할 만한 이상한 일도 일어나지 않았을 것이다. 그냥 시내에 나왔으니까 전화했겠지.

조금 유감스럽기는 했지만 그에게는 할 일이 있다.

소에다는 교환대를 불러서 곧 규슈의 사가 지국을 부탁했다. 교환대는 사가냐고 되물었다. 도쿄에서 사가로 전화하는 일은 좀처럼 없기 때문이다.

지국이 전화를 받자 소에다는 귀찮은 부탁을 하겠다고 전제한 후, 사가 시에 살고 있던 가도타 겐이치로라는 전 외무성 관리가 현재 어떻게 지내는지 조사해 달라고 말했다.

"사가의 어디입니까?"

상대방이 되물었다.

"사가 시라는 것밖에 모릅니다. 어떻게든 조사해 주실 수 없을까요. 전시에 중립국에 가 있었던 서기생이니 시청 같은 데 물어봐 주시면 알 수 있지 않을까 싶은데요."

소에다에게는 가도타 겐이치로의 본적을 조사할 시간이 없었다.

"해 보지요."

지국장은 흔쾌히 받아들여 주었다.

"내일과 모레, 이틀만 주십시오. 알아내면 원고편으로 보고를 보내 드리겠습니다. 정치부의 소에다 쇼이치 씨 맞지요?"

"네. 잘 부탁드립니다."

소에다는 수화기를 놓고 안도했다.

보고가 오는 데는 앞으로 이삼일쯤 걸린다. 소에다는 도저히 기다릴 수 없는 기분이었지만 어쩔 수 없었다.

일은 끝났다.

마지막으로 집에 가기 전에 들러보고 싶은 곳이 한 군데 있었다. 시나가와의 여관 '쓰쓰이야'였다. 이토 다다스케가 고리야마에서 상경하여 제일 처음 묵었던 여관이다.

소에다 쇼이치는 그때 이 여관을 찾아가 주인을 만났다. 이토 다다스케가 투숙했던 당시의 상황을 들려준 이도 숙소의 주인이었다.

소에다는 다시 한 번 주인에게 묻고 싶은 것이 있다. 이토 다다스케의 입에서 혹시 '가도타'라는 이름이 나온 적이 없었느냐는 것이다.

이토 다다스케는 도쿄 사람이 아니니 지리는 잘 모른다.

그가 세타가야에 살고 있는 가도타 겐이치로를 찾아갔다고 가정하면, 어쩌다가 그 이름이 나오지 않았으리라는 보장은 없다.

조금 지나친 우연이 되겠지만 무엇이든 알아보아야 한다. 그때 주인이 그 말을 하지 않은 까닭은 이쪽에서 물어보지 않았기 때문이다.

숙소의 주인에게는 별로 중요한 일이 아니니 쓸데없는 이야기는 하지 않았을 것이다. 하지만 이쪽에서 먼저 말하면 생각나는 것을 말해 줄지도 모른다.

소에다는 이런 의미에서 시나가와의 '쓰쓰이야'에 한 줄기 희망을 걸었다. 소에다는 회사를 나가 시나가와로 직행했다. '쓰쓰이야'에는 전에 두 번 찾아간 적이 있다. 역에서는 가깝지만 외진 곳에 쓸쓸해 보이는 간판을 내걸고 있는 여관이었다. 그렇게 좁지는 않지만 건물도, 설비도 오래되었다.

소에다 쇼이치는 여관 현관으로 들어갔다.

"어서 오세요."

목소리는 뒤에서 들렸다.

소에다가 돌아보니 마흔대여섯 살 정도의 키 큰 남자가 핫피옥호나 상표 등을 등이나 옷깃에 염색해 넣은 겉옷. 직공이나 여관 종업원 등의 유니폼를 입고 꾸벅꾸벅 인사를 하고 있다.

숙소의 직원인 듯한 덩치 큰 남자인데 짙고 커다란 눈동자에 태도가 몹시 정중했다. 소에다를 손님으로 착각하는 듯해 소에다는 당황하며 손을 내저었다.

"저는 손님이 아닙니다. 주인이 계시면 뵙고 싶은데요. 소에다라고 하는데 R신문사 사람입니다."

"예에, 알겠습니다."

핫피를 입은 남자는 '쓰쓰이야'라고 씌인 윗도리의 등을 보이며 안쪽으로 들어갔다.

어떻게 된 일인지 여종업원도 나오지 않는다. 그때 이층에서 상을 쌓아올려 든 여종업원이 몸을 젖히며 내려왔다. 그녀도 방금 그 남자 종업원도, 소에다가 전에 왔을 때는 보지 못한 얼굴이었다.

"자, 이쪽으로 들어오시지요."

핫피를 입은 남자 종업원은 안쪽에서 나오더니 마룻바닥에 단정하게 무릎을 모으고 양손을 짚으며 말했다.

소에다는 남자의 뒤를 따라 안쪽으로 향하는 복도를 걸어갔다.

"들어가시지요."

바로 왼쪽의 장지문 앞에서 남자 종업원은 손바닥을 내밀어 보였다.

"실례합니다."

소에다는 장지문을 열었다. 요전에 왔을 때 안내된 그 방이었다.

소에다의 기억에 남아 있는 숙소의 주인이 신문을 내려놓고 안경을 벗었다.

"자, 이쪽으로 들어오십시오."

주인은 짙은 눈썹을 펴며 홀쭉한 뺨에 웃음을 지었다.

"또 찾아뵙습니다. 일전에는 감사했습니다……."

소에다는 주인 앞에 앉았다.

"오랜만이군요. 얼마든지 놀러 오십시오. 오늘 밤에는 무슨 일로……?"

주인은 소에다의 얼굴을 찬찬히 보았다.

"네, 실은 또 비슷한 걸 여쭤 보러 왔는데요, 이토 다다스케 씨 일입니다. 세타가야에서 살해된 분 말입니다."

"그래요?"

주인은 쓴웃음을 지었다.

"아직 그 사건은 끝나지 않았군요?"

"네, 결국 경찰 쪽에서도 수사를 일단 접은 모양입니다."

"저도 신문을 주의 깊게 읽고 있었는데 아무래도 그런 모양이더군요. 설령 하룻밤이라도 우리 집에 묵었던 손님이 그렇게 안타까운 일을 당하셨으니, 저도 정말 남의 일처럼 생각되지는 않습니다."

주인은 숙연한 얼굴을 했다.

"그래서 여쭙고 싶은데요, 이토 씨가 이곳에 묵으셨을 때 세타가야 쪽에 갈 거라는 말을 하지 않았습니까?"

소에다가 전에 방문했을 때 이미 물어본 질문이었다. 이번에는 답을 확인하는 모양새가 되었다.

"네, 그런 말은 듣지 못했습니다. 그래서 손님이 왜 그런 곳에 가 있었는지 저희들은 전혀 모릅니다."

"이토 씨가 가도타 씨라는 이름을 얼핏 흘리지는 않았나요?"

"가도타 씨라고요?"

주인은 이상하다는 눈을 하고 소에다의 입을 바라보았다.

"글쎄요. 그런 이야기는 못 들었습니다. 대체 가도타 씨라는 분은 어떤 사람입니까?"

"죽은 이토 씨의 친구인 모양입니다. 제 나름의 상상이지만, 이토 씨가 세타가야 쪽으로 간 건 친구인 가도타 씨를 찾아간 게 아닐까 싶어요."

"아하, 그런 흔적이 있었습니까?"

"아뇨, 이건 제 상상일 뿐입니다. 제가 이곳을 찾아온 이유는 이토 씨의 입에서 가도타 씨라는 이름이 나오지 않았는지 어떤지를 알고 싶어서입니다."

"그런 이름은 전혀 듣지 못했습니다."

보통은 듣지 못할 거라고 소에다는 생각했다. 생각해 보면 손님이 그런 것을 일일이 말할 리는 없다.

용건은 간단히 끝났다.

소에다는 그 후, 주인과 잡담을 나누다가 여관 현관을 나왔다.

역시 이토 다다스케는 숙소에서 '가도타'의 이름을 말하지 않았다. 소에다는 만에 하나라는 기대를 품고 여기에 왔지만, 역시 그런 일은 없었다. 그러나 이 문제를 확실하게 확인했다는 의미로 헛수고가 아니었다.

소에다가 밖으로 나가자 어두운 옆쪽에서 핫피를 입은 남자 종업원이 불쑥 나타나 소에다에게 목례를 하고 지나갔다.

그때 맞은편에서 얼굴을 본 적이 있는 여자가 걸어오는 것을 보았다. 그가 알아차리기 전에 여자 쪽에서 먼저 인사를 했다.

"아, 전에는 고마웠습니다."

이토 다다스케가 묵었을 때 그 방을 담당했던 쓰쓰이야의 여종업원이었다. 소에다는 요전에 그녀에게서 여러 가지 이야기를 들으며 신세를 졌다.

"또 왔습니다."

"이번에는 무슨 일이세요?"

여종업원은 웃고 있었다.

"그냥, 별일 아닙니다. 지금 주인을 만나고 왔는데요. 아, 그렇지. 여기서 당신을 만나다니 마침 잘되었네요. 그 이토라는 손님이 가도타라는 이름을 말했던 기억이 있습니까?"

"가도타?"

여종업원은 고개를 갸웃거렸다. 미인은 아니지만 애교가 있다.

"글쎄요, 그런 이름은 듣지 못한 것 같아요."

"그래요?"

소에다는 마지막 기대의 끈이 끊긴 것을 알았다.

"지금 주인도 그렇게 말씀하시더군요."

"그렇겠죠, 저도 못 들었으니까요."

여종업원은 손에 장바구니 같은 것을 들고 있었다.

"꽤 바쁘시네요."

소에다는 인사치레를 했다.

"왜일까요, 요즘 손님이 많아졌어요."

"좋은 일이네요. 손님이 많아서 번창하고 있다니 다행입니다."

이때 소에다의 머리에 문득 아까 본 핫피를 입은 남자의 모습이 떠올랐다.

"아까 핫피를 입은 아저씨 같은 분이 있던데, 그분도 바빠져서 고용하셨군요."

"그 아저씨요?"

"네."

"여러 가지로 일손이 달리게 되어서 사장님이 고용하셨어요. 덕분에 우리는 살았지요. 하지만 반쯤은 사장님이 동정심으로 고용한 거나 마찬가지예요."

"아하, 처지가 딱한 분인가 보군요."

"아내가 집을 나가서 아이를 데리고 힘들게 살고 있대요. 우리 가게에 와서 무엇이든 좋으니까 일을 시켜 달라고 해서, 사장님이 한동안 가게에 둬 보기로 하신 거예요. 아이는 집에 두고 혼자 여기 들어와서 살고 있어요. 얼마 안 됐어요."

"어쩐지, 제가 전에 왔을 때는 없었다 했지요."

"그렇겠죠. 오늘로 일주일도 안 되었을 정도니까요."

소에다는 바쁜 상대방의 발길을 붙든 것을 사과했다.

"정말 실례 많았습니다. 또 무슨 일이 있으면 여쭤 보러 올지도 모르겠어요. 그때도 잘 부탁드립니다."

"네, 안녕히 가세요."

소에다는 역 쪽으로 걸어갔다.

이튿날, 소에다는 구미코의 집에 전화를 했다.

"어젯밤에는 아깝게 되었네요."

구미코가 직접 받았다.

"형부가 그저께, 규슈 학회에서 돌아오셨거든요. 그래서 어머니랑 저를 T호텔로 초대해 주셨어요. 형부가 소에다 씨를 부르면 어떻겠느냐고 하셔서 제가 전화했죠. 그랬더니 이미 퇴근하셨다고 해서 다들 실망했어요."

"퇴근한 건 아니었는데 잠깐 밖에 나가 있었어요. 곧 돌아왔는데 이미 늦었던 거군요. 집에서 전화를 하신 건가 싶어서 일단 걸어 보았지만 아무도 안 받더군요."

"유감이에요. 형부도 소에다 씨와 뭔가 이야기하고 싶은 게 있는 모양이던데요."

"그래요? 규슈에서 돌아오셨다고요?"

"네, 후쿠오카였어요."

소에다는 '규슈'라는 말이 마음에 걸렸다. 지금 가도타 겐이치로에 대해서 조사하고 있는 곳도, 후쿠오카는 아니지만 규슈의 사가였다.

그렇다고 해도 아시무라 료이치가 자신에게 뭔가 하고 싶은 이야기가 있다는 게 신기했다.

"아시무라 씨한테는 제 쪽에서 전화 드릴까요?"

"글쎄요."

구미코는 전화 맞은편에서 잠시 생각하는 듯하더니 이내 대답했다.

"제가 물어보고 나서 연락해 드릴게요."

하기야, 별로 친하지도 않은 아시무라 료이치에게 자신이 직접 전화하는 것도 어색한 일이다.

"그럼 기다리겠습니다. ……조만간 집으로 찾아뵐게요."

"한동안 오지 않아서 어머니도 기다리고 있어요."

"안부 전해 주세요."

소에다는 전화를 끊었지만 구미코의 목소리가 귓가에 맴돌았다. 아시무라 료이치가 자신에게 하고 싶은 이야기가 있다고 했던 말이 의식에 남아 있었다.

소에다 쇼이치는 사가 지국에서 보고가 오기를 목 빠지게 기다렸다.

거리가 더 가까웠다면 직접 가서 조사하고 싶을 정도였다. 하지만 규슈쯤 되면 그렇게 간단하게 찾아갈 수는 없다.

답신은 이틀 후에 원고편 속에 끼어들어서 왔다.

그때 전화를 받았던 지국장이 직접 갱지에 보고를 써 주었다.

"일전에 의뢰하신 건을 다음과 같이 보고합니다. 물어보신 가도타 겐이치로 씨는 시청 및 그 외 여러 곳에서 조사한 결과 사가 시 미즈가에초 ××번지에 거주하고 계셨다는 사실을 알아냈습니다. 당장 국원을 보내 조사한 바로는, 그에게는 사망 사실이 없습니다……."

여기까지 읽고 소에다는 깜짝 놀랐다. 희미하게 의심은 했지만 적중한 것이다.

인간의 심리는 한번 그렇게 믿으면 틀림없는 것으로 여기고 조금도 의심하지 않을 때가 많다. 이 경우가 그랬다. 관리에게 들은 정보를 소에다는 절대적인 사실로 여겼던 것이다.

"그러나 그는 현재 그 집에 거주하고 있지 않습니다."

보고는 이어졌다.

"……가도타 겐이치로 씨는 이미 재외근무를 하던 중에 부인을 잃었고 아이도 없습니다. 현재 위 번지에는 가도타 씨의 친형 부부가 살고 있습니다. 가도타 씨는 전쟁이 끝난 후 외국에서 돌아와 외무성 관리를 그만두고 친형 부부의 집에서 하숙을 했던 모양입니다.

그러나 1946년쯤 그는 간사이 쪽으로 간다며 집을 나간 후 지금까지 소식을 모릅니다. 친형 부부의 이야기에 따르면 일단 가출인 수색원은 냈다고 하지만, 현재 죽었는지 살았는지 소식을 알 수 없다고 합니다.

이 점에 대해서 조금 이상한 이야기가 있습니다. 가도타 씨가 가출한 지 얼마 되지 않아서, 가도타 겐이치로가 사망했다는 소문이 도쿄의 외무성 관계자 사이에서 났다는 것입니다. 친형 부부의 이야기에 따르면 아마 도쿄 쪽에서는 그의 실종을 사망으로 착각해서 그렇게 된 게 아닐까 싶다고 합니다."

대체 어떻게 된 일일까. 소에다 쇼이치는 보고문을 다 읽고 나서 이마에 손을 댔다.

이 글을 보고 나서야 알게 되었지만 소에다에게 가도타가 죽었다고 가르쳐 준 관리도 소문 때문에 착각을 일으킨 모양이다.

이런 착오는 대체 어떻게 해서 일어나는 것일까. 소에다는 그 부분에 뭔가 사정이 있을 것 같다는 생각이 들었다.

이걸로 사태는 한층 명료해졌다.

나라의 고리야마에서 서둘러 상경한 이토 다다스케가 가도타 겐이치로를 찾아간 것은 거의 틀림없다.

이것은 다른 사람들이 가도타의 죽음을 믿고 있는데도 이토 다다스케만은 그의 생존을 알고 있었다는 뜻이 된다. 그렇다면 이는 또한, 이토 다다스케가 나라의 지방 도시에서 잡화점을 경영하면서도 공사관 시절의 인간관계에 끊임없이 주의 깊은 시선을 보내고 있었다는 뜻이다.

한 가지 가정을 해 보자.

이토 다다스케는 노가미 겐이치로가 남긴 필적을 보고, 그가 공표되었듯이 사망한 게 아니라 생존해서 일본에 와 있다는 것을 알았다. 절을 좋아했던 노가미 겐이치로의 성격을 알고 있었기 때문에 그가 오랜만에 나라의 고찰을 보러 왔음을 알아챈 것이 틀림없다. 그렇다면 이토 다다스케는 노가미 겐이치로가 도쿄에 본거지를 두고 있으리라고 추정했을 것이다.

이토 다다스케는 당장 상경해 가도타의 은신처를 찾아갔다. 그곳이 세타가야의 구석진 곳이었던 게 아닐까.

그렇다고 해도 가도타는 무엇 때문에 실종된 것일까. 그리고 어떤 이유로 사망했다는 소문이 난 것일까. 공사관 시절에 그는 단순한 서기생에 지나지 않았다.

그러나 소에다는 여기에서 또 다른 생각을 해 본다.

일등서기관인 노가미 겐이치로가 중립국에서 스위스의 병원으로 옮긴 사정에 대해서다. 물론 노가미가 단독으로 스위스로 향했을 거라고는 생각할 수 없다. 만일 훗날의 사망 공표가 거짓이라면, 그의 스위스행에는 상당한 위장이 필요했으리라고 짐작할 수 있다. 예를 들어 노가미 겐이치로는 먼저 환자가 될 필요가 있었다.

이때 가도타 서기생이 노가미 일등서기관을 따라 스위스로 갔을 수도 있지 않을까. 그렇다, 이 부분의 비밀이 중요하다.

이토 무관은 노가미 일등서기관의 사망을 사실로 믿고 있었다. 그러나 노가미 겐이치로가 살아 있다면 당시 스위스까지 동행했던 가도타 서기생에게 사정을 물어볼 필요가 생긴다. 이것이 이토 다다스케가 세타가야의 구석진 곳으로 찾아가게 된 이유가 아닐까.

그렇다면 이토 다다스케는 왜 살해된 것일까. 과연 가도타 겐이치로의 라인이 이토의 생명을 빼앗은 것일까.

이 대목에서 소에다는, 아니, 아니, 아직 생각이 부족하다고 여겼다.

이토 다다스케가 시나가와의 숙소에 묵었을 때, 곧장 세타가야 쪽으로 가지 않고 덴엔초후와 아오야마를 돌았기 때문이다.

덴엔초후에는 다키 료세이가 있었다. 아오야마에는 무라오 요시오가 있었다. 두 사람 다 노가미 겐이치로와는 매우 가까운 관계다.

이토 다다스케가 두 사람을 찾아갔으리라는 추측은, 소에다도 이미 한 바 있다. 그때는 이토 다다스케가 단지 노가미 겐이치로에 대해서 물어보러 찾아가지 않았나 싶었는데, 실은 그보다 가도타 겐이치로의 소재지를 물으러 간 게 아니었을까.

즉 이토 다다스케는, 당시의 외교관보 무라오 요시오와 그의 임지에 주재하던 (나중에 스위스로 옮긴) 신문 특파원 다키 료세이라면 가도타가 현재 어떻게 지내고 있는지를 알고 있으리라 여겼던 것이다. 만약 두 사람이 노가미 겐이치로에 대해서 모른다면, 가도타가 현재 어떻게 지내는지라도 알아보고자 했던 것 같다.

둘 중 어느 쪽인지는 모르겠지만, 어쨌든 누군가는 가도타 겐이치로가 세타가야 쪽에 살고 있다고 이토에게 가르쳐 준 것이다. 이토는 그 말을 듣고 세타가야로 향했음이 틀림없다.

다만 소에다가 보기에 이토 다다스케에게 가르쳐 준 사람은 다키 료세이였을 것 같다.

다키 료세이의 태도 때문이다. 갑자기 세계문화교류연맹 이사를 그만두고 다테시나 부근에 틀어박히질 않나, 곧 거기에서 교토로 향하기도 하는 등 이상한 행동을 했다. 그 행동이 비밀스러웠던 만큼, 다키는 누군가를 두려워하는 것 같았다.

그러고 보니 이토 다다스케의 이름이 옛 군인의 연락 명부 속에서 누락되어 있었다.

이미 시골 잡화점 주인이 된 이토 다다스케가 오랜 꿈을 버렸다고도 할 수 있지만, 이번 사실을 보면 오히려 이토 다다스케가 중앙과 비밀스럽게 연락하고 있었다는 암시인 것 같기도 하다.

그건 그렇고, 살아 있기는 하지만 행방을 알 수 없는 가도타 겐이치로는 지금 어디에 있을까.

소에다는 다시 한 번 다키 료세이와 무라오 요시오를 만날 필요가 있다, 아니, 꼭 만나야겠다고 결심했다.

22

소에다 쇼이치는 다키 료세이의 자택에 전화를 걸어 물어보았다. 하지만 역시 그는 집에 없었고 어디를 여행하고 있는지도 알 수 없다고 한다.

집에는 어떤 형태로든 연락이 오고 있는 듯했지만 거기까지 캐물을 수는 없었다. 또 다키 료세이가 행선지를 알려 주지 말라고 가족에게 입막음을 했을 테니 물어봐도 소용없겠다고 판단했다.

남은 것은 무라오 요시오였다.

무라오는 교토의 M호텔에서 권총에 저격당하고 부상을 입었다. 외무성에는 아직 출근하지 않았겠지만 일단 전화해서 물어보았다. 역시 몸이 아파서 나오지 않았다고 한다.

"언제까지 쉬십니까?"

"글쎄요, 앞으로 이 주 정도는 못 나오실 겁니다."

"지금 어디에 계십니까?"

"잘 모르겠지만 이즈의 어느 온천지에서 정양하고 계신다고 들었습니다."

"하지만 과장님이시니까, 외무성 쪽에서 연락할 일이 있지 않습니까?"

"글쎄요, 그런 건 외부에 알려드릴 수 없습니다."

역시 알려 주지는 않았다. 하지만 무라오 과장이 이즈의 온천에 있다는 것은 그 전화로 처음 알았다.

무라오는 M호텔에서 가명을 썼고, 그 가명으로 교토 시내의 병원에 들어가 치료를 받았다. 교토 지국의 이야기로도 부상은 그렇게 심한 것 같지 않으니, 이미 병원을 떠났다는 말은 사실일 것이다. 전화를 받은 직원이 정양지가 어디인지 구체적으로 가르쳐 주지 않은 것은 유감이지만, 이즈의 온천지라는 말을 들은 것은 수확이었다.

이즈의 온천이라고 해도 여러 곳이 있다. 게다가 무라오는 여전히 가명으로 여관에 들어가 있을 것이 틀림없으니 전화로 일일이 각지의 여관에 조회해 볼 수도 없었다.

소에다는 무라오의 자택에 직접 가 보기로 했다. 다키의 행방을 알 수 없는 이상 어떻게 해서라도 무라오는 만나고 싶었다.

무라오의 집은 아오야마미나미초의 전철 길에서 안쪽으로 들어간 곳에 있었다. 이 일대는 중산층 가정의 주택지다.

무라오의 집은 금방 찾을 수 있었다.

소에다 쇼이치는 현관 옆의 붉은 단풍나무를 보면서 문패가 걸려 있는 격자문 앞에 섰다.

제일 먼저 열여덟아홉 살 정도의 가정부가 나오고, 곧 그녀 대신 서른네다섯 살쯤 되는 갸름한 얼굴의 여자가 나왔다.

"실례지만 사모님 되십니까?"

"아뇨, 저는 친척인데요. 언니는 잠깐 외출했어요."

"아아, 그럼 사모님의 동생분이십니까?"

"네."

여자는 현관에 무릎을 꿇고 앉아서 고개 숙여 인사했다.

"이거 실례했습니다. 무라오 씨가 편찮으셔서 이즈 쪽에 정양을 가 계신다고 외무성에서 들었는데 사모님도 같이 가셨나요?"

"그게."

부인의 동생이라는 사람은 눈을 내리깔더니 거기에 대해서는 별로 대답하고 싶지 않다는 표정을 지었다.

"걱정이 많으시겠습니다. 무라오 씨의 용태는 좀 어떠십니까?"

"예에, 고맙습니다. 뭐랄까요, 저는 언니의 부탁을 받고 갑자기 집을 봐 주러 온 거라 아직 자세한 건 몰라요."

그녀는 말을 흐렸다.

"실은 무라오 과장님을 꼭 뵈야 하는 용건이 있습니다. 이즈의 어느 온천에 가 계시는지요?"

"글쎄요."

곤혹스러워했다.

"의사 선생님이 형부한테 절대 안정을 취하라고 하셨대요. 형부 역시 누구와도 만나고 싶지 않으시다네요."

"그렇게 안 좋으십니까?"

소에다는 어쩌면 무라오의 상처가 악화된 것은 아닐까 하고 생각했다. 하지만 그녀의 말은 행선지를 가르쳐 주고 싶지 않아서 늘어놓는 변명일 것이다.

"그렇게 안 좋으신 줄은 몰랐습니다. 하지만 딱 오 분이나 십 분 정도만 뵐 수 있으면 됩니다. 결코 용태에 지장이 될 만한 짓은 하지 않을 거고, 만일 그렇게 된다면 당장 물러나겠습니다. 그 온천지와 여관의 이름을 가르쳐 주셨으면 합니다."

"글쎄요."

이런 일에 별로 익숙하지 않은지 부인의 동생은 주뼛거렸다.

아마 언니에게서 행선지를 말해서는 안 된다고 단단히 입막음을 당한 것이 틀림없다. 그러나 상대가 신문사라고 하니 망설이는 얼굴이다.

"만일 제가 대뜸 찾아뵙는 게 불편하시다면 이쪽에서 전화로 사정을 직접 여쭤 봐도 되고요."

소에다는 그녀가 불쌍해졌지만 그렇게 말하지 않을 수 없었다.

부인의 동생은 소에다의 말에 걸려들었다.

"그럼 전화번호를 가르쳐 드릴게요."

그녀는 슈트 주머니에서 메모를 꺼냈다. 소에다가 직접 목적지에 가지 않고 전화로 사정을 물어보겠다고 했기 때문에 안심한 모양이다.

"후나바라의……."

"후나바라?"

소에다는 수첩에 적으면서 물었다.

"후나바라라면 이즈의 슈젠지修善寺에서 좀 들어간 곳이지요?"

"네, 그렇대요."

"그렇군요. 여관의 이름은요?"

"후나바라 호텔이에요. 거기에는 그 숙소 하나밖에 없대요."

"고맙습니다. 아, 그리고."

소에다는 갑자기 생각나는 것이 있었다.

"그곳에서는 무라오 씨가 본명으로 묵고 계십니까?"

"아뇨."

야마다 기이치라는 이름을 쓰고 있다고 그녀는 가르쳐 주었다.

이튿날 아침 일찍, 소에다는 도쿄를 출발했다.

미시마 역까지 전철로 두 시간 정도 걸렸고 거기서부터는 기사 딸린 차를 빌렸다. 가노가와 강을 따라 나 있는 시모다 가도를 한 시간 정도 달리자 길이 오른쪽으로 갈라졌다. 그 좁은 길도 작은 강과 줄곧 나란히 나 있었다.

후나바라 온천은 산을 등지고 있는 한적한 곳이었다. 한 채의 여관 외에는 대부분이 농가다. 산에는 가을 빛깔이 무르익고 추수가 끝난 논에는 그루터기만이 남아 있었다.

여관의 하얀 건물을 보았을 때 소에다는 무라오 과장의 차가운 얼굴을 떠올리지 않을 수 없었다.

소에다는 차에서 내려 호텔 현관으로 걸어가면서 점차 긴장감을 느꼈다. 그렇지 않아도 무라오 요시오는 교토에서 불쾌한 부상을 입었고, 사람들의 눈을 피해 이곳에 머물고 있다. 그런데 마음에 안 드는 신문기자가 가장 싫어하는 화제를 가지고 집요하게 여기까지 쫓아왔다. 무라오 요시오의 씁쓸하기 짝이 없는 표정이 만나기도 전부터 눈앞에 어른거렸다.

호텔은 그렇게 큰 것 같지는 않다. 현관에 도착할 때까지 강을 따라 난 정원에 정자 여러 개가 보였다. 오카리바야키멧돼지, 오리, 야생 새 등의 고기와 채소를 철판에 볶은 요리가 이곳의 명물이다.

현관으로 나온 종업원도 소박해 보였다.

"손님 중에 야마다 씨라는 분이 묵고 계시지 않나요?"

"예, 묵고 계시는데요."

"사모님도 함께 계십니까?"

"네, 맞습니다."

"도쿄에서 온 사람인데요, 사모님을 좀 뵙고 싶습니다."

종업원은 소에다의 이름을 듣고 안쪽으로 들어갔다.

하기야 신문사 이름을 말하지 않았으니 소에다라는 성만 가지고는 무라오가 듣더라도 당장 누군지 알아채지 못하리라. 그 편이 좋다.

어쨌거나 부인만은 현관으로 나올 것이다. 현관에는 다른 투숙객이 도테라보통의 기모노보다 좀 길고 큼직하게 만든 솜옷. 방한용이며 침구도 쓰인다 차림으로 걷고 있었다.

부인이 나왔다. 소에다가 아오야마의 집에서 본 여자와 꼭 닮았다. 서른일고여덟 정도의 키가 큰 부인이었다.

"소에다 씨라고 하셨나요?"

부인은 그에게 인사를 하며 의아하다는 듯이 물었다.

"네, 전에 남편분을 뵌 적이 있는, 소에다 쇼이치 기자라고 합니다."

소에다는 이번에는 주머니에서 명함을 꺼냈다.

부인의 얼굴에 가벼운 낭패가 스쳤다.

순간적으로 남편을 떠올리며 귀찮은 상대를 맞이했다는 생각에 지은 표정이었다.

"죄송하지만."

부인은 입을 열었다.

"남편은 몸이 안 좋아서 이곳에 정양을 하러 온 거라 아무도 만나지 않고 있어요."

미소를 띠며 양해를 구한다.

"잘 알고 있습니다. 여기까지 쳐들어온 건 죄송하게 생각합니다. 하지만 딱 오 분이나 십 분이면 됩니다. 모쪼록 잠시 시간을 내 주실 수 없을까요?"

"저기, 그게……."

부인은 곤란한 얼굴을 했다. 분명히 대뜸 거절하지 못하는 약한 마음이 갸름한 얼굴에 나타나 있었다. 도쿄에서 일부러 여기까지 온 사람이다. 그런 방문객에 대한 동정이 그녀의 마음을 약하게 만들었다.

"그럼 남편이 뭐라고 하는지 일단 물어보고 올게요."

"감사합니다."

소에다는 현관 앞에서 기다렸다.

해가 산에 노란빛을 약하게 비춘다. 삼나무 숲 한 덩어리가 산자락에 거무죽죽한 반점을 이루고 있다.

이윽고 부인이 발을 끌듯이 하며 돌아왔는데 얼굴 표정이 매우 곤란해 보였다.

"저어, 죄송하지만."

그녀는 소에다가 서 있는 곳 앞에서 몸을 숙였다.

"남편은 사정이 있어서 뵐 수 없다고 하는데요."

소에다도 이 정도의 거절은 이미 각오하고 있었다.

"지당하신 말씀입니다. 정양하러 오신 곳까지 쳐들어온 건 정말 죄송하게 생각합니다. 하지만 남편분을 찾아 여기까지 온 거니까 딱 오륙 분만이라도 좋습니다. 절대안정을 취해야 하신다면 이만 물러가겠습니다만."

온천지에 와서 절대안정은 있을 수 없고 여기는 병원이 아니다. 의사도 붙어 있지 않을 것이다.

과연 부인은 어떻게 해야 좋을지 모르겠다는 얼굴을 했다. 그녀가 다시 약한 목소리로 같은 말을 되풀이했지만, 소에다는 끈질기게 물고 늘어졌다.

부인은 체념한 듯이 일어섰다. 소에다는 부인의 얼굴에 떠오른 결의한 듯한 표정을 보았다.

소에다는 거기에서 기다렸다. 그 긴 시간이 기자를 내쫓아 버리라고 부인에게 명령하는 무라오 요시오를, 부인이 어떻게든 달래고 있는 시간처럼 느껴졌다. 아까 부인의 표정으로 보아 그렇게 판단해도 틀림없을 것이다.

맞은편 정원에서 도테라를 입은 남녀 손님이 종업원의 안내를 받으며 강으로 걸어가고 있었다. 종업원은 손에 바구니를 들고 있다. 오카리바야키라도 해 먹으려나 보다고 생각하며 소에다는 멍하니 그 정경을 보고 있었다.

무라오 부인이 돌아왔다. 이번에는 얼굴에 망설임이 보이지 않았다.

"자, 들어오세요."

종업원이 옆에서 슬리퍼를 가지런히 놓아 주었다.

"그럼 만나 주시는 겁니까?"

"네. 어떻게든 그렇게 해 달라고 했어요."

부인의 얼굴에 온화한 미소가 퍼졌다. 소에다는 진심을 다해 머리를 숙였다.

"정말 죄송합니다. 십 분 정도만 있다가 물러가겠습니다."

"환자도 지금 신경이 곤두서 있으니까 모쪼록 부드럽게 대해 주세요."

소에다는 부인의 뒤를 따라갔다. 현관에서 들어가 오른쪽에 있는 긴 복도를 걷는다. 도중에 몇 번이나 복도 모퉁이를 돌았다.

"여기예요."

후미진 방의 장지문 앞에서 부인은 소에다를 돌아보았다.

"예."

소에다는 저도 모르게 상의 매무새를 가다듬었다.

방으로 들어가 보니 무라오 요시오는 도테라를 입고 안락의자 위에 앉아 있다. 그곳은 넓은 툇마루로 되어 있고 정면에 겹쳐 있는 산자락들이 원근의 배합을 이루었다.

무라오 요시오는 소에다의 위치에서 볼 때 뒷모습을 보이고 있었다. 소에다가 말을 걸기 전에 부인이 그를 배려해 남편 옆으로 다가가서 뭐라고 속삭였다.

"말씀 나누세요."

부인이 돌아보더니 소에다를 위해 옆에 의자를 놔 주었다.

"실례하겠습니다."

소에다는 무라오의 옆으로 나아갔다.

무라오 요시오는 살짝 고개를 끄덕였지만 소에다 쪽으로는 눈길도 주지 않았다. 그 옆얼굴은 소에다가 보고 깜짝 놀랐을 정도로 야위어 있었다.

"안녕하세요."

그는 머리를 숙였다.

"정양하시는데 찾아와서 죄송합니다. 지금 부인께 말씀드렸다시피 아주 잠깐만이라도 뵙고 싶어서 왔습니다."

무라오에게서는 당장 대답이 돌아오지 않았다. 그는 살짝 고개를 움직여 소에다 쪽을 힐끗 보았다. 도테라 때문에 어깨에 붕대를 감았는지는 알 수 없었다.

"아, 당신이오?"

처음으로 말했다. 목소리에는 힘이 없었다. 환영하지 않는 손님을 맞이하며 마지못해 입을 열었기 때문인지, 부상 때문에 우울해서 그런 것인지 알 수 없었다.

"용태는 좀 어떠십니까?"

소에다는 문병 인사를 했다. 하지만 부상에 대해서는 언급하지 않았다. 사실을 숨기고 있는 무라오를 위해 언급하지 않는 것이 예의였다.

"아아, 음."

무라오 요시오는 우물우물 대답했다.

"갑자기 이렇게 되셨다고 해서 깜짝 놀랐습니다. 외무성에 전화했다가 과장님이 쉬고 계시는 걸 알았거든요."

"그래요?"

무라오는 거북한 듯한 눈을 했다.

"그래서 무슨 일이오?"

"아, 실례하겠습니다."

소에다는 옆의 의자에 걸터앉았다.

"대뜸 찾아온 것만으로도 불쾌하시겠지만, 거기다 꾸중을 들을 것 같은 질문까지 가져왔습니다."

소에다는 선뜻 말했다. 그도 빙빙 둘러 말하지 않고 단도직입적으로 답을 끌어내고 싶었다.

"흠."

무라오 과장은 산 쪽을 바라보며 얼굴을 굳히고 있었다.

"무라오 씨가 ××국國에 주재하고 계셨을 때의 일인데요……."

소에다가 여기까지 말하자 무라오는 눈동자를 희미하게 움직였다. 역시 그것 때문에 왔냐고 말하고 싶은 듯, 불쾌한 표정이었다.

"당시 서기생 중에 가도타 겐이치로 씨라는 분이 계셨지요?"

무라오는 잠자코 희미하게 고개를 끄덕였다. 기분이 나빠 보였다.

"무라오 씨도 잘 아시는 분이었습니까?"

"그야 물론."

무라오는 마지못해 말했다.

"같은 공사관에 있었으니까. 내 부하였으니 알고 있는 것은 당연하지요."

"어떤 성격이었나요?"

"성격? 이제 와서 왜 그런 걸 묻는 거요?"

무라오는 의자에 등을 기댄 채 날카롭게 소에다를 보았다.

"네. ……언젠가 과장님께 말씀드렸던 것 같은데, 저는 세계대전 중의 외교사에 대해서 쓰고 싶습니다. 그래서 여러 가지 자료를 모으고 있는데 그런 의미로 가도타 씨에 대한 이야기를 무라오 씨에게 여쭙고 싶어서요."

"가도타는 일개 서기생이오. 아무것도 모르지. 그자는 그저, 우리의 명령을 듣고 사무적으로 일했을 뿐이오."

"아니, 그런 뜻이 아닙니다. ……일등서기관 노가미 겐이치로 씨가 스위스에 요양을 가셨을 때, 노가미 씨를 따라 스위스의 병원에 간 사람이 가도타 씨라고 들었습니다. 그래서 스위스 병원에 있었을 때의 노가미 씨에 대해서 가도타 씨의 입으로 듣고 싶어서요."

여전히 먼 산에 시선을 둔 무라오 요시오의 눈빛은 조용했지만, 감정을 억누르고 있을 때의 눈빛이었다.

"당신은 가도타를 만나고 싶은 거요?"

"네. 그리고 가도타 씨가 어떤 인물인지 무라오 씨께 여쭤 보고 싶습니다."

"모처럼 찾아와 주었는데 미안하지만."

무라오는 입술에 희미한 비웃음을 띠었다.

"가도타 군은 죽었다고 하더군요."

소에다는 그 대답을 예상하고 있었다.

"전쟁이 끝난 후, 그 남자는 귀국했고 곧 일을 그만두었소. 규슈의 고향으로 돌아갔지만 병으로 죽었다는 이야기를 들었소."

무라오의 목소리는 평탄했다.

"그런 소문은 저도 들었습니다."

소에다도 조용히 말했다.

"하지만 저희 회사에서 규슈의 사가, 즉 가도타 씨의 고향인데요, 그 사가 지국에 조사를 의뢰한 결과 가도타 씨가 실은 돌아가신 게 아니라 고향 집을 나가신 것임을 알아냈습니다."

무라오의 얼굴에 갑자기 동요가 퍼졌다. 소에다는 입 속으로 작게 비명을 지르는 무라오의 목소리를 들은 것 같았다.

"나는 모르는 이야기인데."

무라오는 억누른 목소리로 대답했다.

"그건 모르겠소. ……하지만 그럴 리는 없는데."

고개를 갸웃거린다.

"나는, 분명히 가도타가 죽었다고 들었소."

"그렇습니다."

소에다는 곧 말을 받았다.

"규슈의 본가에서도, 어떻게 말이 잘못 전해진 건지 도쿄에서 그런 소문이 났다고 하더군요. 현재는 가도타 씨의 친형이 그 집의 가장인데, 그 점을 이상하게 여겼다고 합니다. ……이상한 점이 한 가지 더 있는데요, 그 후 가도타 씨의 행방을 알 수가 없다는 겁니다.”

“그런 일이 있었나?”

무라오의 얼굴에 비꼬는 듯한 웃음이 떠올랐다.

“용케 조사했군. 그럼 굳이 나 같은 사람한테 물어볼 것 없잖소. 당신 회사에서 당사자를 찾아내서 만나 보면 될 것 같은데.”

무라오 요시오는 일개 서기생에게는 관심도 없다는 듯한 태도였다.

“가도타 씨의 행방은 조사하고 싶습니다. 다만 제가 여쭙고 싶은 것은 가도타 씨의 성격입니다.”

“성실한 사람이었소. 일도 잘했고. ……그런 것 말고 달리 할 말은 없군요.”

소에다가 계속해서 질문하려고 했을 때 부인이 잘 익은 감을 쟁반에 받쳐 들고 왔다.

“시골이라 아무것도 없네요. 하지만 감은 참 맛있답니다. 지금 가지에서 막 딴 거예요. 도쿄의 가게에서 파는 것과는 전혀 다른 맛이지요.”

무라오와의 이야기가 중단되었다.

부인은 두 사람의 이야기 분위기를 눈치챘는지 곧 조심스럽게 방을 나갔다.

“노가미 씨는 가도타 씨를 예뻐했습니까?”

소에다는 부인의 모습이 사라짐과 동시에 질문으로 돌아갔다.

"왜 그런 걸 묻지요?"

"노가미 씨가 병에 걸렸을 때 스위스로 따라갔잖습니까?"

"그야 가도타가 제일 젊었기 때문이지요. 환자를 데려다 주는 건 바쁜 우리들이 할 수 있는 일이 아니었으니까. 그런 경우 역시 젊은 사람에게 부탁하거든요. 딱히 가도타가 노가미 씨와 특별한 관계였던 것은 아니오."

"노가미 씨가 돌아가신 이유는 전에 들었습니다만, 아마 가슴 쪽 병 때문이었지요?"

"그렇소."

"돌아가실 때의 의식은 어땠습니까?"

"의식? 그건 모르겠는데."

무라오 요시오는 무심코 대답했다. 이것이 소에다가 기다리고 있던 상대의 파탄이었다. 주의 깊게 행동하던 무라오 요시오가 저도 모르게 구멍을 보인 것이다.

"모르신다고요? 어떻게 그럴 수가 있습니까?"

"어떻게 그럴 수가 있냐니?"

무라오 요시오는 반문한 후, 스스로도 흠칫 놀란 듯이 입을 다물었다. 실수했다는 표정이 역력했다.

"가도타 서기생은 스위스의 병원에서 노가미 씨의 최후를 지켜보지 않았습니까? 그렇다면 무라오 씨가 유골을 인수하러 스위스로 갔을 때 가도타 씨에게서 보고를 들었을 겁니다."

"……."

무라오 요시오는 옆으로 고개를 돌렸다. 눈썹 사이에 깊은 주름이 있었다.

"무라오 씨는 가도타 씨의 보고를 통해, 노가미 씨의 마지막이 어땠는지를 알았을 텐데요."

"분명히 냉정했다고 들었소."

무라오 요시오가 간신히 대답했다.

"의식은 확실히 있었던 거군요. 그런데 아까 모른다고 하신 건요?"

소에다는 그 순간 어떤 의혹을 느꼈다.

"잊고 있었소. 분명히, 가도타에게서 그렇게 들었소."

이번에는 소에다가 생각할 차례였다. 그의 직감으로는, 무라오 요시오는 가도타 서기생에게서 노가미 일등서기관의 최후에 대해 듣지 못했다. 아니, 묻지 않은 것이다. 지금 무라오가 보인 순간적인 표정도 그렇고, 무심코 나온 대답도 그것을 증명하고 있다.

들었을 리가 없다. 노가미 겐이치로의 최후는 처음부터 없었으니까.

"가도타 씨는 무라오 씨와 같은 배로 돌아오셨지요?"

이 물음에도 무라오는 당장 대답하지 않았다. 뭔가 망설이는 것 같더니, "아니, 그는 다음 배를 탔소" 하고 대답했다.

"외교관 신분으로 전쟁이 끝나고 나서 영국 배를 타고 돌아왔는데, 가도타 군은 잔무를 정리해야 했기 때문에 우리보다 한 달은 늦게 왔을 거요."

잔무 정리—소에다는 여기에서도 그것을 노가미 겐이치로의 병사와 연결 지었다. 가도타가 노가미를 스위스까지 데려다 주었다.

그 가도타는 다음 배로 일본에 돌아왔다고 한다.

이 사실과, 가도타 겐이치로가 귀국 후 곧 외무성을 그만두고 병사했다는 소문이 날 정도로 소재지가 불확실해진 것 사이에는 뭔가 관련이 있을 듯하다.

"당신."

무라오 요시오가 그제야 정신을 차렸다.

"당신은 왜 노가미 씨에 대해서 그렇게 묻는 거요?"

"무라오 씨."

소에다는 처음으로 말했다.

"노가미 씨가 살아 있다는 설이 있기 때문입니다."

"뭐?"

무라오는 소에다의 얼굴을 응시했지만 그렇게 의외라는 듯이 놀라지는 않았다. 그 말을 오히려 반쯤 예상하고 있었던 것 같다.

"이상하군. 어디에서 난 소문인지 모르겠지만 노가미 씨는 외무성 공표로도 확실히 죽은 것으로 되어 있소. 신문에도 기사가 분명히 났어요."

"알고 있습니다."

"그렇겠지. 당신도 세계대전 외교사 자료를 조사하고 있다면 물론 읽었을 테지요. 외교관의 죽음이 오보일 리가 없소. 신문이나 전보 같은 게 아니오. 되풀이하는 것 같지만, 일본 정부의 공표요."

"알고 있습니다. 하지만 그게 외무성의 착오였다는 주장이 강해지고 있습니다."

"호오. 근거는?"

"근거는, 노가미 씨가 일본에 나타났다는 겁니다."

"이상한 말을 하는군. 누가 말한 거요? 노가미 씨의 모습을 보았다는 사람이 있소?"

"여기에서는 그게 누구라고 말씀드릴 수 없습니다. 하지만 그런 사람이 있습니다. 저도 기자이니 그 사람의 이름까지는 말할 수 없지만……."

"확실한 거겠지요? 세상에는 꽤 닮은 사람이 있소. 아니, 이건 하나마나 한 말이군. 소에다 씨, 여기에서 당신과 그런 시시한 이야기를 하고 싶지는 않군요. 노가미 씨의 아내분도 부군의 죽음을 분명히 믿고 계시고, 유골도 일본에 왔어요. 이제 와서 그딴 탐색은 그만두시오. 유족들이 불쌍하군."

"그렇습니까."

소에다는 뭔가 말하려다가 그만두었다.

"그럼 다른 것을 여쭙겠습니다."

"이제 그만하지 않겠소? 나는 이곳에 와서 정양하고 있소. 그런데 당신이 멋대로 쳐들어온 거요. 나는 만나고 싶지 않았지만 내자가 당신 때문에 신경을 쓰기에 겨우 만날 마음이 든 거요."

"정말 죄송합니다."

소에다는 머리를 숙였다.

"한 가지만 더 가르쳐 주십시오. 이번에는 다른 겁니다. 세타가야에서 살해된 이토 다다스케 씨 말입니다. 당신과 함께 ××국 공사관에 있었던, 전 육군 무관이지요. 이토 씨가 불행하게 죽음을 당했다는 사실은 무라오 씨도 신문에서 읽어서 아시지요?"

"알고 있소."

무라오 요시오는 무뚝뚝하게 대답했다.

"당신이 공사관 시절에 아시던 이토 씨는 어떤 성격이었습니까?"

"또 성격이오?"

무라오는 빈정대는 웃음을 지었다.

"남의 성격을 잘 물어보는군."

"이토 씨에 대해서도 알고 싶습니다."

"당신네 신문사에서 이토 군의 사건을 쫓고 있소?"

"쫓고 있지 않다고는 말씀드리지 않겠습니다. 신문사는 모든 사건에 흥미를 갖고 있으니까요."

"하지만 당신은 사회부가 아니지. 아마 정치부였을 거요. 업무가 다르지 않소?"

"그렇습니다. 가끔은 신문사에 소속된 입장에서 서로가 협력할 때도 있습니다. 지금 같은 경우가 그렇지요. 이토 씨를 죽인 범인은 아직 모릅니다. 이토 씨의 성격을 여쭙는 건 그 사건을 쫓고 있는 우리 회사의 입장 때문입니다."

"범인을 짐작하고 있다는 말이요?"

"그걸 모르니까 여기저기 찾아보고 있는 겁니다."

"과연, 그렇군."

무라오는 그제야 대답을 생각하려는 듯했다.

"이토 씨는, 한 마디로 말하면 전형적인 육군 군인이었소."

"무슨 뜻인지요?"

"그 외의 평은 없소. 어쨌든 그렇게 군인다운 사람은 없었소."

"그럼 끝까지 일본의 승리를 믿고 계셨던 분이군요?"

"물론이오. 군인이니까."

"하지만 국내에 있던 군인과는 다릅니다. 외국에서, 그것도 세계대전의 상황을 가장 잘 알 수 있는 중립국에 주재하던 무관입니다. 객관적인 판단을 할 수 있는 입장에 있었을 텐데요. 실제로 일본 국내에서도 해군 측은 일본이 반드시 패전할 거라고 생각했고요."

"이토 씨는 해군이 아니었소. 육군이지."

"그 말씀은 육군이었기 때문에 승리를 믿었다는 겁니까?"

"그 점에 있어서는 편협할 정도였지. 그 사람은 중립국에 있었지만 독일 대사관에 있어도 이상하지 않은 사람이었소."

소에다의 뇌리에서, 닫혀 있던 상자에 한 줄기 금이 가는 것이 느껴졌다.

"그럼 공사관 안에도 육군파와 해군파의 대립이 있었던 거로군요?"

"……."

"무라오 씨, 그렇지요?"

"나는 잘 모르겠소."

무라오 요시오는 대답을 피했다.

"그래요? 무라오 씨. 그럼 제 상상을 말씀드리겠습니다. 당시 중립국에서는 추축국 측과 연합국 측의 첩보기관이 복잡하게 얽혀 활약하고 있었어요. 그중 해군 쪽에는 영국계의 뜻이 작용했지요. 본래 해군은 전통적으로 친영親英적이었습니다. ……그리고 노가미 씨는 육군 측보다 해군 측과 가까웠어요. 그래서 주재 육군무관 이토 다다스케 씨와는 대립하고 있었죠. 이렇게 상상해도 될까요?"

갑자기 무라오 요시오가 의자 위에서 방향을 바꾸었다. 그때까지는 소에다에게 줄곧 등만 보이고 있었다.

"타인의 자유로운 상상을 내가 구속할 수는 없지요. 그건 각자의 자유요."

목소리는 그 등에서 들려왔다.

"그런데 소에다 씨. 당신은 왜 그렇게 노가미 씨에 대해서 쫓는 거요? 누군가의 부탁을 받았소? 부탁한 사람이 있다면 그 이름을 말하는 게 어떻겠소?"

"무라오 씨."

소에다 쇼이치는 처음으로 말했다.

"노가미 겐이치로 씨는 어쩌면 제 장인이 될지도 모르는 분입니다."

"뭐?"

순간, 무라오 요시오가 몸을 일으키더니 얼굴을 돌려 소에다를 물끄러미 노려보았다.

"무슨 소리요?"

그 눈은 소에다의 얼굴에 고정된 채 움직이지 않았다. 격렬한 빛이 눈동자에 담겨 있었다.

"노가미 겐이치로 씨에게는 남겨진 자녀가 한 명 있습니다. 노가미 구미코라고 합니다."

"음……."

무라오는 다음 말을 잇지 못했다. 소에다는 무라오의 시선을 정면에서 받아들이고 있었다.

그 시선을 먼저 피한 쪽은 무라오 요시오였다. 상반신도 의자에 다시 묻었다.

"그래. ……그랬군."

무라오 요시오가 한숨 같은 목소리를 냈다.

목소리는 완전히 바뀌어, 낙심한 목소리가 되어 있었다.

"그건 몰랐소."

정면에 있는 산의 그림자가 어느새 바뀌어 있었다. 산자락 쪽을 어둡게 만들던 그늘이 능선을 따라 정상까지 기어 올라가 있다.

"당신이 노가미 씨에 대해서 묻고 싶다면 다키 군을 만나시오."

"다키 씨를?"

소에다가 의자에서 엉거주춤 일어섰다.

"다키 씨는 어디에 계십니까?"

"요코하마요. 뉴 그랜드 호텔에 있소."

"뉴 그랜드?"

소에다의 머리에는 순식간에 프랑스인 반네드 부부가 떠올랐다. 도쿄의 모든 호텔을 뒤져도 그 부부가 어디에 묵고 있는지 알 수 없었다.

과연, 요코하마에 있었던 건가.

"무라오 씨."

소에다는 무라오 요시오 옆에 섰다.

"반네드 부부도 그 호텔에 묵고 있습니까?"

무라오 요시오의 어깨가 경련하듯이 한순간 떨렸다. 그러나 그의 입에서 나온 말은 의외로 평온했다.

"모르겠는데, 그런 외국인은…… 그것도 다키 군에게 물어보시오."

소에다 쇼이치가 이즈에서 신문사로 돌아왔을 때는 저녁때가 되어 있었다.

동료가 소에다가 없는 동안 전화가 왔다고 알려 주었다.

"아시무라 씨라는 사람이었어."

소에다는 세쓰코가 전화한 모양이라고 생각했다.

"자네가 돌아오면 전화를 좀 걸어 달라고 하더군. 여섯시까지 기다리겠다고 했네."

동료가 적어 준 전화번호에는 숫자 옆에 'T대학'이라고 주가 달려 있었다. 세쓰코의 남편 료이치에게서 온 전화였다.

신기한 일이다. 지금까지 소에다와 아시무라 료이치 사이에는 교류가 없었다. 소에다는 구미코와 세쓰코를 통해서 료이치의 소문을 듣는 정도였고 상대도 마찬가지였다.

소에다는 아시무라 료이치를 두 번인가 세 번 정도 만났다. 그런 인물이 학자 타입이라는 것일까. 성실한 인상이었다. 스스로는 적극적으로 이야기하지 않는 편이지만 무뚝뚝하지는 않았다. 끊임없이 다른 사람의 이야기를 들어 주었고 인사도 보통 사람들보다 정중했다.

그런 료이치에게서 갑자기 전화가 걸려 오다니 기묘했다. 게다가 자택에서 걸려 왔다면 좀 더 평범하게 받아들일 수 있겠지만, 굳이 대학으로 전화해 달라고 한 것이다. 거기에서 왠지 모르게 료이치가 세쓰코를 피하는 듯한 느낌이 들었다.

소에다는 메모에 적혀 있는 전화번호로 전화를 했다.

들은 적이 있는 료이치의 목소리가 흘러나왔다.

"자리를 비워서 죄송합니다."

소에다가 사과하자 료이치 쪽에서 말했다.

"그쪽 사정도 묻지 않고 이런 말을 해서 미안하지만, 오늘 밤에 좀 뵐 수 있겠습니까?"

"좋습니다. 다른 볼일도 없으니까요. 어디로 찾아뵈면 될까요?"

"갈 만한 곳을 잘 모릅니다. 그러니 당신만 괜찮다면 이 대학 근처에 레스토랑이 있는데요, 거기에서 기다리고 있을까요?"

"그러시죠. 곧 가겠습니다."

"장소는 아십니까? 정문 앞 전철 길입니다."

"예, 대충 알 것 같습니다."

소에다는 택시 안에서 아시무라 료이치가 왜 자신을 부른 것일까 하고 생각했다. 때가 때이니만큼 묘한 기분이었다. 후나바라 온천에서 무라오 요시오를 만난 직후라서 다른 용건은 생각나지 않았다. 역시 노가미 겐이치로와 관련된 일일 거라고 직감했다.

아시무라 료이치는 구미코가 교토에 갈 때 일부러 경찰에게 부탁했을 정도로 신경을 써 주었다. 하기야 아시무라 료이치는 노가미 겐이치로가 이 세상에 생존해 있고, 게다가 지금 일본에 와 있을 거라고는 꿈에도 생각하지 못하리라. 다만 얼마 전부터 구미코를 둘러싸고 묘한 사건이 계속해서 일어나고 있으니 그와 관련된 얘기가 아닐까 싶었다.

구미코와 자신의 관계는, 세쓰코를 통해 들어서 료이치도 잘 알고 있을 것이다.

대학 정문과 담이 길게 뻗어 있는 바로 맞은편에 깔끔한 레스토랑이 있었다. 소에다는 이층으로 올라갔다. 일층에는 입지상 차를 마시고 있는 학생들이 많았다.

아시무라 료이치는 이층 창가에 앉아 신문을 읽고 있었다. 소에다가 다가가자 신문을 접으며 가볍게 인사했다.

"여어, 안녕하세요."

"전화 주셔서 고맙습니다."

소에다는 맞은편 의자에 앉으며 인사를 했다.

"아니, 오히려 갑자기 불러낸 것 같아서 미안합니다."

아시무라 료이치는 역시 온화하게 대답했다.

"바쁘시지요?"

"아니요, 그 정도는 아닙니다."

"신문사라는 곳은 우리들의 세계와 달리 매일 사건을 쫓고 있는 것 같으니 힘들겠지요. 뭐, 우리는 늘 비슷한 일만 하다 보니까 가끔은 심심하다는 생각이 들 때도 있지만요."

아시무라 료이치는 그런 말을 늘어놓으며 좀처럼 소에다를 불러낸 본론으로 들어가지 않았다.

하지만 메뉴에서 음식을 골라 급사에게 주문을 하는 등, 세심한 배려를 보여 주었다.

식사를 하는 동안에도 세쓰코와 구미코가 항상 신세를 지고 있다는 인사를 늘어놓기도 하고 신문사의 일에 대해서도 두세 가지 질문을 하기도 했다.

그러나 소에다 쇼이치는 이 병리학 조교수가 흥미 때문에 잡담을 하는 게 아니라는 것을 알고 있었다.

아시무라 료이치는 소에다에게 이야기할 좀 더 중대한 용건이 있는 것이다. 그러나 당장 말하기 어려워서 입 밖에 내지 못하고 있다.

레스토랑 이층에서 보면 담 너머로 대학의 불빛이 보인다. 그것은 우뚝 솟은 은행나무의 검은 가지 사이로도 새어 나오고 있었다.

"실은 요전에 규슈에 학회가 있었어요."

조교수는 갑자기 말을 꺼냈다.

"장소는 후쿠오카인데…… 지방치고는 드물게 대도시지요."

"예, 저도 후쿠오카는 출장으로 가 본 적이 있어서 잘 압니다."

소에다도 맞장구를 쳤지만 왜 여기에서 후쿠오카 이야기가 나오는 것인지 알 수 없었다. 잡담의 연장인가.

"호오, 소에다 씨도 가 본 적이 있습니까?"

조교수는 놀란 듯이 말했다. 이런 점이, 세상 물정 모르는 학자답다. 자신만 가기 힘든 곳에 간 것처럼 생각하고 있다.

"저는 히가시 공원이라는 곳으로 산책을 갔습니다."

"규슈 대학 바로 근처지요. 하지만 바다가 보이면서 아름다운 곳은 역시 니시 공원이에요. 현해탄이 언덕 아래에 펼쳐져 있고 바다로 튀어나온 가늘고 긴 섬이 정면에 보이거든요."

"아아, 그래요? 저는 니시 공원은 잘 모릅니다. 하지만 히가시 공원은……."

왜 공원 이야기만 하는 걸까. 소에다는 흥미 없는 맞장구를 치고 있었다.

—아시무라 료이치는 노가미 겐이치로와 만난 일을, 소에다 쇼이치를 불러서 이야기하고 싶었다.

누군가에게 그 일을 이야기하지 않으면 마음이 진정되지 않을 것 같았다. 요전에 규슈에서 돌아오자마자 노가미 다카코와 구미코, 아내 세쓰코를 데리고 호텔에 식사를 하러 갔다. 자신의 놀라운 체험을 기분으로 전달하려는 의도였다. 그러나 당연하게도, 세 여자는 아무것도 느끼지 못했다. 결국 자신의 의도가 무의미하다는 것을 알았다.

역시 말로 내뱉지 않으니 기분이 가라앉지 않았다. 그러나 이야기 상대를 선택하기가 어렵다. 물론 다카코도 구미코도, 그 상대에서 제외해야 한다.

아내 세쓰코도 적당하지 않았다.

그들은 노가미 겐이치로와 지나치게 밀착해 있다. 그렇다고 해서 아무 상관도 없는 제삼자에게 이야기하는 것은 더 곤란하다. 그럼 역시 소에다밖에 없다. 소에다는 장래에 구미코의 남편이 될 사람으로 노가미 가와 가까이 있으면서, 육친이 아니라는 점에서는 거리가 있다. 이 적당한 거리 때문에 아시무라 료이치는 소에다를 이야기 상대로 선택한 것이다.

하지만 막상 본인을 불러 이야기하려는 단계가 되자 아무 말도 할 수 없었다. 이 이야기를 털어놓으면, 소에다는 구미코에게 전할지도 모른다. 아무리 입을 막아도 새어 나갈 것 같았다. 구미코는 어머니에게 말하겠지.

그 결과의 중대함이 아시무라 료이치를 이제 와서 움츠러들게 했다.

—이런 점에서는 소에다 쇼이치도 거의 비슷한 심리였다.

소에다는 노가미 겐이치로가 살아 있다고 믿고 있다. 게다가 노가미 겐이치로가 프랑스인 반네드가 되어 일본에 와 있다고 상상하고 있었다. 이 믿음은 아까 온천에서 무라오 요시오에게 들은 이야기로 더욱 깊어졌다.

소에다가 가장 신경 쓰는 점은 노가미 겐이치로에게 프랑스인 아내가 있다는 사실이었다. 그렇지 않았다면 그도 용기를 내어 노가미 다카코와 구미코에게 자신의 추측을 털어놓았을지도 모른다. 그러나 겐이치로에게 아내가 있다는 사실을 어떻게 입 밖에 낼 수 있겠는가. 아니, 당사자인 다카코에게만이 아니다. 자신의 눈앞에 앉아 있는 세쓰코의 남편 아시무라 료이치에게도 고백하기가 어려웠다.

세쓰코의 남편인 료이치의 입장을 생각하면 털어놓기 적당한 상대인 것도 같지만, 이 이야기가 그의 입을 통해 아내 세쓰코에게 전해지고, 나아가 다카코, 구미코에게 전달되었을 때의 충격을 생각하면 섣불리 말할 수는 없었다.

분명히 노가미 겐이치로는 살아 있다. 그 사실을 알았을 때, 다카코와 구미코의 기쁨은 얼마나 클까. 하지만 겐이치로에게 새 아내가 있다는 사실에 다다르면 모처럼의 기쁨은 순식간에 다른 감정으로 바뀌게 될 것이다…….

아시무라 료이치가 후쿠오카의 히가시 공원에서 노가미 겐이치로를 만났다는 이야기를 그저 서장만 꺼내 놓고 머뭇거리는 것은, 소에다가 오늘 이즈에 갔었다고만 이야기한 것과 같은 망설임 때문이다. 그다음 내용에 대해서는 둘 다 커튼을 닫고 있었다.

"호오, 이즈에 가셨습니까?"

아시무라 료이치는 소에다의 이야기를 표면적으로는 재미있다는 듯이 듣고 있었다.

"네, 볼일이 좀 있어서요. 오늘 아침에 출발해서 조금 전에 돌아왔습니다. 아, 맞다, 제가 전화를 드렸을 때가 딱 회사로 돌아왔을 때였어요."

"바쁘시군요."

료이치는 동정하듯이 말했다.

"모처럼 이즈까지 갔는데. 적어도 온천에라도 하룻밤 들어갔다 오시면 좋았을걸."

"그럴 수도 없었습니다."

"이즈의 어느 온천인가요?"

"후나바라 온천이었어요."

"아아, 오카리바야키가 유명하지요. 제 친구가 한 번 갔었다면서 하는 얘기를 들었어요."

대체 무슨 이야기를 하려는 걸까. 여기에서도 이즈의 온천만이 대화 위를 미끄러져 지나갔다.

—소에다 쇼이치는 아시무라 료이치가 무슨 용건으로 자신을 불러냈는지 점점 알 수 없게 되었다. 식사가 끝나도, 아시무라 료이치는 끝내 본론을 꺼내지 않았다. 커피가 나왔다.

소에다는 상대방이 본론을 꺼내기를 기다렸다. 차를 마시고 나면 더 이상 이야기할 시간은 없다.

"일부러 불러내서 미안합니다."

아시무라 료이치는 거북한 듯한 얼굴을 하고 말했다.

"별로 대단한 용건은 없었지만 한번 뵙고 싶었어요."

"네?"

소에다는 조교수의 얼굴을 보고 있었다.

"아니, 늘 구미코가 신세를 지고 있으니 고맙다는 말을 하고 싶었거든요."

"당치도 않습니다."

소에다는 대답했다. 하지만 료이치가 그를 부른 이유가 과연 그 때문만일까. 그는 헛물을 켠 기분이 들었다.

"그럼 이만 자리를 파할까요?"

"예에."

아시무라 료이치는 가방을 들고 카운터 쪽으로 걸어갔다. 그 느릿한 발걸음에는 료이치의 망설임이 아직 남아 있었다.

그러나 끝내 기회는 사라졌다. 두 사람은 어깨를 나란히 하고 계단을 내려갔다. 아래층의 커피숍 공간에는 여전히 학생들이 많았다. 아시무라 조교수의 얼굴을 보고 인사를 하는 학생도 있었다.

두 사람은 전철 길로 나왔다. 정류소까지 걸어가다 보니 늘어서 있는 헌책방 안쪽에 전등이 켜져 있다. 산더미처럼 쌓인 수많은 헌책들이 쓸쓸하게 불빛을 받고 있었다.

"소에다 씨는 댁이 어느 쪽이시죠?"

아시무라 료이치가 물었다.

"네, 시바의 아타고입니다. 회사의 독신자 기숙사가 거기에 있어서요."

"아아, 그렇습니까. 그럼 저는 방향이 다르니까 택시를 타고 중간까지 같이 가지요."

아시무라 료이치는 마침 지나가던 빈 택시를 발견하고 손을 들었다.

택시 안에서도 두 사람은 아무 이야기도 할 수 없었다. 오 분쯤 지나자 소에다는 내려야 했고 이야기를 이을 기회도 없었다. 소에다는 묘한 분위기로 택시에서 내렸다.

"감사했습니다."

"안녕히 가세요."

아시무라 료이치의 그림자를 실은 차는 소에다 앞에서 멀어져 갔다.

소에다가 내린 곳은 유시마의 쓸쓸한 거리였다. 어둠 속에서도 양쪽 가로수에 단풍이 들어 있는 것이 보인다. 소에다는 성당유시마에 있는, 공자(孔子)를 모신 사당 쪽으로 발길을 향했다. 이 길은 소에다가 좋아하는 길이었다.

아시무라 료이치는 무엇 때문에 자신을 불러낸 것일까. 그저 구미코와 관련해서 고맙다는 말을 하기 위해서는 아니었으리라. 아시무라 조교수는, 사실은 다른 말을 하고 싶었던 게 아닐까.

그럼 아시무라 료이치는 무슨 말을 하고 싶었던 것일까. 그리고 소에다의 얼굴을 보고 끝내 그 말을 꺼내지 못한 이유는 무엇일까.

여기에서 소에다는 자신의 심리를 아시무라 료이치로 치환해 보았다.

'아시무라 료이치는 노가미 겐이치로의 생존을 믿고 있어.'

그래서 자신을 불렀다고 생각할 수밖에 없다. 료이치도 그 일의 중대함 때문에 아내에게도, 아내의 사촌 동생인 구미코에게도 고백할 수 없었던 것이 아닐까. 그러나 입을 다물고 있을 수 없는 기분 때문에 자신을 부른 것이 아닐까.

소에다는 아시무라 료이치가 지금 자신의 입장과 지극히 비슷하다는 것을 깨달았다.

후회가 소에다의 가슴에 치밀었다. 큰맘 먹고 자기 쪽에서 말을 꺼낼 걸 그랬다. 그러면 아시무라 료이치도 본심을 털어놓았을지 모른다. 소에다는 아시무라 료이치가 어느 정도로 노가미 겐이치로의 생존을 믿고 있는지, 그리고 뒷받침하는 자료를 어느 정도까지 쥐고 있는지, 갑자기 알고 싶어졌다.

소에다의 눈에 오차노미즈 역의 불빛이 보이기 시작했다. 플랫폼은 어둠 속에 증기선처럼 떠 있었다.

그때였다. 소에다는 그제야 무라오 요시오의 말뜻을 깨달았다.

그것은 구미코를 데리고 요코하마 뉴 그랜드 호텔로 가라는 뜻이었다!

23

시나가와의 여관 쓰쓰이야의 주인은 카운터에서 자신의 방으로 돌아갔다. 카운터는 현관 바로 옆이지만 주인의 방은 복도 가장 안쪽에 있다. 객실 방향과는 반대쪽으로 주방이나 고용인이 자는 방이 이어져 있었다.

오늘 밤에는 일찍부터 손님이 들었다. 쓰쓰이야는 시나가와 역이 가깝다는 지리적인 이점도 있어서 작기는 하지만 바쁜 숙소다. 대신 손님들이 그렇게 고상하다고는 할 수 없다.

주인은 장지문을 열고 방으로 들어갔다가 세 평짜리 방의 중앙에서 멈추어 섰다.

벽 쪽에는 쓸쓸한 책상이 하나 놓여 있다. 아내도 없이 혼자 생활하는지라 주변 시중은 종업원이 들어 준다. 그러나 이 방의 청소만은 주인인 쓰쓰이 겐자부로가 직접 하곤 했다. 정리는 구석구석까지 잘되어 있다. 그 꼼꼼함은 타고난 결벽성이라기보다 과거에

길러진 습성임이 느껴졌다.

쓰쓰이 겐자부로는 선 채, 짙은 눈썹 아래의 눈으로 책상 위를 응시했다. 천장에 매달려 있는 전등이, 광대뼈가 튀어나온 그의 뺨에 검게 움푹 팬 자리를 만들고 있다.

굳은 표정이었다. 그는 방을 둘러보았다. 이것은 자신의 방이다. 이 방에는 아무도 가까이 오지 못하게 하고 있다.

그러나 쓰쓰이 겐자부로는 지금 이 방에, 자신이 아까 이 방을 나갔을 때의 공기와 어딘가 달라진 데가 있음을 느끼고 있다. 방을 비운 사이에 그대로 고여 있던 공기가 아니다. 누군가가 들어와서 흐트러뜨려 놓은 듯한 느낌이었다.

주인은 책상 위에 놓여 있는 것을 찬찬히 살폈다. 젓가락과 쌓여 있는 장부, 잉크스탠드, 펜, 피스 담배, 연필, 편지지—평범하지만, 실은 각 물건마다 표시가 되어 있다. 예를 들면 쌓여 있는 장부의 상태는 그가 나름 기억하고 있는 형태 그대로였다. 잉크스탠드와 펜이 놓여 있는 위치도, 편지지가 약간 비뚤게 놓여 있는 모습도, 각각 그만의 방식이 있다. 방을 비운 사이에 누군가가 조금이라도 건드렸으면 한눈에 알 수 있게 되어 있었다.

장부에는 흐트러진 데가 없었다. 잉크스탠드와 펜의 위치도 정확하게 자신이 놓은 그대로였다. 편지지는—위치는 다르지 않지만 느낌이 조금 다르다. 누군가가 한번 표지를 넘겨 속지를 본 것 같은 흔적이 있다. 편지지의 표지가 아래 종이와 약간 어긋나 있었다.

주인은 장지문을 열고 복도에서 종업원을 불렀다.

"오요네, 오요네."

이층 방에서 묵고 있는 손님이 떠드는 소리가 들린다. 주인은 다시 한 번 손뼉을 치며 종업원을 불렀다.

멀리서 대답 소리가 나고, 얼굴이 둥글고 뺨이 붉은 종업원이 잔걸음으로 복도를 걸어왔다.

"부르셨어요?"

"이리 들어와 보게."

주인은 종업원을 방 안에 들였다.

"내가 방을 비운 사이에 누군가 이 방에 들어왔나?"

주인의 눈이 자연히 날카로워졌다.

"아뇨."

종업원은 주인의 진지한 안색을 알아채고 움츠러들었다. 그녀는 소에다가 이곳을 찾아왔을 때, 살해된 손님 이토 다다스케에 대해서 대답해 주었던 여자다.

"오후사는."

주인은 또 다른 종업원의 이름을 말했다.

"여기에 들어오지 않았고?"

"저는 모르겠는데요. 하지만 사장님이 카운터에 앉아 계시는 동안 우리 두 사람은 손님방에서 정신없이 일하고 있었으니까 오후사 씨도 여기 올 시간은 없었을 거예요."

주인은 말없이 생각에 잠겼다.

"에이기치는 뭘 하고 있지?"

"바깥에 있는 것 같은데요."

"그래?"

"사장님, 방에 있던 물건이 없어졌나요?"

종업원이 물었다.

"아니, 그런 건 아니야……."

종업원은 의아한 듯이 주인의 얼굴을 바라보았다.

"뭐, 됐네. 아무도 여기에 들어오지 않았다면 됐어. 여기는, 자네도 알다시피 내가 직접 청소도 하고 정리도 하는 곳이니까."

"사장님이 안 계시는 동안 저는 들어온 적이 없어요."

"좋아, 좋아. 이제 됐으니 나가 보게."

주인은 종업원을 내보내고는 뒤쪽 장지문을 단단히 닫고 책상 앞에 앉았다.

서랍을 열고 조사하는 듯한 눈빛으로 자세히 살펴본다. 거기에도 여러 가지 물건이 들어 있지만 휘저은 듯한 흔적은 없다.

주인은 품에서 담배를 꺼내어 성냥으로 불을 붙인 후 연기를 내뿜었다. 꽤 오랫동안 연기만 내뿜었다.

복도에서 고용인의 발소리가 들린다. 손님방에서는 남자 두세 명이 웃고 있었다.

종업원이 손님과 함께 계단을 내려와 욕실로 안내하는 듯한 기척이 소리로 전해져 온다. 밤 여덟시부터 열시 사이가 여관이 가장 바쁜 시간이었다.

주인은 한동안 그 소리를 듣고 있다가 짧아진 담배를 재떨이에 비벼 끄고는 책상 앞에서 일어나 벽장으로 다가갔다. 장지문을 열자 이불이 쌓여 있었다. 단정하게 개어져, 마치 군대처럼 잘 정돈

되어 있다.

주인은 이불 사이에 손을 넣었다. 이불 사이에서 손수건 상자 같은 얇은 종이 상자를 꺼냈다. 이불의 무게 때문에 약간 찌그러져 있다.

그는 상자를 책상 위에 놓았다. 뚜껑을 열자 다른 편지지가 나왔다. 그것을 책상 위에 펼치니 쓰다 만 종이가 네다섯 장 끼워져 있다.

주인은 자신이 쓴 부분을 처음부터 다시 읽어 보았다. 가끔 문구를 지우거나 덧붙인 흔적이 있다. 마지막에는 문장이 도중에 끊겨 있었다.

그는 펜을 들었다. 그다음 구절을 쓰기 시작했다.

등을 웅크리고 주인은 글씨를 쓰는 데 열중했다. 가끔 펜이 멈추었다. 그럴 때마다 그는 담배를 피우며 문구를 생각하는 것 같았다. 어두운 표정은 전등 불빛의 가감 때문만은 아니었다. 그는 이마에 깊은 주름을 짓고 있었다.

복도의 발소리가 이 방 근처로 오면, 그는 서둘러 그 위에 다른 종이를 놓았다. 한쪽 귀를 쫑긋 세우고 소리의 기척을 듣는다.

"사장님."

장지문 밖에서 종업원이 불렀다.

"무슨 일인가?"

그는 몸을 돌려 약간 열린 장지문을 노려보았다. 종업원은 반쯤 얼굴을 내밀었다가 주인의 무서운 표정에 깜짝 놀랐다.

"용건이 있으면 빨리 말하게."

"네, 가에데마 방에 계시는 손님이 방이 좁으니 좀 더 넓은 곳으로 옮겨 달라고 하시는데요."

"그 방은 오늘 밤 열시에 오실 손님이 미리 예약한 방이 아닌가, 거절해."

"그렇게 말씀드렸는데, 그 예약하신 손님을 가에데마 방으로 옮기도록 어떻게 좀 해 주지 않겠느냐고 하셔서요."

"거절해."

주인의 목소리가 날카로워졌다.

"그럼 그냥 참으시라고 말씀드릴까요?"

"아니, 우리 여관에서 주무시지 말라고 하라고."

"네?"

"나가 달라고 해. 돈은 한 푼도 받지 말고 내보내게."

주인은 짜증이 난 듯 험악한 목소리로 말했다. 종업원은 깜짝 놀라 대답도 하지 못하고 얼른 나갔다. 평소에는 지나칠 정도로 온후한 주인인데 어찌 된 일일까.

주인은 다시 편지지로 시선을 돌렸다. 펜을 들었지만 종업원이 본 무서운 얼굴은 여전했다.

그 후 한 시간 가까이 걸려 주인은 편지를 계속 썼다. 전부 해서 편지지 열 장 정도였는데 전에 쓰다 만 것까지 합해서였다.

주인은 그제야 책상에서 봉투를 꺼냈다.

조심스럽게 받을 사람 이름을 쓰고, 뒤집어서 보내는 사람의 이름을 썼다.

그는 편지지를 반듯하게 모아서 접었다.

그 손이 갑자기 도중에 멈추었다. 무슨 소리가 들려왔기 때문이다. 그는 편지를 장부로 가리고 허둥지둥 봉투를 그 밑에 밀어 넣었다.

주인은 일어나서 장지문을 열었다. 바로 앞에 있는 팔손이나무 잎이 방의 전등 불빛을 받아 희끄무레하게 빛났다.

"누군가?"

주인은 빛이 닿지 않는 어두운 땅을 내다보았다.

"예, 에이키치입니다."

한텐을 입은 남자가 쪼그려 앉은 채 고개를 들었다. 그 얼굴에만 전등 불빛이 비쳤다.

"자네인가."

마흔대여섯 살 정도의 가무잡잡하고 눈이 큰 남자다. 소에다가 요전에 이 여관에 왔다가 돌아가는 길에 도로에서 마주친 적이 있다.

"뭘 하는 건가?"

"예에, 하수구가 너무 막혀 있어서 쓰레기를 청소하고 있습니다. 낮에는 좀처럼 시간이 나질 않아서요."

"그래? ……자네, 계속 거기에 있었나?"

"아뇨, 방금 왔습니다. 막 시작하려던 참이지요."

"수고가 많군. 하지만 오늘 밤에는 손님이 많은 것 같으니 현관 쪽에 가 있게."

"예에."

"청소는 밝은 낮에 하는 게 좋아."

주인은 장지문을 닫았다.

그대로 그 자리에 서서 바깥의 기척을 듣는다. 일꾼의 발소리가 멀어졌다. 그의 몸이 닿기라도 한 것인지, 팔손이나무의 잎이 희미하게 소리를 냈다.

주인은 책상으로 돌아가 접은 편지지를 봉투에 넣고 풀을 듬뿍 발라 봉했다. 다른 서랍에서 우표를 꺼내 앞면 구석에 두 장 나란히 붙였는데 마치 인쇄라도 한 것처럼 정확한 위치였다.

그는 일어서서 편지를 주머니에 넣고 위에서 누르다시피 하며 장지문을 열었다. 본능적으로 복도를 보았지만 종업원이 조금 떨어진 곳을 가로질러 갔을 뿐이었다. 그는 현관으로 나갔다.

손님용 삼나무 나막신을 신는다. 나막신 겉에는 '쓰쓰이야'라는 네모난 화인이 찍혀 있다.

"사장님, 어디 가세요?"

뺨이 붉은 종업원이 마침 지나가다가 그 모습을 보고 물었다.

"음. 잠깐 요 앞에."

주인은 밖으로 나갔다.

현관 정면에는 고풍스러운 커다란 시계가 매달려 있고 진주색 추가 천천히 움직이고 있었는데, 문자판은 9시 12분을 가리켰다.

현관을 나갈 때까지 주인은 느릿느릿 걸었지만 자신의 집 앞을 벗어나자 갑자기 달리기 시작했다. 나막신 소리가 길에 울렸다. 젊은이 셋이 어깨를 나란히 하고 걸어오다가 한 사람이 몸을 비켰다.

"저 아저씨, 왜 저렇게 거품을 물고 뛰어가지?"

젊은이는 그의 뒷모습을 지켜보며 혀를 찼다.

쓰쓰이 겐자부로는 이백 미터쯤 떨어져 있는 우편함에 다다랐다. 시나가와에서도 이곳은 뒷길에 해당하기 때문에 지나다니는 사람도 적다. 길은 거기에서부터 언덕이 되어 어두운 고급 주택가로 이어진다.

주인은 주머니에 넣어 둔 불룩한 봉투를 꺼내 우편함에 집어넣었다. 망설임 때문에 편지를 쉬이 놓지 못했지만 이윽고 편지가 떨어지는 소리가 빨간 통 속에서 희미하게 났다. 그는 얼굴을 일그러뜨렸다.

그는 자신의 집 쪽으로 되돌아갔다. 우편함으로 뛰어갈 때와는 전혀 다른 발걸음이었다. 어깨를 축 늘어뜨리고 고개를 숙이고 있다. 방금 우편함에 넣은 편지의 문구를 아직도 마음속으로 읽고 있는 듯한 모습이었다.

자신의 그림자가 갑자기 도로 앞쪽에 드리워졌다. 뒤에서 헤드라이트가 비췄기 때문이다. 그는 알아차리지 못했지만 그 차는 아까 전부터 라이트를 끄고 근처에 서 있었다.

유리를 검게 칠한 대형 외제차였다. 차가 그의 옆에서 속도를 떨어뜨렸다.

"여보시오."

차 안에서 어떤 사람이 그를 불러 세웠다. 운전석도 그렇고, 다른 자리에도 불빛이 없어서 캄캄했다. 다만 창문으로 내민 기사의 얼굴만이 외등의 불빛 속에 엷게 떠올랐다. 스물네다섯 살 정도 되어 보이는 길쭉한 얼굴이었다.

쓰쓰이 겐자부로는 걸음을 늦추었다. 그와 동시에 차도 그의 옆에 나란히 오더니 딱 멈추었다.

"말씀 좀 여쭙겠습니다."

기사는 머리를 꾸벅 숙였다.

"이 근처에 야마오카 씨라는 사람이 살 텐데, 혹시 모르십니까?"

흔히 있는 일이다. 기사가 그를 이 근처 주민이라고 생각하고 길을 물은 것이다.

"야마오카 씨?"

쓰쓰이 겐자부로가 고개를 갸웃거리며 이웃들을 떠올리려고 했을 때, "됐네, 내가 묻지" 하고 다른 목소리가 나더니 뒷좌석의 문이 열렸다.

보통의 차라면 문이 열릴 때 자연히 실내등이 켜진다. 그러나 이 차는 어찌 된 셈인지 문이 열려도 캄캄했다.

"실례합니다."

어두운 좌석에서 목소리가 들리고 동시에 흐릿한 형체가 움직이는 것이 보였다.

"야마오카 씨 댁 주소가 이 근처인 건 맞는데 아무래도 집을 모르겠어서요. 야마오카 씨는 농림성에 근무하시는 공무원인데요."

"글쎄요."

그런 이웃은 기억에 없다.

"저는 잘 모르겠는데요."

쓰쓰이 겐자부로가 대답했을 때, 역시나 어두운 좌석에서 이번에는 다른 목소리가 들려왔다.

“이거, 쓰쓰이야의 주인장 아니십니까.”

친근한 말투였다.

“예?”

주인이 그를 자신의 여관에 묵은 적이 있는 손님인가, 하고 생각한 것은 무리도 아니었다. 저도 모르게 허리를 반쯤 굽히며 물었다.

“누구십니까?”

“나요. 보시오.”

상대는 자신의 얼굴을 보여 주려고 했다. 공교롭게도 바깥의 불빛이 어두워서, 여관 주인은 그가 누구인지 판별이 가지 않는다.

“오랜만이네요.”

“누구신지요?”

“모르시겠습니까? 자, 이쪽을 보세요.”

그 말에 따라, 문 옆에 서 있던 쓰쓰이 겐자부로는 열린 문 안쪽으로 다가갔다.

그 순간 누군가가 강한 힘으로 그의 등을 떠밀었다. 어느새 기사가 운전석에서 내려 그의 뒤에 와 있었다.

여관 주인의 몸은 차 안을 향해 앞으로 쏠렸다. 그 옷깃을 누군가가 움켜쥐었다. 주인은 반동 때문에 좁은 차 바닥에 굴렀다. 옆으로 쓰러진 몸은 누군가의 다리와 운전석 사이에 끼었다.

그의 몸이 또 확 쏠렸다. 차가 갑자기 엄청난 속도로 달리기 시작한 것이다.

눈 깜짝할 사이의 일이었다. 누군가가 여관 주인의 멱살을 잡고 상반신을 일으켜 세웠다. 주인이 그다음으로 알아차린 것은 자신이 사람과 사람 사이에 억지로 앉혀졌다는 것이다. 다시 강한 힘이 그를 짓눌렀다.

"무슨 짓이오?"

주인은 간신히 목소리를 냈다. 하지만 다음 말을 이을 수가 없었다. 남자가 그의 목을 팔로 조였다.

쓰쓰이 겐자부로는 이러다가 목이 졸려 죽지 않을까 생각했다. 그러나 목을 조르는 팔은 그 이상으로 힘을 주지는 않았다. 그가 목소리를 내지 못하게 하려고 상대방이 취한 방법인 듯했다. 숨 쉬기가 힘들다.

차는 어두운 고급 주택가의 언덕을 상당히 빠른 속도로 달리고 있었다. 밝은 길이 창밖으로 수없이 지나갔다. 그가 다 아는 동네였지만 지금은 그와 단절된 세상이었다. 상점의 네온사인, 길을 산책하는 사람, 스쳐 지나가는 버스, 버스 안에 보이는 승객—어느 누구도 납치되어 생명이 위험해진 그와는 인연이 없다. 아니, 파출소도 바로 저기에 있다. 순경이 붉은 전등 불빛 아래에서 오가는 사람들을 바라보고 있었다.

"조금만 더 참으십시오."

옆에 앉은 남자가 귀 옆에서 속삭였다. 낮지만 굵은 목소리였다.

"답답하시겠지만, 이렇게 하지 않으면 당신이 소리를 지를 테니까요."

쓰쓰이 겐자부로는 소리를 지르지 않겠노라고, 손짓으로 상대방에게 전하려 했지만 옆에 있는 남자에게 한쪽 팔이 잡혀 있어서 마음대로 움직일 수가 없었다.

차는 순조롭게 길을 달렸다. 낯익은 도로였다. 좁은 길은 넓은 길로 바뀌었다. 신호등이 몇 개나 있다. 빨간 신호에 걸리면 창가의 남자가 주인을 숨기려는 듯이 자세를 바꾸었다.

길은 메구로 구로 접어들었다. 눈에 익은 건물들로 보아, 곧장 가면 나카메구로가 나올 것이다. 유텐지祐天寺가 창밖으로 지나갔다. 도요코선의 가드레일 아래를 지났다. 여관 주인은 차의 방향이 산겐자야 쪽을 향하는 것을 보고 아연실색했다. 그에게는 그 방향을 두려워하는 이유가 있었다.

여관 주인이 버둥거렸다.

"얌전히 있어요."

어린아이에게 타이르는 것 같은 말투였다.

"소리 내면 다칩니다."

그의 양쪽에 앉은 남자들은 모두 상자처럼 다부진 체격을 갖고 있었다.

혼잡한 산겐자야 교차점에 다다랐다. 여기에서도 차는 신호등 때문에 잠시 멈추어야 했다. 창밖으로 불이 켜진 전철이 지나간다. 바로 옆에, 아니, 옆만이 아니다. 앞도, 뒤도 택시와 자동차가 에워싸고 있지만 아무도 이 차 안의 이변은 알아차리지 못한다. 여관 주인의 입장에서 보자면 모두 손이 닿는 곳에 있는데도.

차는 고급 주택지의 넓은 길을 달렸다. 이윽고 그 길이 좁아졌다. 교도 역의 불빛이 창밖으로 잠깐 보였지만, 차가 급한 커브를 돌자 시야 밖으로 사라졌다. 그 후에는 어두운 변두리 동네가 이어졌다. 밤 열시가 넘었기 때문에 문이 열려 있는 가게도 적었다. 그저 헤드라이트를 켠 자동차가 좁은 길을 달려올 뿐이다.

집들이 보이지 않게 되고 밭과 잡목림이 많은 구역으로 들어섰다.

좁은 오솔길로 차가 미끄러져 들어갔다. 우거진 나뭇가지가 차 지붕을 두드렸다. 길은 숲 속으로 이어졌는데, 그 앞쪽에 골프장이 있을 뿐 민가는 없었다. 밤에는 사람이 다니지 않는 오솔길이다.

차는 잡목림 밑에 숨다시피 멈추었다.

"답답하셨지요."

여관 주인의 목에 팔을 두르고 있던 남자가 팔을 떼고 나서 말했다.

"과연, 여기까지 와서도 난동을 부리지 않다니 훌륭하십니다."

"난동을 부려도 소용이 없잖소."

쓰쓰이 겐자부로는 자유로워진 손으로 자신의 목을 문질렀다.

"좋은 마음가짐입니다. 가도타 씨."

어둠 속에서 여관 주인의 몸이 딱딱하게 굳은 것 같았다.

"언제부터 알았소?"

그는 침착한 목소리로 말했다.

"이토 다다스케 씨가 이곳에서 살해되고 나서 시간이 꽤 지난 후입니다."

상대방의 목소리도 감금하는 자의 말투로 바뀌었다.

"우리는 이토 씨를 죽인 범인을 열심히 조사했습니다. 이토 씨가 살해된 동기가 단순하지 않다는 것을 알고 있었거든요."

"당신들은 이토 전 중령과 전쟁이 끝난 후에도 계속 연락을 취했던 거로군?"

"그렇습니다."

"당신들 단체의 이름을 말하시오."

"그 이름을 여기서 말할 필요는 없지요. 어쨌든 이토 전 중령님과 우리 그룹은 같은 뜻을 갖고 단결하고 있었다는 것만 알아주십시오."

"내 정체를 어떻게 알았소? 이토 군에게 들었나?"

"이토 씨는 사실 중립국 공사관에서 근무하던 전 서기생 가도타 겐이치로 씨가 현재 시나가와의 여관 '쓰쓰이야'의 주인 쓰쓰이 겐자부로 씨가 되었다는 사실을, 정확하게는 가르쳐 주지 않았습니다. 하지만 가도타 서기생이 도쿄에 있다는 것만은 넌지시 암시해 주었지요. 그건 이토 씨가 가도타 씨와의 옛 정을 생각해서 우리한테는 말하지 않았던 걸 겁니다."

"그걸 안 건?"

"이토 전 중령님이 도쿄까지 와서, 세타가야에서 살해될 때까지 어디에 묵고 있었는지를 알고 있었기 때문입니다. 아니, 솔직히 말해서 그때는 아무것도 몰랐습니다. 지방에서 올라온 사람이 여관에 묵는 일은 흔하니까요. 그런데 이토 씨가 그 구석진 곳으로 간 이유를 알 수가 없었어요. 우리는 이토 씨가 그 현장까지 호락호락 끌려갔을 거라고는 생각하지 않았지요. 이토 씨가 나이는 먹었어도 유도는 고도칸1882년에 가노 지고로가 창설한 유도 도장. 유도 연구지도기관으로 발전했다에서

4단을 딴 실력자였습니다.”

“그래서?”

어두운 차 안에서 문답은 이어졌다.

“그래서 우리는 이토 중령님이 누군가에게 속아서 세타가야에 갔을 거라고 판단했습니다. 물론 그곳으로 데려간 사람은 이토 씨를 죽인 범인이 틀림없지요. 게다가 그렇게 강한 사람이 어이없게 교살당한 것을 보면, 이건 범인이 불시에 기습해 뒤에서 끈으로 목을 졸랐기 때문일 거라고 짐작했습니다. 그만큼 이토 씨는 상대방에게 방심하고 있었던 겁니다. 이토 씨와 동행한 인물은 어지간히 친한 사이였다는 뜻이지요.”

“과연.”

쓰쓰이야의 주인이자 전 서기생인 가도타 겐이치로는 고개를 끄덕였다.

“그래서 곧 나일 거라고 생각한 거요?”

“아뇨. 그 인물이 당신이라고 추정하는 데는, 상당히 긴 시일이 걸렸습니다. 아주 긴 시간이었어요.”

상대방도 말을 이었다.

“이토 씨가 왜 갑자기 도쿄에 왔는지 우리는 몰랐기 때문입니다. 그 사람은 도쿄에 올라오면 반드시 우리한테 연락하곤 했습니다. 이번에만 그렇게 하지 않았지요. 우리는 신문기사를 보고서야 이토 씨가 도쿄에 와 있었다는 걸 알았을 정도입니다. ……어쨌든 이토 씨는 야마토의 고리야마에서 잡화상을 하고 있지만 그건 겉모습일 뿐이고, 아직도 열렬한 애국심에 불타는 행동주의자였습니다. 그래서 일부러 전쟁 후에 부활한 옛 군인 우호단체에도 들어가지 않고 지방에서 조용히 살고 있었지요. 그 사람은 우리의 동지였습니다."

남자는 여기에서 잠시 말을 끊었다. 창에 얼굴을 가까이 하고 어둠 속을 내다보고 있다.

"계속해 보시오."

가도타 겐이치로는 재촉했다. 남자는 다시 얼굴을 돌렸다.

"그래서 이토 씨가 무엇 때문에 도쿄에 올라온 건지 알 수가 없었어요. 물론 이토 씨가 도쿄에 온 것과 불행한 죽음 사이에 깊은 관계가 있다는 사실은 알았지요. 그래서 우리의 조사는 전적으로 이토 씨가 도쿄에 올라온 목적을 알아내는 데서부터 시작되었습니다."

"우리는 고리야마에 있는 이토 씨의 양자에게 문의하는 편지를 보냈지만, 그에게서는 잘 모르겠다는 답장이 왔을 뿐이었습니다."

남자는 말을 이었다.

"하지만 이토 씨가 살해되기 전에 덴엔초후와 아오야마에 갔다는 걸 알아냈지요. 우리는 이 두 동네에 누가 살고 있는지를 조사했습니다. 덴엔초후에는 전 R신문사의 편집국장이었던 다키 료세이 씨의 집이 있고, 아오야마미나미초에는 외무성 유럽아시아국 ××과장 무라오 요시오 씨의 집이 있더군요. 여기에서 첫 단계의 추정을 얻을 수 있었지요. 무라오 씨는 당시의 중립국 공사관, 당신이 서기생으로 일했던 공사관의 외교관보였습니다. 또 다키 료세이 씨도 세계대전 중에 R신문사 특파원으로 그 중립국의 수도에 주재하고 있었고요. 그런데, 그런데 말입니다.”

남자의 목소리가 열을 띠었다.

“그 공사관에는 이토 중령님이 육군 주재 무관으로 있었기 때문에, 우리는 뭔가 있다고 생각했습니다. 우리가 수상하게 여긴 건 도쿄에 온 이토 씨가 우리에게 연락을 할 새도 없이 아오야마와 덴엔초후를 뛰어다녔다는 겁니다. 어지간히 놀라운 사실을 발견한 것이 틀림없지요. 마치 죽은 사람을 만나기라도 한 것처럼 허둥거리고 있었으니까요.”

가도타 겐이치로의 한쪽 팔은 여전히 옆의 남자가 붙잡고 있었다. 이야기하는 사람은 그의 목을 조르고 있던 오른쪽의 인물뿐이었다. 어두워서 잘 알 수 없지만 이 남자의 무거운 목소리에는 어딘가 혈기왕성한 장년의 말투가 있었다.

“이건 비유가 아닙니다. 이토 씨는 유령을 만났거든요. 절의 방명록에 남아 있었던 것은 그 유령의 필적이었습니다. ……여기까지 말했으니 그다음은 장황하게 설명할 필요도 없겠지요. 우리는 이토 씨가 덴엔초후와 아오야마를 찾아갔다는 사실을 알고, 그가 도쿄에 올라온 목적이 예전에 주재했던 외국의 공사관 직원들과 관련이 있을 거라고 생각했습니다. ……그곳에서는 일등서기관인 노가미 겐이치로라는 사람이 사망했지요. 1944년의 일이었습니다. 그는 병을 얻어 스위스의 병원에 입원했다가 거기에서 죽은 것으로 되어 있습니다. 당시의 신문에도 짧게 보도되었지요. 하지만 이토 씨가 깜짝 놀라 상경해서 다키 료세이 씨나 무라오 씨의 집으로 뛰어다닌 이유는, 노가미 일등서기관의 생사를 확인하려고 한 게 아닐까 싶습니다. 그 외에는 생각할 수가 없었거든요. ……이런 생각에 도달하기까지는 긴 시간이 걸렸습니다. 하지만 우리는 아직 가도타 서기생이 쓰쓰이야의 주인이라는 추정까지는 도달하지 못했지요."

먼 곳에서 전철 소리가 났다. 조용한 밤이고 민가가 적기 때문에 그 울림이 여기까지 전해져 오지만, 전철 길까지는 일 킬로미터 가까이 떨어져 있었다.

"우리는 노가미 겐이치로 씨가 살아 있을 거라고 상정했습니다. 이외에는 이토 씨를 도쿄로 달려오게 하고 두 집을 찾아다니게 할 만한 이유가 없었으니까요. 하지만 노가미 겐이치로 씨의 죽음은 신문에도 났다시피 어엿하게 공용 전보로 들어온 소식이었습니다. 우리는 만약을 위해 노가미 가의 분위기도 살폈지만, 미망인은 남편의 죽음을 의심하지 않는 것 같았습니다. 그래서 노가미 씨가 살아서 일본으로 돌아왔다고 해도 미망인이나 가족에게는 연락을 하지 않았다는 것을 알았지요. 왜일까. 우리는 이상하게 여기는 한편 여러 가지를 조사하기 시작했습니다. 그중 하나가 다키 료세이 씨에게 사정을 물어보러 간 것입니다. 하지만 다키 씨는 우리의 첫 번째 방문을 받은 후 곧 도쿄를 떠나 신슈 아사마 온천으로 도망치듯이 가 버렸습니다. 우리는 그곳까지 찾아갔습니다. 다키 씨는 매우 동요하더군요. 그는 또 갑자기 아사마 온천을 떠나 다테시나 고원으로 옮겼습니다. 비슷한 시기에 다키 씨는 신문사를 그만둔 뒤에 취임했던 세계문화교류연맹 이사를 사직했어요. ……다키 씨의 거동은 오히려 수상했지요. 특히 다테시나 고원의 여관에서 만났을 때 우리는 일부러 떠 보려고, 노가미 씨는 어디에 있습니까, 하고 대뜸 물었습니다. 그랬더니 처음에는 그가 사망했다고 말했지만, 다키 씨의 공포에 가득 찬 표정이 웅변적으로 진실을 대답하고 있었습니다."

"그렇군. 그 사람은 인텔리지만 소심한 사람이었지."

"그렇습니다. 그래서 우리는 더욱더 적극적으로 그를 몰아세웠습니다. 그제야 다키 씨는, 자신은 아무것도 모르지만 노가미 씨의 사망이 매우 의심스럽기는 하다고 말했습니다. 왜냐하면 당시 스위스의 병원에서 그의 임종에 입회한 일본인은 한 명도 없기 때문이라고요. 그래서 우리는 추궁했습니다. 만일 노가미 씨의 죽음이 진실이 아니고, 그가 살아 있는데도 죽었다고 공표되었다면 그 이유는 무엇이냐고……."

"다키 씨는 뭐라고 대답하던가요?"

"모른다고 했습니다. 하지만 우리는 곧 노가미 씨가 중립국 공사관에서 어떻게 움직였는지를 조사해 보았습니다. 우리한테는 그걸 조사할 수 있는 루트가 있거든요. 그러자 놀랍게도, 노가미 씨는 일본의 외교관으로 파견되었으면서 이적 행위를 했더군요. 일본이 전쟁을 하고 있을 때에 말입니다."

"……."

"그 사실을 알았을 때 우리의 울분과 경악은 말로 다 표현할 수 없을 정도였다고 할 수 있겠지요. 노가미 씨는 당시 스위스에 주재하고 있던 미국 전략정보국의 두목이나 영국 첩보부와 연락을 취해, 일본을 가능한 빨리 패전으로 몰아넣으려고 일을 꾸몄던 것입니다. 이 사실을 통해서 노가미 씨의 사망 공표는, 실은 그의 국적을 없애기 위한 공작이 아니었을까 짐작할 수 있었습니다. 우리가 추측한 바에 따르면, 그는 스위스의 병원에서 탈출해 영국으로 도망쳤습니다. 거기에서 연합국 측과 협의해서 일본을 패배시킬 책략이나 짜고 있었겠지요. 어쨌거나 당시의 스위스에는 연합국 측의 정보망이 밀집해 있었고, 특히 미국 기관의 주요 간부는 나중에 CIA 장관이 되었을 정도의 민완가로, 루즈벨트의 절대적인 신뢰를 받고 있었으니까요. 또 영국의 첩보가도 윈스턴 처칠과 직결되어 있었고요. 이런 사람들의 그물에 걸려서, 노가미 겐이치로 씨는 마침내 일본을 팔아치우게 되었습니다."

"그래서?"

가도타 전 서기생은 침통한 목소리로 물었다.

"이 일에는 일본 정부 내부에도 공범자가 있었습니다. 아무리 노가미 서기관이 우수하다고 해도 혼자서 할 수 있는 일이 아니지요. 노가미 서기관은 일본 정부 내에 자리 잡고 있는 친영, 친미파와 틀림없이 밀접하게 연락을 취하고 있었을 겁니다. 일본 군부가 팔 년은 더 항전할 여력을 갖고 있었고, 또 그에 상응하는 물자를 보유하고 있으면서도 어이없이 굴복한 건, 이런 기생충들이 책동하고 있었기 때문입니다."

"하지만 그건……."

"잠깐만요. 당신은 노가미 씨의 배신 행위에 그렇게 큰 효과가 없었다고 말하고 싶겠지요. 분명히 일본의 패전이라는 커다란 사실 앞에서, 노가미 씨의 배신 행위가 얼마나 도움이 되었는지 그건 모릅니다. 하지만, 하지만 말입니다. 일본의 외교관이라는 자가 전쟁중에 적국과 공모해서 국적까지 없애 가며 조국을 패전으로 이끌려는 책략을 꾸민 것은 절대로 용서할 수 없습니다. 우리는 절대로 용서할 수 없어요."

남자의 목소리는 격렬했다.

"아마 이토 씨도 노가미 서기관이 죽었다고 믿었겠지요. 하지만 실은 그건 위장이었고, 그는 멀쩡히 살아 있었어요. 게다가 지금 일본에 놀러 와 있다는 걸 알았습니다. 이건 이토 씨가 아니더라도 일본 국민이라면 누구나 화가 날 일입니다. 어쨌거나 매국노가 이제 와서 몰래 일본으로 돌아온 거니까요."

남자의 목소리는 어둠 속에서 이어졌다.

"이토 씨는 다키 료세이와 무라오 요시오의 자택을 각각 찾아갔어요. 두 사람에게 지금 노가미가 살아서 돌아온 것 같은데 어디에 있느냐고 캐물었을 것이 틀림없습니다. 하지만 두 사람 다 전혀 모른다며 시치미를 뗐어요. 어디까지나 짐작일 뿐이지만 분명히 그랬을 겁니다. 하지만 이토 씨는 그들의 거짓말에도 불구하고 도쿄에 있는 노가미의 정체를 알아냈습니다. 그건 여기에 중대한 인물이 한 명 있었기 때문입니다."

"……."

"노가미는 당시의 해군 측과 연결되어 있었습니다. 해군은 처음부터 전쟁에 소극적이었지요. 따라서 중립국에 주재하고 있는 무관 중에서도 이토 씨 같은 육군파와 해군파가 끊임없이 반목하고 있었습니다. 해군파와 손을 잡은 노가미는 기관의 비밀 원조를 받아 스위스의 병원에서 영국 등지로 탈출했는데, 이때 탈출을 도운 또 한 명의 인물이 있었습니다. ……가도타 씨, 바로 당신이지요. 서기생이었던 당신이 분명히 노가미를 스위스의 병원까지 데려다 주었을 겁니다."

"……."

"노가미가 살아 있다는 사실을 알았을 때, 이토 씨에게는 처음으로 가도타 서기생에 대한 의심이 생겼어요. 아마 이토 씨는 당신을 추궁해서 진상을 알아냈겠지요. 불같은 이토 씨의 추궁 앞에서는 당신도 끝내 시치미를 떼지 못하고 모든 것을 자백했을 겁니다. 그 이야기를 듣고 이토 씨는 더욱더 격앙하며 당장이라도 자기를 노가미가 있는 곳으로 데려가라고 했을 테고요. 이토 씨는 노가미를 찾아가서 그 매국노를 찔러 죽일 결심을 했던 겁니다……."

먼 곳에서 소리가 났다. 차 안의 두 남자는 창에 얼굴을 가까이 했다. 아무 일도 없었다는 듯이 다시 옆의 남자가 이야기를 계속했다.

"가도타 씨, 당신은 분명히 노가미가 탈출하는 걸 도왔어요. 전쟁이 끝나고 나서 귀국 직후에 외무성을 그만둔 것도, 이런 어두운 과거가 있기 때문입니다. 아무리 당신이라도 그대로 외무성에 남을 수는 없었으니까요. ……그 뒷이야기를 마저 하자면, 당신은 노가미가 귀국할 때도 틀림없이 뭔가 도왔을 것이라고 생각됩니다. 아마 도쿄에 머물고 있는 노가미의 숙소를 알고 있는 사람은 당신과 다키, 무라오뿐이었을 겁니다. 어떻습니까, 제 말이 틀립니까?"

"맞는 것 같군."

가도타가 무거운 목소리로 대답했다. 각오한 기색이다.

"그래서 당신은 격앙한 이토 씨가 노가미에게는 위험한 인물이라고 생각했어요. 아니, 그뿐만 아니라 만일 이토 씨가 노가미를 찔러 버리면 당시의 비밀이 전부 밝혀지게 되지요. 그래서 당신은 이토 씨를 죽이기로 결심했어요."

멀리 어둠 속에서 헤드라이트가 하나 달리고 있다.

"당신은 아마, 노가미의 숙소로 안내하겠다면서 이토 씨를 데리고 나갔을 겁니다. 그날 밤이었어요. 함께 숙소를 나오면 다른 사람들의 눈에 띈다면서, 아마 따로따로 여관을 나와서 도중에 합류했을 것 같군요. 그러고 나서 이토 씨를 세타가야의 현장으로 데려갔어요. 도중까지는 택시를 탔겠지만 현장에서 꽤 멀리 떨어진 곳에서 내렸겠지요. 그리고 현장까지 걸어갔을 겁니다. 이유는 탈것을 이용하면 꼬리가 잡힐까 봐 두려웠고, 또 꽤 먼 거리를 걷게 되니 시간적으로도 밤이 깊어질 것을 계산에 넣었기 때문입니다. 이토 씨는 당신을 굳게 믿고 있었어요. 완전히 무방비했지요. 이토 씨는 마음을 푹 놓고 당신과 함께 걸었던 겁니다. 당신은 현장 부근까지 가서, 방심하고 있는 이토 씨 뒤에서 덤벼들어 갑자기 목에 끈을 감았을 겁니다. 자, 바로 저기에 현장이 보이는군요."

남자는 자동차 창문을 가리켰다. 멀리 민가의 불빛이 보였다. 그것도 매우 드문드문 보일 뿐이었다. 대부분이 밭과 잡목림의 검은 그림자로 덮여 있다.

"하기야 당신이 범인이라는 걸 알게 되기까지는 꽤 애를 먹었습니다. 그것을 깨닫게 된 가장 큰 계기는 이토 씨가 왜 세타가야까지 어슬렁어슬렁 갔느냐 하는 점이었습니다. 우리는 당시, 쓰쓰이야의 주인이 가도타 전 서기생이라는 걸 몰랐기 때문에, 상대방 남자가 누구인지 아무리 해도 알 수가 없었어요. 하지만 전에 말했다시피, 우리는 이토 씨에게 가도타 전 서기생이 도쿄에 있다는 사실만은 들어서 알고 있었습니다. 그래서 그 상대가 아마 가도타일 거라고 예상했지만, 그가 어디에 있는지는 전혀 짐작이 가지 않았어요. ……당신 고향인 사가에도 사람을 보내 조사해 보았지만, 당신은 외무성을 그만두고 본가에서 빈둥거리다가 도쿄로 올라갔다고 하더군요. 외무성에 당신이 죽었다고 소문을 냈겠지요. 아마 이 공작은 무라오 요시오가 한 게 아닐까 싶습니다. 이것도 국적을 없애고 도망친 노가미 겐이치로의 방식과 어딘가 비슷해요. 우리는 모든 조건을 생각하고, 이토 씨가 방문한 곳이 무라오와 다키, 두 사람의 집밖에 없었다는 걸 떠올렸습니다. 이상하다고 생각한 건 이 숙소에서부터였습니다. 불행히도 우리는 가도타 전 서기생의 사진을 한 장도 갖고 있지 않았거든요. 그래서 쓰쓰이야의 주인이 그라는 것은 마지막 순간까지 몰랐습니다."

"교토의 호텔에서 무라오 씨를 저격한 건 당신들이었소?"

"그렇습니다."

"호오. 무엇 때문에 무라오 씨를 쏜 거요?"

"그야 당신도 알겠지요. 우리는 다키와 무라오가 틀림없이 무언가를 알고 있다고 믿었어요. 하지만 다키는 다테시나에서 도망친 후 어디로 갔는지 알 수가 없었지요. 그 남자는 우리를 매우 두려워하고 있었어요. 또 한 명은 무라오인데, 이 남자도 우리 앞에 한 번 얼굴을 보였을 뿐, 그 후에는 외무성이라는 조직 속에 숨어 버렸습니다. 우리로서는 그가 진실을 토해내도록 해야 했어요. 그러려면 위협하는 수밖에 없었습니다. 그 방법이 상대에게는 가장 효과가 있으니까요. 무라오가 가명으로 교토의 M호텔에 묵을 거라는 것을, 우리 기관원이 전날 알아냈습니다. 뭐, 무라오 정도는 쏘려고만 했으면 정수리를 명중시킬 수 있었어요. 하지만 그를 죽이는 게 목적이 아니었지요. 위협하기만 하면 되었거든요."

"역시 내가 예상하던 대로군."

"그렇지요? 당신은 모든 걸 알고 있었어요. 기왕 말이 나온 김에, 여기에서 노가미가 어디에 있는지 가르쳐 주시겠습니까?"

"그럴 수는 없겠는데."

가도타 전 서기생은 냉담하게 대답했다.

"당신들이 알고 있는 대로, 노가미 씨와 나 사이에는 특별한 관계가 있었소. 노가미 씨는 당신들이 짐작한 것처럼 병에 걸렸다는 이유로 스위스로 가서 연합국의 기관에 들어갔지만, 이건 어디까지나 일본 국민을 불행하게 만들지 않기 위한 종전 공작이었지. ……일본이 패전하리라는 것은 확실하게 알고 있었거든. 그런데도 일본이 끝까지 무리한 전쟁을 계속하는 방향으로 나아가서 국민들을 더욱 불행하게 만든 건, 이토 다다스케 중령 같은 육군 강경파가 있었기 때문이오."

"그럼 우리가 생각한 대로, 당신이 노가미를 도주시키는 걸 거들었던 거군요."

"그렇게 받아들여도 될 거요. 나도 노가미 씨와 같은 의견이었으니까. 재외 무관 중에서도 해군파인 사람과 몰래 연계했지. 또 당신들이 말하는 기생충인 정부 부처 내의 고관과는 해군 측에서 암호로 연락해 주었소. 물론 적국으로 도망치는 일을 노가미 씨 혼자서 할 수는 없지요."

이때, 갑자기 창에 밝은 빛이 가득 찼다.

차 한 대가 뒤에 멈추더니 곧 라이트를 껐다.

차문이 열리는 소리가 나고 사람이 걸어오는 발소리가 들렸다. 이상하게도 가도타 겐이치로를 사이에 두고 앉아 있는 사람들은 전혀 경계하지 않았다.

"수고 많네."

그 남자가 밖에서 말을 걸었다. 손전등 불빛이 가도타의 얼굴을 눈부시게 비추었다.

"이야기는 끝났나?"

새로 나타난 남자가 물었다.

"대충 끝났습니다."

가도타 옆에서 지금까지 이야기하던 남자가 대답했다. 그와 동시에 가도타의 손을 잡고 있던 또 다른 남자가 자기 자리를 새로 온 남자에게 양보하기 위해 차에서 내렸다.

차가 흔들리고 그 남자가 올라탔다. 어두워서 얼굴은 알아볼 수 없었다. 그의 굵은 팔이 가도타 겐이치로의 손을 잡았다.

"사장님, 고생 많으십니다."

남자가 말했다.

"역시 자네였나?"

가도타는 어둠 속에서 상대방의 얼굴을 들여다보았다.

"사장님도 요즘 들어 눈치채고 있었던 모양이군요. 언제까지나 여관 일꾼 에이키치일 수도 없으니 본명을 말씀드리지. 국위복권회國威復權會의 총무 다케이 조큐라고 하오. 말이 난 김에 간부의 이름을 말씀드리면 회장이 오카노 신이치, 부회장이 스기시마 도요조. 기억해 두시오. 하기야 당신의 뇌가 앞으로 얼마나 활동할 수 있을지는 모르겠지만."

"각오는 하고 있네. 언젠가는 이렇게 될 줄 알았어."

"배짱이 좋으시군. ……이봐, 노가미가 있는 곳은 알아냈나?"

"아직 실토하지 않았습니다."

"그래? 그나저나 가도타 씨, 당신은 살인범이오. 우리 동지, 이토 다다스케 씨를 이 현장에서 죽인 양반이지. 우리로서는 당신을 경찰에 신고할 수는 없소……."

"죽이려는 거겠지?"

"살인은 법률로도 사형으로 정해져 있으니까. 어차피 죽을 거 아니오? 우리 손으로 그렇게 해 주고 싶군. ……이렇게 정해졌으니, 당신도 이제 와서 노가미의 행방을 불지는 않겠지?"

"말할 수 없네."

"여기서 당신을 살려 주겠다는 달콤한 유혹은 하지 않겠소. 그리고 고문도 하지 않을 거요. 우리는 신사적으로 당신의 자발적인 마지막 대답을 기다릴 뿐이오."

가도타 겐이치로는 침묵하고 있었다. 말을 하지 않는 대신, 그의 거친 호흡이 파이프에서 새어 나오는 가스처럼 새액새액 들려오기 시작했다.

"대답할 거라곤 없네."

가도타 겐이치로의 목소리가 처음으로 헐떡였다.

"정말 자백할 수 없다는 거요?"

다케이 조큐는 확인했다.

"말할 수 없네."

가도타의 이 대답도 긴 침묵 후에야 나왔다. 아니, 길게 느껴진 것은 가도타에게도, 납치자들에게도 마찬가지였다. 실제로는 칠팔 초 정도의 시간에 불과했다.

"다시 한 번 묻겠소. 노가미 겐이치로는 어디에 있지? 분명히 일본에 가명으로 와 있을 거요. 일본 국적이 없는 남자이니 어쩌면 외국인으로 들어왔을지도 모르지. 그럴 가능성이 높소. 가도타 씨. 그는 어떤 이름의 외국인이 되어 일본에 와 있는 거요? 어디에 머물고 있소?"

가도타 겐이치로가 마지막 대답을 입에서 내뱉었다.

"몰라!"

"훌륭하군."

두목은 칭찬했다.

"훌륭한 각오라고 말해 두지. 하지만 우리는 당신을 용서할 수 없소. 당신은 이토 씨를 죽인 사람니까."

"어쩔 수 없었소."

가도타는 고통스러운 듯이 내뱉었다.

"그래요……? 당신도 지금 이 현장에 왔으니 이미 우리의 결의를 알고 있겠지? ……당신을 여기서 죽일 거요. 이토 씨의 영혼이 잠들어 있는 이곳에서 당신의 목숨을 끊어 주지."

가도타 겐이치로는 어두운 차 안에서, 인간의 호흡이라고는 생각할 수 없는 이상한 숨소리를 냈다.

그 소리는 격렬한 소리로 바뀌었다. 어린아이 서너 명이서 장난을 치며 날뛰는 것 같은 소리였다—사람의 목소리는 나지 않았다.

24

차는 요코하마 시내로 들어갔다. 날씨가 좋아서인지 인도에 사람이 많다. 하지만 도쿄에 비하면 차의 수가 적어서 훨씬 차분하다.

“뉴 그랜드 호텔은 오랜만이네요.”

구미코가 소에다 옆에서 말했다. 소에다가 같이 식사하러 가자고 했기 때문에 오늘은 약간 화려한 옷차림을 했다.

—갑작스러운 이야기였다. 소에다는 어젯밤, 구미코의 집에 와서 오늘 같이 식사하자는 이야기를 꺼냈다. 일요일도 아니었는데 소에다는 자신의 사정 때문에 꼭 오늘 요코하마로 놀러 가고 싶다고 청했다. 근무를 해야 하는 구미코는 망설였지만 소극적인 소에다가 평소와는 달리 강경했다.

“너무 제멋대로 구는 것 같지만 내일이 좋겠어요. 나중으로 미루고 싶지 않네요.”

다카코는 옆에서 웃으며 구미코를 달랬다.

“모처럼 소에다 씨가 저렇게 말씀하시는데 같이 가는 게 어떠니?”

“네. 하지만 직장에 미리 말을 하지 않아서요.”

“그럼 내일 아침에 전화로 하루만 휴가를 달라고 부탁해 보면 어때? 아직 휴가가 남아 있잖니?”

“네.”

“갑자기 말씀드려서 죄송하지만 내일 꼭 쉬었으면 합니다.”

소에다는 열심히 밀어붙였다.

“뉴 그랜드에서 식사를 하고 그 주변을 걸어 보고 싶어서요.”

“별일이네요. 소에다 씨가 그런 말씀을 다 하시고.”

다카코는 웃었다.

“꼭 같이 가렴.”

다카코는 소에다를 이미 남이라고 생각하지 않았다. 소에다는 지금까지 구미코와 단둘이 외출한 적이 좀처럼 없다. 그런 점에서 소에다는 기묘할 정도로 조심스러웠다. 그런 그가 이번만은 이상하게 자신의 의견을 강하게 주장했다.

구미코는 승낙했다.

“어머니도 같이 가면 어때요?”

그녀가 소에다에게 말하자 다카코가 말했다.

“아니, 나는 됐어. 마침 내일은 다른 데 나가 봐야 할 볼일이 있거든. 둘이서 다녀오렴.”

다카코는 미소를 짓고 있었다.

평소의 소에다라면 당연히 구미코의 말에 따라 다카코에게도 같이 가자고 권했을 것이다. 그런데 이번에는 소에다도 입을 다물고 있었다.

소에다는, 사실은 다카코를 함께 데려가고 싶었다. 마음속으로는 얼마나 그녀를 요코하마로 데려가고 싶었는지 모른다.

그것이 불가능한 이유는 두 가지가 있다.

하나는, 만일 다카코를 데려가면 상대가 자신들의 눈앞에 나타나지 않을지도 모르기 때문이다.

또 하나는, 이것은 결과적으로 다카코에게 잔혹한 짓이 되리라는 염려 때문이었다.

차에 타고 있는 지금도, 그 망설임이 어젯밤부터 계속해서 소에다의 마음을 동요시켰다. 그에 비해 구미코는 빛이 넘치는 바다의 일부가 보이는 쪽을 즐거운 듯한 눈으로 바라보았다.

"옛날에 어머니랑 세쓰코 언니랑 같이 뉴 그랜드 호텔에 온 적이 있어요. 오 년 전인가?"

구미코는 밝게 말했다.

"그 후로 한 번도 못 와 봤네요. 많이 변했을까요?"

"그렇게 변하지는 않았을 거예요. 건물은 예전 그대로니까요."

"식사하는 동안 내내 음악이 울렸어요. 키 큰 사람이 첼로를 켰죠. 그 음색이 굉장히 멋져서 아직도 그때의 곡목을 외우고 있어요."

"그런 곳의 악단은 계속 바뀌니까, 물론 이번에는 다른 사람일 겁니다."

"기대되네요."

차는 야마시타 공원 옆으로 접어들었다. 넓은 길의 한쪽은 공원의 인공 소나무 숲이었고, 반대쪽에 높은 호텔 건물이 비슷비슷한 건물들과 줄지어 서 있다.

늦가을의 햇빛이 건물의 그림자를 부드러우면서도 또렷하게 지면에 드리우고 있었다.

소에다는 뉴 그랜드 호텔 현관 앞에 차를 댔다. 하얀 계단에도 햇빛이 고여 있다. 오늘 구미코는 낙엽색 원피스를 입었는데, 평소에는 한 적이 없는 진주 목걸이를 하고 있었다. 어깨 부분이 햇빛에 닿아 옷 색깔을 선명하게 도드라져 보이게 했다.

호텔 안으로 들어가니 갑자기 바깥의 빛이 차단되고 커다란 샹들리에 불빛이 햇빛을 대신했다. 이곳의 프런트는 반층을 올라간 곳에 있다.

소에다는 잠깐 망설이다가, "죄송하지만" 하고 구미코에게 말했다.

"잠깐만 여기서 기다려 주세요."

엘리베이터의 손님이 내리기 직전이었다.

"저는 프런트에 좀 물어볼 게 있어서요."

구미코는 고개를 끄덕이고 그 자리에 멈추어 섰다. 젊은 외국인 부부 두 쌍이 구미코 앞을 지나갔다.

소에다는 프런트로 걸어갔다.

"말씀 좀 여쭙겠습니다."

중년의 직원이 팔꿈치를 굽히며 인사를 했다.

"여기에 프랑스인 반네드 씨라는 사람이 묵고 있지 않습니까?"

직원이 소에다의 얼굴을 아래에서부터 훑듯이 살폈다.

"누구신지요?"

소에다는 당장은 대답을 할 수가 없었다. 자신의 이름을 정직하게 말한다고 해도 상대는 자신이 누구인지 모를 것이다. 준비가 부족했음을 이제 와서야 깨달았다. 물론 신문사 이름을 말할 수도 없었다. 상대방 쪽에서 거절할 게 틀림없다.

소에다가 우물거리자 직원 쪽에서 의외의 말을 꺼냈다.

"실례지만 소에다 씨 되십니까?"

그 말에 소에다는 앗 하고 소리를 지를 뻔했다.

아연실색해 있자니 직원이, "그렇다면 전언을 부탁받은 게 있습니다" 하며 책상 위로 손을 뻗어 작은 봉투를 내밀었다.

소에다가 봉투를 뒤집어 보았지만 이름은 적혀 있지 않았다. 봉투를 열어 보니 반으로 접은 메모가 나왔다.

반네드 씨를 찾아왔다면, 그 전에 내가 당신에게 하고 싶은 이야기가 있습니다. 416호실이 내 방이니 찾아와 주기 바라오. 단, 당신 혼자서 와 주기 바랍니다.

다키

'다키 료세이!'

소에다는 만년필로 쓴 유려한 글씨를 자세히 들여다보았다.

'다키가 등장했군.'

갑작스럽지만, 다키는 소에다가 이곳에 오리라고 예상했던 것이다. 물론 다키에게 신통력이 있거나 해서가 아니다. 뒤에서 무라오 요시오가 다키에게 연락을 해 둔 것이다. 소에다의 눈앞에는 이즈의 후나바라 온천 여관에서 쉬고 있을 무라오의 모습이 떠올랐다.

"반네드 씨는."

소에다는 메모를 주머니에 집어넣고 직원을 돌아보았다.

"지금 이곳에 묵고 있습니까?"

"네, 묵고 계십니다. 하지만 한 시간 전에 부부가 함께 외출하셨습니다."

"어디로 가셨습니까?"

"글쎄요, 저희들에게는 아무 말씀도 하지 않으셔서 행선지는 잘 모르겠는데요……."

소에다 쇼이치는 구미코가 서 있는 곳으로 돌아갔다.

"여기에 제가 아는 사람이 와 있어서요. 지금 프런트에 갔더니 그분이 남긴 메모가 있더군요. 미안하지만 잠깐 만나고 올 테니 여기서 기다려 주겠어요?"

다키 료세이의 메시지에는 소에다하고만 만나고 싶다고 적혀 있었다. 이 말은 다키의 입에서 무슨 이야기가 나올지 알 수 없다는 의미다. 당연히 구미코를 다키의 방에 데려갈 수는 없었다. 또 다키는 소에다가 구미코와 함께 이곳에 왔음을 알고서 그런 지시를 한 것이다.

구미코는 순순히 고개를 끄덕였다.

"천천히 다녀오세요. 저는 그동안 아래층에 내려가서 구경이라도 하고 있을게요."

이 호텔은 아래층에서 여러 가지 상품을 팔고 있다. 주로 외국인 손님을 상대하는 선물 가게였기 때문에 예쁜 물건이 많아서, 진열 케이스 사이를 돌아다니며 구경하는 것도 재미있을 듯했다.

"빨리 올게요."

소에다는 구미코를 계단 입구까지 바래다주었다. 그녀는 원피스 자락을 느리게 펄럭이며 날씬한 다리로 한 발짝 한 발짝 아래로 내려갔다. 어느 모로 보나 밝은 모습이었다.

소에다는 엘리베이터를 탔다. 사층에서 내려 416호실 앞에 서자 심장 박동이 빨라졌다. 소에다는 숨을 들이쉬고 문을 노크했다.

안쪽에서 낮은 응답이 들려왔다. 소에다는 문손잡이를 돌렸다.

바로 정면에 다키 료세이가 서 있었다. 노크 소리를 듣고 문 앞까지 마중을 나왔겠지만 이렇게 마주 서니 싸움이라도 하는 모양새다.

"실례합니다."

소에다가 정중하게 인사했다. 창을 등지고 있어서 다키의 얼굴은 어두웠다. 하지만 역광 속에서도 지금까지 본 적이 없는 그의 표정을 볼 수 있었다. 다키는 분명히 미소를 짓고 있었다.

"어서 와요."

목소리까지 부드러웠다.

"당신이 오기를 기다리고 있었소."

그는 소에다에게 대답할 시간을 주지 않았다. 곧 창가의 응접 의자에 소에다를 앉혔다.

"구미코 씨는?"

다키는 대뜸 그렇게 물었다. 모든 것을 알고 있는 말투였다. 소에다의 예상은 틀리지 않았다. 다키는 틀림없이 무라오 요시오에게 연락을 받은 것이다.

"함께 왔습니다."

"음. 그래서?"

"아래층에서 기다리고 있는데요."

그 말에 다키는 살짝 고개를 끄덕였다.

"반네드 씨는 지금 없소."

그렇게 말하며 소에다의 얼굴을 빤히 보았다.

반네드—.

소에다는 다키의 흔들림 없는 시선을 조용히 받아들였다. 오륙 초의 침묵이 흘렀다.

"알고 있습니다. 프런트에서 그러더군요. 어디에 가셨습니까?"

"산책이오."

"산책?"

다키가 거기에 대답하려고 했을 때, 가벼운 노크 소리가 들리고 메이드가 차를 들고 들어왔다. 손님이 왔기 때문에 서비스해 주는 것이다. 두 사람은 각각 메이드의 손을 바라보았다. 자연히 눈빛이 부드러워졌다. 차는 투명할 정도로 신선한 노란색을 띠고 있다. 찻잔 바닥에 가루같은 차가 흔들리며 가라앉아 있었다.

다키 료세이가 얼굴을 든 것은 메이드가 문 너머로 사라지고 나서였는데 그 시선이 부드럽게 바뀌어 있었다.

"소에다 군."

다키는 후배를 불렀다.

"당신은 이미 알고 있겠지요, 반네드 씨가 누구인지?"

한순간 소에다의 목에서 등을 걸쳐 뜨거운 것이 스치고 지나갔다.

"간신히 알았습니다."

"그렇겠지. 나도 더 이상 숨기지 않겠소. 반네드 씨는 그 사람이오."

다키가 그 사람이라고 말했을 때, 그의 입술이 희미하게 경련한 것 같았다. 그러고 보니 그의 처진 눈 가장자리도 떨리는 듯했다.

"오랫동안, 당신도 그걸 알아내려고 고생했지요."

다키가 말했다.

"나는 당신이 그것을 알아내려는 노력을 방해해 왔소. 그렇게 해야만 했기 때문이오. 지금도 당신이 신문기자의 자격으로 왔다면 나는 끝까지 당신 앞을 막아섰겠지. 하지만 나는 최근에 당신이 장래에 구미코 씨의 남편이 될 사람이라는 걸 알았소. ……기자로서의 당신이 아니라 노가미 가의 가족이 될 당신에게 모든 것을 털어놓겠소."

소에다는 마른침을 삼켰다. 이마에 땀이 배어 나올 것 같았다. 머리가 멍하게 흐려지는 듯한 기분이다. 소에다는 양손을 움켜쥐고 자신의 다리에서 힘이 빠지는 감각을 견뎠다.

"만약을 위해서 묻겠는데, 당신이 여기에 그 사람을 찾아온다는 걸 다카코 씨에게는 말하지 않았겠지요?"

"말하지 않았습니다."

"그렇군."

다키는 등을 의자에 기대며 고개를 떨어뜨렸다. 다키도 그 부분에 대해서는 고뇌하고 있는 것이다.

"구미코 씨에게는 뭐라고 말했소?"

"요코하마에 놀러가자고 하고 데려왔습니다. 아직 반네드 씨의 이름은 꺼내지 않았고요."

"그래요."

다키는 그렇게 했으면 되었다는 듯이 등을 일으켰다. 약해 보이던 그의 눈에 조금 강한 빛이 스몄다.

"소에다 군, 그 사람은 지금 간논자키에 가 있소."

"간논자키?"

"우라가를 지나서 있는 곳이오. 겨우 삼십 분 전에 나갔으니, 지금 가도 충분히 만날 수 있겠지."

"무엇 때문에 그런 곳에 가신 겁니까?"

"그러니까 산책이라고 하지 않았소. 목적은 없소. 굳이 말하자면 일본에서의 마지막 하루를 일본다운 풍경 속에서 보내고 싶은 것이겠지."

"마지막 하루라고요?"

소에다는 의자에서 엉거주춤 일어날 뻔했다.

"소에다 군. 그 사람은 내일 에어프랑스로 일본을 떠나기로 되어 있소."

"다키 씨."

소에다는 몸이 떨렸다.

"아니, 소에다 군. 이야기는 나중에 합시다. 구미코 씨를 빨리 간논자키로 보내야 해요. 꾸물거릴 수는 없소. 그 사람도 바다를 보면서 딸이 오기를 기다리고 있을지도 모르니까……."

소에다가 의자에서 무의식중에 일어섰을 때 다키 료세이가 강한 눈으로 아래쪽에서 그를 응시했다.

"그 사람은 부인과 함께 있소."

구미코는 아래층의 가게를 구경하고 있었다. 소에다가 내려갔을 때, 그녀는 마침 진열 케이스 안에서 하얗게 빛나는 진주를 들여다보는 중이었다.

소에다의 발소리를 듣고 그녀는 사치스러운 상품에서 눈을 뗐다. 이곳은 낮에도 불을 켜 두는데 소에다를 본 순간 그녀의 얼굴이 갑자기 불빛처럼 환하게 밝아졌다. 지루해 보이던 분위기가 생생해졌다.

"끝났어요?"

그녀는 고개를 살짝 기울이며 미소를 지었다.

소에다는 구미코의 얼굴을 정면에서 보기가 고통스러웠다. 자연히 눈을 내리깔게 되었다. 그러자 케이스 안의 목걸이가 소에다의 시선에 들어왔다.

"아직 이야기하는 중입니다."

주위에는 손님이 없었다. 낮 시간에 호텔 기념품 가게는 한산하다. 점원이 의자에 앉아 책을 읽고 있었다.

“이곳에 묵고 있는 지인을 우연히 만나서 이야기를 좀 해야 할 것 같아요.”

“어머나, 그럼 더 기다릴게요.”

“아니, 오래 걸릴 것 같아요. 한두 시간 정도는 걸리겠죠.”

“세상에, 그렇게 오래?”

“미안합니다. ……그동안 기다려 줬으면 해요. 하지만 이런 곳에 혼자 있으면 심심하실 것 같네요. 요코하마 옆에 간논자키라는 곳이 있어요. 우라가 옆이죠. 풍경이 좋다는 이야기는 저도 들었는데 자동차로 가면 삼사십 분 정도면 갈 수 있다는군요. 그곳을 구경하고 있으면 어떨까요?”

구미코는 내키지 않는 것 같았다.

“저도 같이 구경하면 좋겠지만 이야기가 길어질 것 같아서요. ……이렇게 하지요. 구미코 씨는 먼저 거기에 가 있어요. 저는 이야기가 끝나는 대로 뒤쫓아 가겠습니다.”

“하지만.”

구미코는 고개를 숙였다.

“저 혼자서…….”

“불안해할 건 하나도 없어요. 많이들 가는 곳이니까요. 오늘은 맑은 가을 날씨라 사람이 많다고 하네요.”

“저는 그냥 여기서 기다릴게요. 소에다 씨, 저한테는 신경 쓰지 말고 이야기를 마치고 오세요.”

구미코는 모르는 곳에 가기를 거부했다.

"하지만 그러면 구미코 씨가 힘들 거예요. 두 시간은 족히 걸릴 것 같거든요. 구미코 씨가 기다리고 있으면 제 마음이 불편할 것 같습니다."

"그래요."

구미코는 그제야 겨우 고개를 끄덕였다.

"저한테는 신경 쓰지 않아도 괜찮지만 그럼 소에다 씨가 이야기를 느긋하게 하실 수 없겠네요."

"맞아요. 무엇보다 이 호텔에는 기다릴 만한 곳도 없고요. 게다가 구미코 씨가 거기에 가 있으면 저도 이야기를 빨리 마치고 뒤따라간다는 즐거움이 있으니까요."

"어떻게 가면 되나요?"

구미코는 결심이 선 것 같았다.

"호텔 앞에서 택시를 잡아 드릴게요. 이 근방의 기사라면 잘 알고 있을 테니까요."

"거기에는 뭐가 있죠?"

"등대요. 미우라 반도의 동쪽 끝에 해당되는 곳이지요. 아부라쓰보미우라 반도 남단의 지명의 반대쪽인데요, 바로 그 앞이 지바 현입니다. 왜, 둥근 도쿄 만이 남쪽에서 한데 모이는 것처럼 오므라지잖아요. 그중에서 가장 좁아지는 바다가 우라가스이도도쿄 만의 입구, 미우라 반도와 보소 반도 사이의 해협으로 폭이 약 7km 정도이다라고 하는데, 풍경이 좋대요.……실은 구미코 씨에게 요코하마에 오자고 한 것도 그곳에 가 볼 생각이었기 때문이에요."

"알겠어요. 얼른 오세요."

"물론이지요. 이러려고 이 호텔에 들어온 게 아닌데, 우연히 아는 사람을 만나는 바람에 이렇게 되었네요. 그렇지. 점심도 그쪽에서 먹고 돌아오는 길에 저녁을 이 호텔에서 먹는 걸로 할까요?"

"네."

소에다는 그녀 옆에 나란히 서면서 프랑스인이 그곳에 있다고 설명해야 할까 몇 번이나 생각했다.

그러나 소에다가 그 프랑스인과의 일을 알고 있다는 사실을 어떻게 설명할 수 있을까. 구미코가 간논자키에 도착할 때까지 반네드 부부가 그곳에 머물러 있기를 기도할 수밖에 없었다.

호텔 도어맨이 지나가는 택시를 잡아 주었다. 구미코는 씩씩하게 차에 탔다. 도어맨은 소에다가 뒤따라 탈 거라고 생각하고 열린 문을 붙잡고 있다.

"간논자키까지 가는데요."

소에다는 밖에서 기사에게 말했다.

"길은 아시지요?"

"잘 알지요."

기사는 핸들에 손을 올려놓으며 대답했다.

"거기 가려면 길이 여러 가지입니까?"

"아뇨, 외길입니다. 선생님."

"넓은 곳인가요?"

이것은 구미코가 도착해도 반네드 부부가 다른 곳에 가 있으면 눈에 띄지 않을 수도 있기 때문이었다.

"넓지 않습니다. 해안이니까요. 게다가 코스가 정해져 있어요.

노시는 곳은 거의 비슷하지요."

소에다는 기사의 말에 안심했다.

"먼저 가 계세요."

소에다는 다카코를 향해 손을 들었다.

"가능한 빨리 갈게요."

"기다릴게요."

구미코가 얼굴 앞에서 작게 손을 흔들었다.

자동차가 하얀 도로를 달려간다. 구미코가 뒤쪽 창으로 소에다를 돌아보고 있었다.

소에다는 호텔 계단으로 되돌아갔다. 갑자기 가만히 있을 수 없는 기분이 들어서 행동도 성급해졌다. 엘리베이터에 탔을 때도 무의식중에 행동이 거칠어졌다. 먼저 타고 있던 외국인이 소에다를 노려보았다.

"여기에서 보고 있었소."

다키 료세이가 소에다를 다시 방으로 맞아들이면서 제일 먼저 한 말이었다.

"구미코 씨가 탄 차가 이 건물에 가려서 보이지 않게 될 때까지."

"늦지는 않을까요?"

소에다는 자신의 기도를 상대방에게 확인했다.

"괜찮을 거요."

다키는 파이프에 담배를 채웠다. 하늘에서 비쳐드는 가을 햇빛 속에 다키의 하얀 머리카락이 빛나고 있다. 그 절반을 그늘이 비스듬하게 가르고 있었다.

"그 사람도 딸이 올 것을 예상하고 있으니까. 당연히 주의 깊게 살펴보고 있을 거요."

다키는 고개를 숙이고 라이터로 불을 붙였다. 다키의 중후한 분위기가 소에다에게도 안도감을 주었다.

"저는 구미코 씨에게 아무 말도 할 수 없었습니다."

"그거면 되었소."

다키는 곧 대답했다.

"쓸데없는 말을 하지 않는 게 좋지요. 부녀 사이이니 금세 알아볼 거요. 그 사람에게는 딸을 만났을 때 어떻게 하겠다는 각오도 있을 거고."

창문에 지친 파리 한 마리가 날개를 움직이지도 않고 웅크리고 있었다.

"부인이 함께 계실 텐데요."

소에다가 걱정스럽게 말했다.

"괜찮소."

다키는 이번에도 소에다를 안심시켰다.

"그 부인이라면 괜찮아요. 프랑스인이지만 일본 부인 같은 사람이라오."

"소에다 군."

다키는 파이프를 피웠다. 어느 모로 보나 구미코에 대해서는 저쪽에게 맡기겠다는 분위기였다. 자연히 표정도 목소리도 한층 더 차분해졌다.

동작도 그렇다. 그는 조용히 손끝으로 새 담배를 파이프에 채웠다.

"무라오 군을 만나서, 그에게 대강 이야기를 들었다고 하던데."

다키가 힐끗 시선을 들었다.

"네. 하지만 다 들은 건 아닙니다."

"괜찮소. 전부 다 알 필요는 없지. 당신 상상만으로도 충분하오."

"제 상상이 잘못되지는 않았습니까?"

"그렇지 않을 거요."

다키는 선선히 인정했다.

"하지만 모르는 게 너무 많습니다. 우선 노가미 겐이치로 씨가 일본에 돌아온 것 말입니다. 아니, 그 마음은 압니다. 전쟁이 끝난 지 십육 년이 지났습니다. 정확하게 말하면 노가미 씨가 호적을 상실한 지 십칠 년이지요. 노가미 씨도 고국 땅을 밟고 싶었을 것이 틀림없습니다. 물론 멀리서나마 자신의 유족을 대면하고 싶었을 거고요. 가능하면 유족에게 자신의 존재를 알리지 않고 만나고 싶었겠지요."

다키는 아무 대답도 하지 않았다. 그러나 표정으로는 그 말을 긍정하고 있었다.

"제 상상을 용서해 주십시오. ……노가미 씨는 일본으로 돌아오는 것에 대해서, 적어도 오랜 친구 두 명에게는 연락을 취했을 거라고 생각합니다. 한 사람은 무라오 씨지요. 옛 부하니까요. 또 한 사람은 다키 씨, 당신이었습니다."

"음."

다키는 시선을 창으로 돌렸다. 가을 파리는 아까 있던 위치에 여전히 달라붙어 있었다.

"당신은 일본의 신문사에서 파견한 특파원 신분으로 스위스에 있었습니다. 노가미 씨가 사망한 곳도 그곳 병원이었지요. 아마 노가미 서기관이 사망했다는 공식 전보는 무라오 요시오 씨가 있던 공사관에서 친 거겠지요. 하지만 또 한 명, 언론인의 협조가 있었어요. 그게 당신입니다."

소에다는 파이프를 물고 있는 다키를 똑바로 바라보았다.

"노가미 씨는 오랜 친구를 통해 유족과 접촉을 꾀하고 싶었을 거예요. 적어도 그렇게 할 수 있도록 손을 써 달라고 할 작정이었을 겁니다. 물론 우정을 믿고 한 일이지요. 하지만 뜻밖의 걸림돌이 생겼어요. 옛 육군 무관 이토 다다스케 중령입니다. 노가미 씨가 갑자기 옛날이 그리워서 찾아간 절에 필적을 남기고 왔기 때문이었지요. 아니, 노가미 씨의 그 마음도 모르는 바 아닙니다. 아마 젊을 때부터 다니곤 했던 일본의 오래된 절을, 이제 다시는 볼 수 없을 거라는 기분이었겠지요. 그래서 적어도 자신의 이름을 방명록에 남겨 두고 싶었을 거예요. 그 마음은 잘 압니다. ……하지만 이것이 노가미 씨에게 재앙이 되었어요. 재앙은 두 가지였는데요, 하나는 조카 아시무라 세쓰코 씨에게 발견되어 의혹을 산 것입니다. 하지만 더 나쁜 게 있었지요. 이토 씨가 그것을 알아차리고 당장 도쿄로 올라온 겁니다. ……저는 무라오 씨의 이야기를 듣고서야 알았는데, 이토 중령은 일본의 승리를 끝까지 믿고 있었다더군요.

그러니 만일 노가미 씨가 살아 있다는 사실을 그가 안다면, 노가미 씨는 용서할 수 없는 매국노가 되는 셈이지요. 이토 중령님은 노가미 씨의 사망 공표와 그 생존을 나란히 놓아 보고, 진상을 알았을 것이 틀림없습니다. 이토 씨도 그 공사관부 무관으로서 당시 각국 사이의 모략을 실컷 보았을 테니까요. ……그래서 이토 씨는 도쿄로 올라와, 곧 무라오 씨와 당신의 집을 찾아갔습니다. 아마 노가미 씨의 생존을 당신들에게 확인하러 간 거겠지요."

이 말도 다키는 부정하지 않았다. 희미하게, 그리고 느리게 고개를 끄덕였다.

"노가미 씨 '사망'의 진상은, 조사하다 보니 저도 짐작이 되었습니다. 다만 제가 알 수 없는 것은 이토 중령이 왜 세타가야의 구석진 곳에서 살해되었는가 하는 것입니다. 알고 싶은 것은 그 이유와, 누가 이토 중령의 목을 졸랐느냐는 거예요. 경시청과 같은 입장에 서서 범인을 찾고 있는 건 아닙니다. 범인이 도망치든 체포되든 그건 저와 상관없는 일이고요. 알고 싶은 건 이토 중령을 해친 사람의 이름입니다. ……이토 중령을 없애 버릴 위치에 있는 사람은, 적어도 세 명은 있습니다. 한 사람은 무라오 씨지요. 또 한 사람은 반네드가 되어 버린 노가미 씨고요. 마지막 한 사람은 당신입니다. 하지만 세 사람이 범인이라고는 생각되지 않아요. 다른 한 명이 있습니다. 그 다른 한 명이 누구냐 하는 거지요. 다키 씨. 당신이라면 알고 있을 겁니다."

"소에다 군."

다키는 파이프를 입에서 떼었다. 가라앉은 눈에 기이한 빛이 스며 있었다. 소에다는 그 눈빛의 변화에 깜짝 놀랐다.

"그 범인은 죽었소."

소에다는 그 말을 당장은 이해할 수 없었다. 다키가 전혀 다른 뜻의 말을 한 것만 같았다. 소에다는 자연히 눈을 부릅뜨고 상대를 바라보았다.

"이토 다다스케 중령을 죽인 남자는 또 다른 사람에게 살해되었소. 게다가 그 현장은 이토 군이 목숨을 잃은 곳이지."

이번에는 소에다의 귀에 그 말이 똑똑히 들어왔다.

"뭐라고요? 다, 다시 한 번 말씀해 주십시오."

"시체는 오늘 새벽에 발견되었소. 물론 신문에는 나지 않았지만. 오늘 석간에 실릴지도 모르겠군. 하지만 내게는 연락이 왔소."

"범인이 살해되었다고요? 누, 누굽니까? 아니, 살해된 남자 말입니다."

"가도타 겐이치로라는 남자요. 당신도 당시의 공사관 명부를 조사했으니 아는 이름이겠지."

"서기생!"

소에다는 외쳤다.

"그렇소, 가도타 서기생이오."

소에다는 머리가 띵해졌다. 분명히 그는 행방불명된 인물이었다. 한때는 고향에서 죽었다는 소문이 있었지만, 조사해 보니 그는 죽은 것이 아니라 실종된 것이었다.

"현재는 이름이 바뀌었소. 쓰쓰이 겐자부로요. 직업도 다르지. 시나가와 역 앞에서 쓰쓰이야라는 여관을 하고 있소."

소에다는 혼란에 빠졌다—어찌 된 셈인지 눈앞에 눈썹이 짙고 광대뼈가 튀어나온 인물이 천천히 스쳐 지나갔다. 쓸쓸하고 볼품없는 여관의 어느 방에서 소에다와 이야기를 나누던 남자였다.

"중간 과정은, 때가 때이니 만큼 생략하지요."

다키는 말했다.

"요컨대 가도타는 노가미 씨의 심복이었고, 노가미 씨의 '사망'을 도운 남자요. ……당시 스위스에는 연합국의 정보활동기관이 설치되어 있었소. 노가미 씨는 일본이 파괴되기 전에 전쟁을 끝내기 위해서 이 기관과 접촉했소. 보는 사람에 따라서는 그 기관의 손길에 노가미 씨가 걸려들었다고 할지도 모르지만, 결단코 그런 것은 아니오. 내가 증명하지."

"알겠습니다. 당신이 노가미 씨의 의지를 받아들여 그 기관에 다리 역할을 해 주신 거로군요?"

소에다는 이 선배 기자가 영어에 능통하고 오랫동안 재외 특파원으로서 매우 우수한 활동을 보였음을 떠올렸다.

"그렇게 상상해도 될 테지. 나는 스위스에 있는 동안 미국 첩보기관의 높은 사람들과 골프를 치곤 했으니까."

"앨런 덜레스?"

미국 대통령 직속의 CIA 장관 이름이 소에다의 입에서 나왔다. 이 고명한 정보 공작의 최고 책임자는 아마 전쟁 당시에는 스위스에 있었을 것이다.

"그런 이름일지도 모르지. 하지만 소에다 군. 이름은 무엇이든 상관없소. 윈스턴 처칠이라도 상관없고. 요컨대 노가미 씨의 마음은 국적을 버리고, 처자식을 버리고, 자신이 일본인이라는 것까지 상실하게 되더라도 일본을 파멸 일보직전에서 구하고 싶었던 거요. 보는 사람에 따라서는 기생충 같은 행동이라고도 할 수 있겠지요. 연합국 측은 그의 접촉을 받아들였소. 어쨌거나 일본이 언제까지 항전할지 짐작이 가지 않았으니까. 연합국으로서도 가능한 손해를 줄이면서 대일작전을 종결하고 싶었거든. 노가미 씨의 행동은 옛 일본 정신으로는 해석할 수 없소. 이건 후세의 평가를 기다릴 수밖에 없겠지."

다키는 지친 듯이 팔걸이에 몸을 기댔다.

"이토 중령은 노가미 씨의 생존을 확인하기 위해 미친 듯이 달려들었소."

다키 료세이는 가끔 이마를 손가락으로 문지르며 말을 이었다.

"그는 옛 공사관 시절의 동료인 서기생 가도타 군이 시나가와 역 앞에서 쓰쓰이야라는 여관을 경영하고 있다는 걸 알고 있었소. 이건 우리도 알고 있던 일이오. ……그래서 이토는 가도타 군의 여관에 묵으면서 끊임없이 노가미 씨의 사망 전후 상황을 물었을 거요. 어쨌거나 가도타 군은 노가미 씨를 따라 스위스의 병원에 갔던 친구니까. 이건 내 상상은 아니고 가도타 군이 편지로 모든 것을 고백한 내용이라오. 어제 편지가 도착했는데, 아마 살해되기 직전에 보낸 거겠지. ……이토 중령은 공사관 시절부터 일본정신에 광신적으로 빠져 있는 남자였소. 뿐만 아니라 그는 아직도 일본 육군의 부흥을 믿고 있어요. 아니, 웃을 일이 아니오. 일본에는 그런 놈들이 아직 있거든. 이토 군은 가도타 군을 다그쳤소. 우리는 적당히 이토 군을 쫓아 보냈지만, 어쨌거나 가도타 군이 끝까지 노가미 씨를 간병했다고 했으니 이토 군의 추궁도 심했지. 가도타 군의 이야기로는, 이토는 나라의 절에서 뜯어 온 방명록을 가도타 군에게 들이밀었다고 하더군. 노가미 씨의 필적은 아무도 흉내낼 수 없는 특이한 것이었소. 두 사람은 하룻밤 내내 은밀하고도 격렬한 문답을 벌였소. 마침내 가도타 군은 이토의 힐문에 제대로 대답할 수 없게 되었소. 이때 처음으로, 가도타 군은 이토 군에게 살의를 느꼈다고 하더군요. 이 남자가 지금 일본에 와 있는 노가미 씨의 소재지를 알아내면 어떻게 될지 모른다고 생각하고."

"그를 세타가야 구석진 곳으로 데려간 사람이 가도타 씨입니까?"

"그렇소. 노가미 씨의 은거지로 안내하겠다고 하고, 밤에 택시를 몇 번이나 바꿔 타면서 현장 부근으로 갔소. 부근이라고 해도 나중에 꼬리가 잡힐까 봐 상당한 거리를 걸어갔다더군. 다행히 이토 군은 도쿄의 지리를 잘 모르는 사람이었소. 흥분한 그는 아무런 의심도 품지 않고 가도타 군 옆에 나란히 서서 현장까지 갔다고 하오."

"그렇습니까."

소에다의 온몸에서 힘이 빠졌다.

"그럼 가도타 씨를 죽인 건?"

"어떤 조직이오. 나는 이렇게밖에 말할 수 없소. 그 조직은 광신적인 이토 전 중령과 연결되어 있소. 가도타 군이 이토를 없앤 건, 만일 노가미 씨의 생존이 확실해졌을 경우 이자들이 어떻게 움직일지 두려웠기 때문이오. 이치를 아는 상대가 아니니까. 말이 안

통하는 조직이거든."

"다키 씨에게도 그들이 찾아왔군요?"

"왔소."

다키는 자연스럽게 대답했다.

"그건 이토 중령이 살해되는 바람에 그 조직 놈들이 끊임없이 냄새를 맡고 다니기 시작했기 때문이오. 특히 구미코 씨의 데생을 그리던 사사지마 화백이 과실사한 후부터 나는 더욱 도피하고 싶었소."

"화백의 죽음은 과실사입니까?"

"수면제 과다 복용이라고 분명히 말해 두지요. 하지만 당시의 나는 그렇게 생각할 수가 없었소. 역시 조직이 화백을 죽였다고 믿었지. 이유가 있소. 화백이 구미코 씨를 모델로 데생을 그리는 동안, 그녀의 아버지가 그곳에서 동거하고 있었기 때문이오."

"동거?"

"그렇게 말하면 조금 부정확할지도 모르지만, 요컨대 정원사로 출퇴근을 하면서 자신의 딸을 먼발치에서 보고 있었던 거요. 이건 무라오 군이 생각해 낸 방법이지요. 화백과 친하게 지내던 내가 화백에게 구미코 씨에 대해서 부탁했소. 그동안, 화백은 자세한 사정은 모른 채 내 부탁을 받아들여 출퇴근하던 가정부도 오지 못하게 했지요. 덕분에 노가미 씨는 느긋하게 자신의 딸과 대면할 수 있었소. 화백이 그린 데생도 나중에 노가미 씨가 받아서 외국으로 가지고 돌아갈 예정이었고. 그런데 화백이 갑자기 생각지도 못한 죽음을 맞았소. 노가미 씨가 예상하지 못한 일이었지요. 노가미 씨는 틀림없이 당황했을 거요. 꾸물거리다가 자신이 일본 경찰의 조사를 받는 입장이 되어서는 안 되니까. 노가미 씨는 순간적으로 구미코 씨의 데생을 가지고 도망쳤소."

"야마모토 지요코라는 이름으로 구미코 씨를 교토로 부른 건요?"

소에다는 곧장 물었다.

"그건 노가미 씨의, 현재의 부인이 한 일이오. 노가미 씨의 마음을 알아채고 한 일이었지요. 노가미 씨는 나중에 부인에게서 듣고서야 안 모양이오. 그렇지, 그러고 보니 언젠가 가부키 극장에서도 노가미 씨는 자신의 유족…… 물론 그는 살아 있지만, 유족인 아내와 딸을 보았소. 하지만 슬쩍 훔쳐본 것만으로는 만족할 수 없었던 거요. 사사지마 화백에게 그런 공작을 꾸민 것도 구미코 씨를 오랫동안 보고 싶었기 때문이오. 매일 말이오. 하지만 사실은 딸과 이야기를 나누고 싶었다는 건 두말할 필요도 없겠지."

"이해합니다."

소에다는 고개를 끄덕였다.

"노가미 씨의 부인은 프랑스인인데 매우 훌륭한 사람이오. 이해심도 있지요. 교양도 있고. 노가미 씨의 입장을 자기 마음처럼 이해해 주는 부인이오. 야마모토 지요코의 편지는 타이프라이터를 시켜 치게 했다더군요. 원고는 통역하는 사람한테 부탁한 모양이고. 그 후에는 딸이 오기만을 기다렸소. ……하지만 구미코 씨는 혼자서 온 게 아니었지요. 이상한 동행자가 그 뒤에서 어슬렁거리고 있었소. 그래서 부녀의 대면은 허사로 돌아갔소."

"그랬습니까."

소에다는 한숨을 쉬었다.

"하지만 아직 기회는 남아 있었소. 구미코 씨가 고케데라에 갔거든. 낙담한 노가미 씨는 혼자서 M호텔로 돌아갔지만, 부인은 우연히 고케데라에 가 있었소. 거기에서 구미코 씨를, 즉 자신들이 난젠지로 불러냈던 구미코 씨를 다시 한 번 본 거요. 사정을 말하자면 난젠지에서는 반네드 부부도 다른 외국인 관광객들 사이에 끼어서 몰래 갔던 터라 불가능했던 모양이지만, 고케데라에서는 부인이 구미코 씨의 사진을 촬영하는 데 성공했소. 이건 노가미 씨에게 무엇보다도 큰 선물이었지."

"M호텔에서는요?"

"그건 생각지 못한 일이었소. 설마 구미코 씨가 그 호텔에 묵을 줄은…… 사실을 말하면 우리는 M호텔에서 노가미 씨와 오랜만에 만나기로 약속이 되어 있었소. 무라오 군도 도쿄에서 몰래 비행기를 타고 왔을 거요. 나도 다테시나에서 주오선을 타고 나고야를 돌아서 교토로 들어갔소. 살다 보면 여러 운명의 실이 어떤 시기에는 기묘하게 모이는 법이지. 우선 호텔에 구미코 씨가 묵고 있다는 사실을 안 사람은 부인이었소. 부인이 알려 주어서 노가미 씨는 딸의 목소리가 듣고 싶어졌지요. 그래서 몇 번이나 구미코 씨의 방에 전화를 했소."

"알겠습니다. 그 이야기는 구미코 씨한테서도 들었어요. 잘못 건 척하면서 실례했다고 말하고는 끊었다더군요."

"노가미 씨는 딸에게 할 말이 없었던 거요. 무슨 이야기를 할 수 있겠소? 설마 생판 모르는 남자가 날씨 이야기를 할 수도 없고. 노가미 씨는 전화를 두세 번 걸어, 여보세요, 하는 목소리만 듣고 만족해야 했소. 하기야 그 전에 통역을 통해서 만찬에 초대하기는 했지요. 하지만 다행인지 불행인지, 구미코 씨 쪽에서 거절했소. 거절한 게 다행이었을지도 몰라요. 그날 밤의 일이었소. 무라오 군이 총에 맞은 것은."

"그건 누가 한 짓이었습니까?"

"그놈들이오. 집요하게 노가미 씨의 발자국을 쫓아온 거지."

"왜 무라오 씨를 쏜 겁니까?"

"경고요. 그들은 그렇게 생각하고 있겠지만, 사실은 위협이지요. 그래서 자신들이 무라오 군의 목숨을 살려 준 거라 여기고 있겠지."

"왜 그렇게 할 필요가 있었던 걸까요? 그 옆방에는 바로 그들이 노리고 있는 본인이 묵고 있었지 않습니까. 어째서 그곳을 노리지 않았던 겁니까?"

"몰랐던 거요. 정확하게는 노가미 씨가 프랑스인이 되어 있을 줄은 그들도 아직 몰랐던 거지. 무언가 냄새를 맡고 오기는 했지만 아직 진짜 모습을 알아내지는 못한 거요. M호텔에는 무라오 군도 들어왔소. 나도 뒤따라 도착했고. 이건 냄새가 난다고, 진작부터 무라오 군 뒤를 따라다니던 놈들은 생각했을 게 틀림없소. 또 당사자가 그 자리에 모습을 나타내지 않더라도 이 저격 사건으로 하나의 물결이 일어나면 노가미 씨의 모습이 불쑥 떠오를 거라고 기대했을지도 모르지."

소에다는 한동안 침묵했다.

"그래서 노가미 씨는 앞으로 어떻게 하실 거랍니까?"

소에다는 다키를 물어뜯을 듯이 바라보았다.

"프랑스로 돌아갈지도 모르지만, 그 전에 본인은 튀니지 부근의 사막을 한동안 걸어 보고 싶다고도 했소."

"사막이라고요?"

"노가미 씨에게는 파리나 사막이나 마찬가지지요. 지구상 어디에 가더라도 그에게는 황야밖에 없거든. 결국 국적을 잃은 사람이니 말이오. 아니, 국적만이 아니오. 자신의 생명도 십칠 년 전에 잃은 남자요. 그에게는 지구 자체가 황야요."

소에다는 손목시계를 보았다. 구미코가 차를 타고 호텔 앞을 출발한 지 사십 분이 지나 있었다.

25

터널을 빠져나가자 관목이 빽빽하게 우거진 숲이 나왔다. 길은 이 숲과 산의 사면 사이로 하얗게 뻗어 있다.

스포츠카가 구미코가 타고 있는 차를 추월해 지나갔다. 숲은 노랗게 물들어 있다. 바다가 펼쳐지기 시작했다.

미국 국기를 단 하얀 배가 보였다. 갑판에 서 있는 수병의 얼굴까지 알아볼 수 있을 것 같았다.

"등대가 있는 곳은 더 먼가요?"

구미코가 묻자 기사가 대답했다.

"저 끝을 돌아가면 있습니다."

여름철 해수욕장이었던 듯한 흔적이 남아 있다. 다 무너져 가는 오두막이 있고, 아직도 빈 주스 캔 같은 것이 쌓여 있었다.

튀어나온 곳을 선회하자 작은 광장이 나왔다. 버스, 자동차, 택시 등이 주차장에 줄지어 있었다. 바로 옆에 세련된 레스토랑이 있다. 구미코가 상상했던 것 이상으로 많이 개발된 곳이었다.

“여기에서부터는 걸어가시죠.”

기사는 문을 열며 말했다.

“등대까지는 걸어서 대강 십이삼 분 걸릴 겁니다.”

구미코는 차를 그대로 대기시켜 두기로 했다.

길은 갑자기 좁아졌다. 하지만 계속 해안을 따라 나 있었다. 날씨가 좋아서 행락객도 많았다. 구미코는 길을 걸으면서 수많은 남녀와 마주쳤다. 젊은 사람들은 상의를 벗고 하얀 셔츠만 입은 차림이었다. 걸어 보니 과연 땀이 날 정도로 따뜻한 날씨였다.

바람이 바다 냄새를 실어 온다.

바로 절벽 위에 작은 유스호스텔이 있었다. 하얀 울타리 안에 푸른 만년청이 자라고 있다. 건물은 붉은 기와로 지은 것이었다. 이것도 이 풍경에는 잘 어울렸다. 오길 잘했다는 생각이 들기 시작했다. 들이마시는 공기에도 바다 향기가 섞여 있어 걷기가 즐거워졌다.

등대는 아직 보이지 않았다. 곶을 또 하나 돌아야 한다. 길은 거기에서부터 완만한 경사를 이루고 있었다.

경사면 위가 오래된 숲이다. 올려다보니 나무에 덩굴풀이 감겨 있었다. 쇼난 지방의 끝자락에 해당하는 이곳에는 후추등, 남오미자, 잣밤나무 등 아열대 해안 식물이 군생하고 있다.

경사의 정점을 내려가니 갑자기 눈앞에 등대가 크게 들어왔다. 바다에 바싹 붙어 있는 절벽 위에 서 있었다. 햇빛을 받은 등대의 하얀 벽이 푸른 하늘에 또렷하게 빛나고 있다.

바로 아래의 해안에는 침식된 바위가 갈색 피부를 드러내고 있었다. 판자를 지그재그로 쌓아 올린 것 같은 모습으로 바다를 향해 튀어나와 있다.

구미코는 거기에 잠시 서서 넋을 잃고 바라보았다. 사람들이 대개 이곳에서 풍경에 감탄하곤 하는지, 그녀의 등 뒤에도 나중에 온 손님이 서 있었다.

물가에 가까운 암초 위에도, 차양처럼 튀어나온 바위 위에도 사람들이 두셋 보였다. 길은 등대 아래의 절벽을 돌아 더욱 안쪽으로 이어진다. 그 길에도 젊은 사람들이 줄을 지어 걷고 있었다.

구미코는 물가 쪽으로 걸음을 옮겼다. 앞에는 보슈房州 현재의 지바 현 남부를 가리키는 옛 지명의 산맥이 있었다. 그러나 바다를 사이에 두고 있다고는 생각할 수 없었다. 등대 아래의 곶을 돌아가면 이어져 있을 것만 같은 느낌이었다. 산의 암벽이나 산사태가 있었던 듯한 갈색 땅까지 또렷하게 보였기 때문이다.

한층 높은 산꼭대기에서 구름이 움직이고 있다.

구미코는 바위 위를 조심조심 걸었다. 침식된 바위는 곳곳에 화산바위처럼 구멍이 나 있었다.

바닷물이 밀려와 바위와 바위 사이로 흘러들었다. 그것이 순식간에 강을 이루어 다시 역류한다. 게가 기어가고 있다. 바다 냄새가 강하다.

구미코는 문득 어디에선가 자신에게 쏟아지는 시선을 느꼈다. 자신의 정면에 있는 바위는 아니었다. 거기에서는 젊은이 둘이 서로 사진을 찍어 주고 있다.

그녀는 시선을 옮겼다.

검은 옷을 입은 키 큰 부인이 상당히 떨어진 거리에 서 있었다. 지금까지 구미코가 알아차리지 못한 것은 그 외국 부인이 그녀의 뒤를 따라 그곳에 도착했기 때문이다. 노란색 머리가 밝은 햇빛을 받아 하얀 불꽃처럼 보였다.

구미코는 깜짝 놀랐다.

교토에서 만난 프랑스 부인이라는 것을 금방 알 수 있었다. 상대방도 그것을 알아차린 모양이다. 부인은 외국인다운 몸짓으로 크게 손을 흔들었다.

구미코는 걸었다. 프랑스 부인의 뒤쪽으로는 등대가 서 있는 절벽이 배경을 이루고 있다. 절벽에도 여러 종류의 나무가 우거져 있었다. 등대로 올라가는 돌계단이 부인의 바로 등 뒤에 있었다. 이 돌계단의 어두울 정도로 짙은 색깔 때문에 부인의 노란 머리카락이 도드라져 보였다.

"봉주르, 마드무아젤(안녕하세요, 아가씨)."

부인 쪽에서 말을 걸었다. 얼굴 가득 미소가 퍼져 있었다. 푸른 눈동자가 똑바로 구미코를 바라본다.

"봉주르, 마담(안녕하세요, 부인)."

구미코는 프랑스어로 말을 걸었다.

"캉 에트 부 브뉘 드 교토(교토에서 언제 이곳으로 돌아오셨어요)?"

"일리야 켈크주르(사오일 되었어요)."

부인은 생글생글 웃고 있었다. 이가 가지런한 사람이었다. 부드러운 머리카락이 바람에 흔들린다.

“여기서 아가씨를 만날 거라고는 생각도 못했어요. 정말 멋지네요.”

“저도 마찬가지예요.”

구미코는 고케데라에서 자신의 사진을 찍어 주던 부인의 모습을 떠올렸다. 그러자 그녀의 등 뒤로 푸른 단풍나무 아래 펼쳐져 있던 여러 종류의 두꺼운 이끼가 선명한 색깔로 보였다.

“아가씨 사진은 예쁘게 찍혔어요. 소중히 간직할게요. 일본에서 얻은 가장 그리운 추억이 될 거예요.”

“부인께 도움이 된다면 저도 기쁘겠어요.”

프랑스 부인은 입 속으로 중얼거렸다.

“기적이에요.”

그렇게 말했다.

“아마 난젠지에서도 뵈었죠. 고케데라 다음에는 M호텔이었고요. 오늘은 생각지도 못했는데 여기서 당신을 만났어요. 멋진 기적이네요.”

부인의 취향은 굳이 말하자면 수수한 편인 것 같았다. 색채도 오히려 일본인의 감각에 가까운, 부드러운 중간색으로 통일되어 있었다.

“아가씨는 여기 혼자서 왔나요?”

부인은 구미코에게 물었다.

“네, 맞아요.”

“역시 이 바다를 보러 온 건가요?”

"네. 풍경이 굉장히 좋다고 들었거든요."

부인은 푸른 눈동자로 바다를 바라보았다. 때마침 커다란 화물선이 천천히 우라가스이도를 따라 올라오고 있는 참이었다. 보슈의 산 일부에 햇빛이 비쳐, 그곳만 조명을 비춘 것처럼 색깔이 선명해졌다.

"저는 남편이랑 같이 왔어요."

프랑스 부인이 옆에서 말했다.

"네?"

구미코가 올려다보니 부인의 장밋빛 뺨에 몹시 기쁜 듯한 미소가 떠올라 있었다.

"소개해 드릴게요, 아가씨."

말릴 새도 없었다. 키 큰 부인의 모습이 구미코 옆에서 두세 걸음 멀어졌다. 이것은 뒤를 향해 신호를 하기 위해서라는 것을 알 수 있었다.

구미코의 눈에, 천천히 이쪽으로 걸어오는 선글라스를 낀 노신사의 모습이 비쳤다. 머리카락의 대부분이 희었다. 그러나 얼굴은 일본인과 똑같았다. 아니, 그 얼굴이라면 구미코도 난젠지에서 본 적이 있다. 그때 그는 방장의 넓은 툇마루에 부인과 함께 걸터앉아, 정원에 배치되어 있는 돌을 바라보고 있었다. 그 외에도 외국인 관광객이 있었지만, 신사의 옆모습은 정원의 아름다움에 넋을 잃고 있는 것 같았다. 지금도 그 하얀 모래가 눈에 선하다.

처음 보았을 때, 구미코는 그가 스페인계 사람이 아닐까 하고 생각했다. 하지만 지금 이쪽으로 걸어오는 얼굴을 보니 분명히 일본인이라는 것을 알 수 있었다. 일본인이 아니면 이런 차분하고 우울한 표정은 하지 않는다.

그러나 신사는 구미코 앞에 오더니 선글라스 너머에서 부드러운 시선을 던졌다.

부인은 왠지 구미코를 남편에게 소개하지 않았다. 구미코는 약간 당혹스러웠지만 신사에게 인사했다.

"안녕하세요."

"봉주르, 마드무아젤."

노신사는 대답했다. 아름다운 발음이었다.

"부 파를 비앙 르 프랑세(프랑스어를 잘하시는군요)."

신사는 미소를 지으며 구미코 바로 가까이에 나란히 섰다. 지금까지 부인이 있었던 곳이다.

부인이 뭔가 생각난 듯이 남편에게 작은 목소리로 말을 걸었다. 구미코의 귀에도 부인이 등대에 올라가고 싶다고 하는 말이 들렸다. 조심해서 다녀오라고 남편은 아내에게 대답했다.

"그럼 나중에 봐요."

부인은 구미코에게 살짝 손을 흔들었다.

왜 부인은 남편만 여기에 두고 가는 것일까. 보기에 따라서는 그 부인답지 않다는 생각이 드는 무례한 행동이었다.

"바다로 갑시다."

신사는 갑자기 일본어로 말했다.

"그렇지, 저 바위가 좋겠어요. 아가씨도 저기까지 같이 가 보지 않을래요?"

신사가 가리킨 방향은 바다가 하얀 물거품을 일으키고 있는 곳이었다.

발치에 파도가 부서지고 있었다. 하얀 거품이 흔들리는 부분만 바다 색깔이 다르다. 비칠 듯이 투명한 초록색이었다.

보니 아래쪽에 튀어나와 있는 바위에 한 남자가 서서 낚싯대를 드리우고 있었다.

"피곤하군."

신사는 말했다.

"미안하지만 여기 좀 앉겠습니다."

그는 아무렇게나 바위에 걸터앉으며, 끙차, 하고 신음했다. 일부러 노인 같은 호방한 모습을 보였는데, 이 역시 일본인의 몸짓이다.

"앉지 않을래요?"

노신사는 갑자기 얼굴을 돌려 구미코를 올려다보았다. 선글라스를 쓰고 있었지만 표정은 매우 친근했다.

"거기가 좋겠군요."

노신사는 직접 자리를 결정하더니 주머니에서 손수건을 꺼내 그 위에 펼쳤다.

"감사합니다."

구미코는 어쩔 줄 몰랐다.

"계속 서 있으면 힘들 겁니다. 앉아요."

구미코는 이상하게 가슴이 두근거리는 것을 느꼈다. 방금 처음 말을 나눈 신사였지만 왠지 말로 표현할 수 없는 친밀함이 느껴졌다. 세쓰코의 남편 아시무라 료이치에게도 이 정도의 친밀함은 느낀 적이 없다. 노신사가 갖고 있는 분위기와 풍모 때문일까. 그의 얼굴에는 깊은 주름이 많았다.

"실례할게요."

구미코는 순순히 신사가 깔아 준 손수건 위에 앉았다. 바람이 가끔 파도의 물보라를 흩날렸다.

"저는."

구미코는 자기 이름을 말하지 않을 수가 없었다.

"노가미 구미코라고 해요."

"그래요."

신사는 깊이 고개를 끄덕였다. 선글라스를 쓴 눈은 바다 쪽을 물끄러미 보고 있었지만, 그는 그녀의 이름을 온몸으로 받아들이고 있는 것 같았다.

구름이 움직이고 바다의 색깔이 일부 바뀌었다.

"……좋은 이름이군요."

신사는 말했다.

"그렇지, 내 이름을 말해야겠네요. 나는 반네드라고 합니다."

구미코는 그 외국인의 이름과 이 신사가 썩 잘 연결되지 않는 느낌을 받았다. 마치 다른 사람의 이름을 들은 것 같은 느낌이었다.

이름은 프랑스식이지만 이 사람의 아버지나 어머니는 일본인이었던 것이 틀림없다. 그리고 오랫동안 일본의 교육을 받아 온 사람일 것이다. 아니, 일본인 중에서도 이 정도로 교양을 느끼게 하는 인물은 그렇게 흔하지 않을 거라고 구미코는 생각했다. 역시 프랑스인으로서의 생활을 오랫동안 해 왔기 때문이 틀림없다.

아무리 봐도 이 사람은 일본인이다.

반네드도 구미코의 생각을 알아차렸는지, 그의 옆얼굴에 미소가 떠올랐다.

"모두들 저를 일본인이라고 생각하지요. 아니, 그렇게 생각하는 건 당연하지만."

"역시 오랫동안 일본에 계셨나요?"

"그렇습니다."

프랑스인 신사는 고개를 끄덕였다.

"일본에서 대학을 나왔지요. 대학에 들어가기 전까지도 쭉 일본에 있었고요."

역시 그랬다. 노신사의 일본어를 들으면 순수한 도쿄 사투리다. 외국인이 쓰는 어색함은 조금도 없다. 일본어가 신사의 피부를 이루고 있었다.

신사는 등을 웅크리고 있었다. 그 자세도 일본 노인의 자세다. 볕을 쬐면서 툇마루에 앉아 분재 같은 것을 바라보는, 그런 모습과 똑같았다.

그러나 선글라스를 쓰고 있어서인지 신사의 옆얼굴에는 또 다른 엄격함이 있었다. 결코 분재를 보고 있는 눈이 아니다. 무언가를 혼자서 생각하며 응시하는 것처럼 가라앉은 엄격함이 있었다. 그러고 보니 이 신사는 몸 전체에 어두운 분위기가 떠돌고 있다. 푸른 바다를 향해 오도카니 앉아 있는 모습에서 어두운 고독이 느껴졌다.

구미코는 뭐라고 말을 이을 수가 없었다.

그녀는 문득 난젠지의 방장 툇마루에 걸터앉아 정원을 보고 있던 그의 모습을 떠올렸다. 그때도 분명히 이런 모습이었다.

"아가씨."

신사는 바다를 향해 낮게 말했다.

"어머님은 건강하신가요?"

그 목소리는 약간 쉬어 있었다.

"네, 걱정해 주신 덕분에요."

"그래요. 다행이네요. ……어머님도 당신 같은 딸이 있으니 얼마나 기쁘실까."

구미코는 말없이 가볍게 머리를 숙였다—그러나 문득 묘한 것을 깨달았다. 왜 이 노신사는 어머니에 대해서만 언급하는 걸까. 이런 경우에는 대개, 부모님은 건강하시냐고 물을 것이다.

"뭔가 일을 하고 있습니까?"

신사는 또 물었다.

"네."

구미코가 어디에서 일하는지 말하자, "그거 좋군요" 하며 우아하게 턱을 끄덕였다.

"아가씨 나이면 결혼도 곧 하겠네요?"

구미코는 미소를 지었다. 처음 인사한 사이치고 이야기 주제가 지나치게 개인적이었다. 그러나 구미코는 조금도 싫지 않았다. 마음이 편하다는 게 이런 것일까. 노신사가 갖고 있는 이상한 친밀함 때문이라고밖에 생각할 수 없었다.

"그럼 어머님도 두 배로 기뻐하시겠네요."

마치 아주 옛날부터 알고 지낸 사이 같은 대화가 오갔다. 구미코는 이상하게도 반감이 들지 않았다. 아니, 그것보다 이 나이 많은 신사의 분위기에 순순히 녹아들어 갈 수 있었다.

낚시를 하던 남자가 낚싯대를 크게 휘둘렀다. 물고기를 낚은 모양이다.

문득 정신이 들어 보니, 신사는 선글라스를 쓴 채 가슴에서 손수건을 꺼내 자신의 얼굴을 닦고 있었다.

더운 계절은 아니다. 오히려 바닷바람이 차가울 정도였다. 신사는 구미코가 쳐다보고 있다는 것을 알아차렸는지, "아무래도 바다의 물보라가 얼굴에 튀어서 못쓰겠네" 하고 혼잣말을 했다.

"나는."

신사가 그 후 서둘러 말했다.

"내일 일본을 떠나기로 되어 있어요."

"어머나, 귀국하세요?"

"네, 그럴 생각입니다."

신사는 앉은 채 상체를 약간 움직였다.

"일본에 머무르는 마지막 날에 아가씨 같은 분을 만날 수 있었던 건 감사한 일이에요."

"……."

"나는 일본에 와서, 정말 아가씨 같은 사람과 이야기를 나누고 싶었어요. 그래서 지금 당신과 이야기를 나누는 게 아주 즐겁네요."

그 말은 구미코에게도 거짓이 아닌 것처럼 느껴졌다. 사실 이 프랑스 노신사는 아까부터 그 기쁨을 얼굴 전체로 나타내고 있었다. 하지만 외국인다운 노골적인 표현이 아니라 감정을 억누른 것 같은 기색이었다. 마치 일본인처럼.

"즐거웠어요."

그는 말했다.

"아가씨에게 묻고 싶은 게 있는데."

"네, 뭔데요?"

"나를 어떻게 생각합니까?"

갑작스러운 질문이었다. 구미코는 당혹스러웠지만 솔직하게 자신의 느낌을 말하는 게 좋을 것 같다고 생각했다.

"아주…… 아주 좋은 분인 것 같아요."

그 말로는 아직 자신의 마음을 다 표현할 수 없었다.

"……친한 분을 만난 것 같아요. 그리운 사람을 만난 것 같은 기분이 들어요."

"호오."

신사가 이쪽을 돌아보았다. 깊은 눈빛이 구미코의 얼굴을 찬찬히 바라보았다.

"그렇게 생각하세요? 정말 그렇게 생각합니까?"

"네. 실례가 될지도 모르겠지만요."

"당치도 않아요. 고맙습니다. 고마워요. 아가씨한테 그런 말을 들어서 나는 정말 기쁘게 생각합니다."

"좀 더 일찍부터 친해져서, 부인과 함께 쭉 교류를 나누었으면 좋았을 텐데요."

"그 점은 나도 유감스러워요."

신사는 크게 고개를 끄덕였다.

"아가씨, 부탁이 있는데요."

"네."

"방금 말했다시피 나는 내일 일본을 떠납니다. 그러니 그 기념으로 지금 아가씨한테 내가 어렸을 때 배운 노래를 불러 주고 싶어요. 들어 주시겠습니까?"

"……."

"그냥 동요예요. 애들 노래지요. 잘 부르지는 못하지만."

구미코는 미소를 지었다.

"네, 들려주세요. 꼭."

노신사는 내일 일본을 떠난다고 한다. 그러다 보니 일본의 동요를 부르고 싶어서 들어 줄 사람을 애타게 찾고 있었던 모양이다. 구미코가 승낙하자 상대는 기뻐하며 자세까지 바꾸었다. 바다 쪽을 향해 등을 폈다.

노신사가 노래했다. 가사의 절반은 잊어버린 듯했지만 구미코가 뒤따라 함께 불렀다. 두 사람의 노래는 바다 소리에 가끔 끊기면서 이어졌다.

노가미 겐이치로는 낮은 목소리로 노래하면서 온몸으로 딸의 목소리를 들이마시고 있었다.

까마귀야, 왜 우니

까마귀는 산에

귀여운 일곱 아이를 두고 왔기 때문이지

……

……

파도 소리가 합창에 지워졌다. 목소리가 바다 위를 건너고, 바다 속으로 가라앉았다. 구미코의 가슴에 갑자기 까닭을 알 수 없는 감동이 넘쳐났다.

그러고 보니 이 노래는 구미코 자신이 유치원 때 배워서, 어머니와 함께 목소리를 합해 돌아가신 아버지에게 들려주었던 노래였다.

–본문 중의 동요는 노구치 우조 작사 〈일곱 아이〉에서

해설

황야를 선택한 남자
『구형의 황야』에 대하여 2

조영일(문학평론가)

球形の荒野

즉 『구형의 황야』는 어떤 의미에서 반미스터리라 불릴 만합니다。
여기서 「반미스터리」란 그 자체로
또 다른 어떤 새로운 기법을 가리키는 표현이 아닙니다。
그야말로 미스터리적 요소를 최소화했다는 의미입니다。
이 즈음이면 눈치를 챈 분들도 계실 테지만、
이 소설에는 범죄만 등장할 뿐
이렇다 할 범죄자도 탐정도 등장하지 않습니다。

7. 망령과 그의 딸

그런데 정작 이 소설의 아이디어 자체는 매우 단순한 것에서 시작되었다고 합니다. 유적지나 관광지에 가면, 우리는 '아무개 여기 왔다감', '○○○♥○○○', '○○와의 우정이여 영원히~' 등의 낙서를 쉽게 볼 수 있습니다. 모두가 무심코 넘어가는 그런 낙서나 흔적에 세이초는 주목했다고 합니다. 장난처럼 보이는 이 낙서를 거슬러 올라가면, 한 인간의 중요한 국면이 드러날지 모른다고 말입니다. 예컨대 남산타워(지금은 서울타워인가요?)에 가면 수많은 자물통이 나무 모양의 지지대에 걸려 있습니다. 거는 이들에게는 일종의 재미였을 테고 보는 이들에게는 흥미로운 볼거리에 지나지 않을 수 있지만, 그것들 하나하나에 사연이 없을 수는 없지요. 따라서 그 하나하나가 각각 한 편의 소설이 될 수도 있는 것이지요.

『구형의 황야』의 사건은 매우 작은 것에서 시작됩니다. 마지막 조국 여행을 온 남자가 무심코 남긴 방명록의 필적이 문제가 됩니다. 그로서는 마지막이기에 무언가를 남기고 싶다는 소박한 욕망에 굴복을 한 셈인데, 바로 이것이 조용히 끝났을 수도 있었을 여행을 엉망진창으로 만듭니다(그는 나중에 이 부분을 크게 후회합니다). 서예에 조예가 깊었던 그의 필체는 미불의 그것과 유사했고, 그와 안면이 있는 두 사람(한 사람은 조카인 아시무라 세쓰코이고, 다른 한 사람은 그와 함께 중립국에서 근무했던 이토 다다스케입니다)이 우연히 이를 발견합니다.

중국미술사에 약한 분들은 미불이 누구인지 어떤 필체인지 감이 안 오실 텐데 특별히 중요한 것은 아니지만, 이런 것을 확인하는 것도 소설 읽는 재미 중 하나일 수 있으니 지금 당장 스마트폰으로 검색을 해 보시기 바랍니다.• 도대체 얼마나 특이한 필체이기에 그것만으로 누가 썼는지 짐작이 가능했는지 말입니다. 하지만 이때 문제가 발생합니다. 왜냐하면 그 필체의 소유자는 이미 죽었기 때문입니다. 적어도 공식적으로는 그렇게 처리되었습니다(유골까지 유족에서 전달된 상태입니다).

자, 이제 드디어 문제의 이름이 등장합니다. 노가미 겐이치로, 그는 제2차 세계대전 말기 중립국의 일등서기관으로 근무했는데,

• 스마트폰이 없는 분들을 위해 미불에 대해 정리하면, 다음과 같습니다. 미불(米芾: 1051 ~ 1107)은 중국 북송의 서예가다. 규범에 얽매이는 것을 싫어하는 성격으로 기행을 일삼고 결벽증이 심했다고 한다. 수묵화뿐만 아니라 문장과 시서(詩書), 고미술 일반에 대해 조예가 깊었다. 소동파, 황정견 등과 친교가 있었고, 글씨에 있어서는 채양과 소동파, 황정견 등과 더불어 '송사대가(宋四大家)'로 불리며 왕희지의 서풍을 이은 것으로 평가받는다. 그림은 동원과 거연 등의 화풍을 배웠으며, 강남의 아름다운 자연을 묘사하기 위해 미점법(米點法)이라는 독자적인 점묘법을 창시하여 오진, 황공망, 예찬, 왕몽 등 원말 사대가와 명의 오파(吳派)에게 그 수법을 전했다[『중국역대인명사전』 참조].

전쟁이 끝나기 직전 스위스의 한 병원에서 병사했습니다. 고로 죽은 사람이 방명록에 글을 남긴 것이 됩니다. 물론 그는 자신의 본명을 쓰지 않았습니다. 하지만 이름이 아니라 필체가 문제였습니다. 내용(이름)이 아닌 형식(필체)만으로 두 사람 모두 죽은 그가 살아 있을지 모른다고 판단한 것입니다.

이 대목에서 우리는 『구형의 황야』를 『햄릿』과 잠깐 비교해 볼 수 있습니다. 『햄릿』의 시작은 선왕(아버지) 망령의 등장입니다. 그는 자신의 아들과 만나려고 합니다. 그리고 결국 만나지요. 하지만 이 만남은 아들을 파멸로 내몹니다. 왜냐하면 아버지의 망령은 아들에게 복수를 촉구했기 때문입니다. 『구형의 황야』 역시 아버지의 망령이 등장함과 동시에 소설이 시작합니다. 물론 그것은 '다나카 고이치田中孝一'라는 낯선 이름의 필적이었지만 말입니다.

그런데 이 망령은 자신을 숨긴 채 아무것도 부탁하지 않고 가능한 한 딸의 모습을 자신의 기억 속에 담으려고만 합니다. 사진과 데생, 그리고 만남은 모두 이를 위한 것으로, 사실 이 망령•의 여행 목적은 바로 여기에 있었지요. 그리고 그는 완전한 자기 징벌의 길로 나아가려고 합니다. 여기서 소설과 드라마의 차이에 대해 잠깐 얘기해 보지요. 가장 완성도가 높은 2010년판 드라마••는 여러모로 원작과 비교될 만합니다.

• '망령'은 『구형의 황야』의 키워드 중 하나입니다. 현대사상에 관심이 있는 비평가라면, 데리다의 '유령론'(『마르크스의 유령들』)에 기대어 그럴싸한 평론 한 편 정도는 뚝딱 써낼 수 있을 것입니다.

•• 후지TV에서 2부작으로 방영되었는데, 나가야마 고조가 연출하고 다무라 마사카즈가 주연을 맡았습니다.

먼저 라스트신만 예로 들자면, 딸은 아버지를 알아보고 울면서 노가미를 아버지라고 부릅니다. 하지만 원작에서 딸은 아버지를 끝까지 알아보지 못한 것으로 그려지고 있습니다(이 부분은 뒤에서 다시 언급하겠습니다). 그리고 소설은 아버지와 딸의 만남으로 끝나지만, 드라마에서는 노가미가 소기의 목적을 달성하고 일본을 떠나는 것까지 담고 있습니다.

여기서 어느 쪽이 더 나은가 하는 문제가 발생합니다. 많은 경우 각색보다는 원작의 손을 들어 주기 마련인데, 이 경우에 한해서는 상호보충적으로 보는 것이 더 좋지 않나 하는 생각을 해 봅니다. 물론 딸이 아버지를 알아차리게 설정한 것, 그리고 그럼에도 불구하고 아내도 만나지 않고 그대로 일본을 떠나게 한 것은 실수라고 생각하지만요. 여하튼 결론만 놓고 보면, 우리는 이 작품을 『햄릿』보다는 차라리 『콜로누스의 오이디푸스』와 비교하는 쪽이 적절할지 모르겠습니다. 그것은 비단 '아버지와 딸'이 등장한다는 이유 때문이 아닙니다. 그보다는 해당 이야기가 가지고 있는 성격 때문입니다.

예컨대 『햄릿』과 『오이디푸스왕』이 극적이라면, 『콜로누스의 오이디푸스』는 서사적이라 할 수 있지요. 드라마와 소설의 차이로는 여러 가지를 들 수 있겠지만, 무엇보다도 갈등의 처리 방식이 가장 뚜렷하지 않나 합니다. 즉 드라마의 경우 갈등과 그것의 해소가 본질을 이루어야 하지만, 소설은 갈등 자체보다는 '갈등 이후'가 본질이라는 것이지요. 나쁘게 말하면, '뒷북치기'인데, 소설의 강점은 도리어 이런 '뒷북치기'에 있지 않나 합니다. 왜냐하면 그것은 서

스펜스를 제거함으로써 갈등의 본질을 좀 더 객관적으로 조망하게 만들기 때문입니다.

8. 反미스터리로서의 『구형의 황야』

사실 『구형의 황야』는 제재와 관련해서 볼 때 다르게 쓰일 수 있었습니다. 세이초 기념관의 관장인 후지이 야스에가 문고판 해제에서 다음과 같이 말하는 것도 그 때문입니다.

> 제재를 놓고 보았을 때, 종전의 경위와 그것을 둘러싼 외교관과 군인들의 생각을 묘사하는 논픽션적인 작품이 될 수 있었을 것이다. 또 연이어 일어나는 살인이나 총격, 협박 등의 사건이 가진 수수께끼에 육박하는 미스터리가 될 수 있었다.
>
> 하지만 세이초는 『구형의 황야』를 그 어느 쪽으로도 만들지 않았다.•

『구형의 황야』를 읽고 실망하신 분들이 있다면, 바로 위와 같은 이유 때문이 아닌가 합니다. 즉 역사의 숨겨진 이면을 긴박감 넘치는 필치로 파헤쳐 우리가 미처 알지 못했던 진실을 드러내는 것

• 藤井康栄「解題『球形の荒野』」,『球形の荒野』(下)[長篇ミステリー傑作選], 文春文庫, 2010, 331頁.

도 아니고, 그렇다고 해서 미스터리 요소가 강조되어 독자로 하여금 범인을 추리하도록 확실히 유도하는 것도 아니니 말입니다. 한마디로 재미라고 할 것이 부족합니다. 그렇다면 그는 왜 이렇게 쓴 것일까요? 제가 생각하기에 그것은 한 인간의 선택에 대한 예의 때문이 아닌가 합니다.

즉 『구형의 황야』는 어떤 의미에서 반反미스터리라 불릴 만합니다. 여기서 '반미스터리'란 그 자체로 또 다른 어떤 새로운 기법을 가리키는 표현이 아닙니다. 그야말로 미스터리적 요소를 최소화했다는 의미입니다. 이 즈음이면 눈치를 챈 분들도 계실 테지만, 이 소설에는 범죄만 등장할 뿐 이렇다 할 범죄자도 탐정도 등장하지 않습니다. 무슨 말이냐고 반문하실 분이 계실 것이기에 덧붙이자면, 이 소설에는 '일관된' 탐정이 부재한다고 해도 과언이 아닙니다.

소설의 시작은 앞서 언급한 것처럼 아시무라 세쓰코(노가미의 외조카)가 남편과 함께 교토에 간 것에서 시작합니다. 남편의 학회에 따라온 것이지요. 그녀는 남편이 학회에 참석하는 동안 홀로 나라의 옛 절을 돌아다니다가 우연히 외삼촌의 글씨와 닮은 필적을 발견합니다. 그리고 그녀는 종전 직전 스위스에서 죽은 외삼촌을 떠올립니다. 그는 그녀에게 옛 사찰의 아름다움을 가르쳐 주었던 분이기도 했습니다.

도쿄로 돌아간 그녀는 외숙모집을 찾아서 나라의 옛 사찰에서 발견한 필적에 대한 이야기를 꺼냅니다. 그리고 외삼촌이 마지막으로 보낸 편지 등을 살펴보면서 외삼촌의 유골이 어떻게 전해졌는지 그 과정을 캐묻습니다. 이 정도면 우리는 그녀가 탐정 역할을 맡으리라고 생각할 것입니다. 하지만 흥미롭게도 그녀의 역할은 거기서 끝납니다. 그런데 신문기자이자 노가미 구미코의 애인(?)인 소에다 쇼이치가 그 이야기를 듣고 흥미를 갖습니다. 이후 그는 탐정을 자처하며 당시 노가미 겐이치로와 함께 근무한 이들을 하나둘 찾아가는 등, 실마리를 찾기 위해 동분서주합니다.

하지만 관련자들은 "그런 것은 처칠에서 물어봐라"라는 핀잔을 주는 등 비협조적이었고, 누군가의 초청으로 이루어진 구미코 모녀의 가부키 관람 때 시도한 잠복도 실패로 끝납니다. 그러한 와중에 첫 번째 살인이 일어납니다. 잡화상 가게의 주인이었던 이토 다다스케의 죽음입니다. 그는 노가미 겐이치로와 함께 중립국에서 근무한 육군 장교였는데, 인적이 드문 장소에서 목이 졸린 시체로 발견됩니다. 소에다는 곧장 현장으로 달려가 상황 파악에 나서고 휴가까지 신청하여 이토 다다스케의 집을 방문하고 나라의 절을 확인하다가 세쓰코가 말한 노가미의 필적이 담긴 방명록의 일부가 찢겨진 사실을 발견합니다.

그리하여 소에다의 추적은 잠시 중단되고 이야기가 조금 바뀝니다. 어느 날 구미코는 아버지의 지인이었던 다키 료세이(세계문화교류연맹 이사: 노가미가 중립국 근무시 신문사 특파원이었습니다)로부터 기묘한 제안을 받게 됩니다. 사사지마 교조라는 화가의 모델이 되어 달라는 부탁이었습니다. 이상한 이야기였지만 남편의 지인이 한 부탁인 터라 노가미 부인(남편과 관련된 일에는 무엇이든 열심이었습니다)은 거절할 수 없었습니다. 구미코는 그가 독신

화가로서 혼자 살고 있다는 말에 선뜻 내키지 않았지만, 어머니를 실망시키지 않기 위해 할 수 없이 승낙합니다.

그런데 모델이 되어 몇 차례 사사지마 교조의 집을 드나들던 중 그가 죽습니다. 이 사건으로 탐정의 역할은 신문기자 소에다에서 경찰인 스즈키 경위로 바뀝니다. 구미코는 사사지마가 그린 자신의 데생 몇 장을 돌려주겠다는 정중한(그러나 이상한) 편지를 받게 되고, 신변의 안전을 염려한 세쓰코의 남편에 의해 스즈키 경위는 그녀와 함께 교토로 향합니다. 하지만 구미코가 혼자 오지 않은 탓인지 편지를 보낸 사람은 끝까지 약속 장소에 모습을 드러내지 않습니다. 이에 화가 난 구미코는 스즈키 경위 눈을 피해 몰래 고급 호텔로 숙소를 옮깁니다. 이를테면, 탐정을 거부하는 것이지요.

여기서 우리는 두 가지 스토리가 별개로 전개되고 있음을 알 수 있습니다. 하나는 살인 사건과 그 범인을 쫓는 이야기이고, 다른 하나는 아버지와 딸이 만나는 이야기입니다. 소에다의 경우 둘 다를 쫓았다면, 스즈키 경위의 경우는 전자만을 쫓았다고 할 수 있지요. 이 차이는 탐정으로서의 스즈키 경위가 도중에 탈락되는 이유가 되기도 하는데, 2010년판 드라마는 '탐정 탈락'(이거처럼 김빠지는 일도 없지요)과 다중 탐정의 문제점을 해소하기 위해 스즈키 경위를 경시청 경위 스즈키 지로로 바꾸어 '핵심 탐정'의 위치를 부여하고 소에다 쇼이치는 세타가야 서 형사로 그를 돕는 '보조 탐정'의 위치를 부여하여 같이 움직이게 하는 편법을 사용합니다.

9. 왜 딸은 아버지를 알아보지 못한 것일까?

그런데 여기서 우리는 이런 질문을 던져 볼 수 있습니다. 구미코를 어떻게 봐야 할까? 사실 문제의 본질에 다가가는 데에 있어 그녀보다 더 유리한 위치에 있는 인물도 없습니다. 이는 사태를 파악하는 감각이나 추리력과는 무관합니다. 왜 핏줄끼리는 처음 만나도 알아본다는 말이 있지 않나요? 복잡한 계산이나 추리 없이도 척 보면 탁 알 수 있는 측면이 없다 할 수 없습니다. 하지만 뜻밖에도 그녀는 끝까지 아버지를 알아보지 못합니다.

소에다를 비롯하여 주위 사람들이 노가미의 그림자를 감지하고 있는 데에 반해, 정작 딸은 직접 만나 이야기를 나누면서도 눈앞에 있는 사람이 아버지라는 사실을 알지 못합니다. 이 부분이 너무 부자연스러웠던 것일까요? 2010년판 드라마는 이 부분을 근본적으로 수정합니다. 딸 구미코는 소에다처럼 구체적이지는 않지만 무언가를 감지합니다. 그것을 겉으로 드러내지는 않지만요. 그리고 라스트신에서 노가미 겐이치로에게 자신의 이름을 불러 달라고 하면서 "아버지"라고 말합니다.

죽었다고 생각한 가족이 수십 년 후 살아 돌아오는 이야기는 꽤 유서가 깊습니다. 예컨대 『오디세이아』부터 그런 이야기지요. 그런데 여기서도 우리는 비슷한 장면과 마주하게 됩니다. 남편을 그리워하며 수많은 구혼자들을 물리치던 이네 페넬로페도, 아버지를 찾아 헤매던 아들 텔레마코스조차도 정작 (변장한) 오디세우스를 알아보지 못합니다. 유일하게 그를 알아보는 것은 유모 에우리클

레이아뿐이지요. 어떻게 그녀만이 알아볼 수 있었을까? 그것은 그 유명한 '오디세우스의 흉터'• 때문이지요. 『구형의 황야』의 '필적'과 같은 거라고 보시면 됩니다.

그렇다면 왜 가족들은 서로를 알아보지 못하고 도리어 주변에 있는 사람들이 그것을 눈치채는 것일까요? 그것은 아마 부재 감각의 차이와 관계가 있을 것입니다. 사실 가족에게 '아버지의 부재'만큼 큰 시련도 없습니다. 왜냐하면 아버지가 없는 가족은 불가능하기 때문이지요. 하지만 이 세상에는 적잖은 가족들이 아버지 없이 유지되고 있습니다. 어떻게 그것이 가능할까요? 그것은 그 부재를 지움으로써 가능합니다. 즉 부재 자체를 철저히 인정하고 그의 역할을 가족들이 분담하는 것이지요. 바꿔 말해, 아버지가 살아 있을지 모른다는 희망이 존재하는 한 그의 자리를 항상 비워 놓을 수밖에 없는데, 그렇게 빈자리가 존재하는 한 가족은 항상 위태로운 상태에 놓일 수밖에 없습니다.

따라서 부재 공간을 메우고 재구축된 가족이 죽은 아버지의 귀향을 현실적으로 받아들이기란 쉽지 않습니다. 지금의 가족은 그것(아버지 부재)에 기반하고 있기 때문에, 강한 무의식적 저항이 일어나는 것이지요. 따라서 '필적'에 대한 이야기를 이미 알고 있었음에도 불구하고 딸이 아버지를 끝내 알아보지 못한 쪽이 보다 현

• 주지하다시피 '오디세우스의 흉터'는 아우얼바하의 걸작 『미메시스』의 제1장 제목이기도 합니다. 참고로 이 챕터에서 아우얼바하는 호메로스의 서사시와 구약성경을 비교하면서 '서스펜스'에 대한 매우 주목할 만한 발언을 합니다.

실적이지 않나 하는 생각이 듭니다. 이런 점을 볼 때, 세이초는 미스터리 작가이기에 앞서 철저한 리얼리스트였다는 생각이 듭니다. 다른 작가라면 손쉽게 구미코에게 탐정역을 맡겼을 것입니다. 하지만 만약 그랬다면, 『구형의 황야』는 '그저' 미스터리에 그쳤을 것입니다.

10. 흉터와 필적의 차이 : 네 개의 동선

오디세우스의 흉터와 노가미의 필적, 이 둘은 모두 진실로 향하는 입구라는 점에서는 같지만, 그것이 불러일으키는 서사는 상당히 다른 양상을 띱니다. 일단 흉터는 신체에 각인된 것인지라 오디세우스와 함께 움직이기 때문에 다른 동선動線이라고 할 만한 것이 존재하지 않지만, 필적의 경우 그것의 소유주와는 독립적으로 움직이며 복잡한 동선을 파생시킬 뿐만 아니라 사건을 예기치 않은 방향으로 이끌어 갑니다.

	노가미 겐이치로 → 구미코	동선①
필적	아시무라 세쓰코 → 소에다 쇼이치, 스즈키 경위, 아시무라 료이치 등(탐정역할자들)	동선②
필적	이토 다다스케 → 노가미를 징벌하려는 사람	동선③
	노가미를 보호하려는 사람 (가도타 겐이치로, 무라오 요시오, 다키 료세이)	동선④

필적이라는 망령은 크게 두 가지 동선(②, ③)을 만들어 내는데, 이것들은 모두 동선④를 경유하여 동선①에 도달하려고 노력합니다. 그러는 가운데 살인 사건도 일어나고 총격 사건도 일어나지요. 그런데 정작 작품의 핵심이라 할 수 있는 노가미의 동선①은 그런 소란과는 무관하게 묵묵히 자신의 길만을 가면서 구미코의 동선에 접근합니다. 흥미로운 것은 필적에서 시작된 두 개의 동선(②, ③)의 경우 동선④와 복잡하게 얽히면서 동분서주하지만, 결국 동선①에 이르지 못한다는 점입니다.• 하지만 노가미는 우여곡절 끝에 그가 그토록 만나고 싶었던 딸을 만나게 되지요.

한마디로 『구형의 황야』는 필적이라는 망령이 만들어 낸 이야기입니다. 기본적으로 산 자들이 죽은 자를 쫓는 이야기지요. 그런데 그 시작은 아이러니컬하게도 죽은 자(또는 죽었다고 선언된 자)가 산 자(딸)를 찾아나서는 데에서 시작하고, 또 그것이 완수될 때 끝납니다. 그런 의미에서 이 소설은 기본적으로 두 가지 이야기가 분열되어 있는 것처럼도 보입니다. ⓐ아버지와 딸의 이야기와 ⓑ배신자를 둘러싼 이야기로 말입니다.

하지만 세이초는 이 둘을 묶어서 한 편의 작품으로 만들었는데, 그것은 ⓐ는 ⓑ의 원인이고 ⓑ는 ⓐ의 원인이라는 인식에 기반하고 있습니다. 즉 서로가 서로의 배경이 됨으로써 사실상 따로 움직이는 동선을 비추게 한 것이지요. 이로 인한 장단점은 비교적 명확

• 아시무라 료이치의 경우는 예외인데, 이것은 노가미의 의도적 접근에 의해 가능했습니다.

합니다. 하지만 그럼에도 불구하고 이 작품이 '최소한의 미스터리'로서 성립할 수 있는 이유는 단 한 가지, 노가미의 선택이라는 불가사의가 아닐까 합니다.

11. 사실과 허구 : '덜레스 공작'에 대하여

1951년 후지무라 요시로藤村義朗(본래 이름은 후지무라 요시카즈藤村義一)는 《문예춘추》 5월호에 「통한! 덜레스 제1전痛恨!ダレス第一電」이라는 수기를 발표합니다. 이 수기에 따르면, 후지무라는 당시 스위스 공사관 해군고문이었던 니시하라 이치로西原市郎의 보좌관으로 근무하고 있었는데, 1945년 5월경 프리드리히 핵(Friedrich Wilhelm Hack)을 통해 OSS 유럽 책임자였던 앨런 덜레스(Allen Welsh Dulles)와 연결된 평화공작(공작이라고 해 봐야 전보 등을 통해 일본의 정부와 다리를 놓은 정도였습니다만)을 수행합니다. 하지만 도쿄 정부는 그도 덜레스도 믿지 못했던 것 같습니다. 결국 뜻을 이루지 못하지요.

전후 이것은 종전공작, 또는 화평공작이라 불리며 잠시 관심의 대상이 되었지만, 세이초가 『구형의 황야』를 쓸 당시만 해도 그렇게 큰 주목을 받지는 못했던 것 같습니다. 왜냐하면 사정이야 어찌됐든 그것은 실패한 공작이었고, 다른 한편으로 종전공작을 운운하는 사람들 중 상당수는 이를 통해 전쟁 책임을 회피하려는 의도가 엿보였기 때문입니다.

여기서 OSS에 대해 잠깐 말씀드릴까 합니다. 앞에서도 여러 번 나온 OSS란 'Office of Strategic Services'의 약자로 흔히 '전략 사무국'으로 번역되는데, 미군의 첩보기관인 OSS가 설립된 것은 제2차 세계대전이 한창이던 1942년 6월 13일이었습니다.• 이 OSS가 전쟁이 끝난 후 군으로부터 독립하여 대통령 직속기구가 되는데, 이것이 바로 우리가 잘 아는 중앙정보국(CIA)입니다. 위에서 언급된 앨런 덜레스는 제2차 세계대전 당시 공로를 인정받아 이후 CIA의 국장이 됩니다.

하지만 역사적 사실과 『구형의 황야』를 혼동해서는 안 됩니다. 즉 역사에서 종전공작이란 말 그대로 미수로 끝났지만, 소설 속에서는 어느 정도 역할을 한 것으로 설정되고 있기 때문입니다. 그렇지 않다면 노가미가 죽음을 가장할 이유도, 일본으로 돌아오지 못하고 해외를 방황할 이유도, 또 조국을 영원히 떠나야 할 필요도 없기 때문입니다. 현실적으로도 스위스 공사관을 중심으로 종전공작에 가담했다가 종전 후 일본으로 돌아오지 못하고 해외를 방랑하는 이는 없습니다.

『구형의 황야』가 역사적 사실에서 소재를 취하고 있지만, 엄연한 상상의 산물인 이유는 바로 여기에 있습니다. 작품에 따르면, 노가미가 참여한 종전공작은 어느 정도 성과를 낳아 종전을 앞당길 수 있었고, 그로 인해 일본은 궤멸을 면하고 전후에 다시 일어설 수

• 엄밀히 말해, 새롭게 만들어진 것이라기보다는 기본적으로 1941년에 설립된 COI(정보조정국 Coordinator of Information)를 이어받은 조직이었습니다.

있다는 기반을 갖게 되었다는 것인데(간단히 정리하면, 전후 일본의 부흥은 노가미의 공작 없이는 불가능했다는 것입니다), 그런 점에서 노가미라는 인물 자체가 거대한 트릭이라 하지 않을 수 없습니다.

그렇다면 이런 상상을 통해 세이초가 말하고 싶었던 것은 무엇일까요? 『구형의 황야』의 핵심이 무엇이냐고 질문을 하신다면 바로 이 지점이라고 할 수 있는데, 그것은 '국가냐 가족이냐' 하는 것으로 수렴됩니다. '수신제가치국평천하'에서 국가란 가족의 확장된 형태여서 둘이 대립할 일이 없습니다. 하지만 『논어』의 한 일화에서 확인한 것처럼 그것들은 본질적으로 대립적 관계일 수 있습니다. 다만 근대국가에서는 그런 측면이 철저히 은폐되어 있을 뿐이죠. 국가가 전쟁에 나가는 것이 곧 가족을 위한 것이라고 선전할 때, 대부분 설득되었던 것도 바로 그 때문일 것입니다.

노가미 겐이치로가 스위스 공사관에서 본 당시의 전황은 절망적이기 그지없었습니다. 가족이 있는 일본에는 연일 폭격이 이루어지고 있었고, 명백히 이길 수 없는 상황임에도 불구하고 일본 정부는 도무지 항복할 기미를 보이지 않았습니다. 그래서 노가미는 결심합니다. 가족을 위해 조국을 배신하기로 말입니다. 즉 조국이 전쟁에서 지도록 하는 공작에 나섭니다. 역사에서 종전공작이란 당국자들을 잇는 역할을 하는 것이었습니다. 공작이라기보다는 일종의 연락책 같은 것이었죠. 그런데 그런 거라면, 앞에서 말씀드린 대로 일본 정부도 나름대로 시도하고 있었던 것입니다. 굳이 다른 점을 들자면, 협상 대상이 바로 적국인 미국이었다는 점입니다.

하지만 『구형의 황야』에서 노가미의 경우는 일본의 패전을 위해 좀 더 직접적인 행동을 한 것 같습니다. 물론 이와 관련하여 구체적인 언급이 있는 것은 아닙니다. 실제 있었던 역사적 사실을 확인하는 수준이지요. 이는 노가미의 비밀을 알고 있는 가도타 서기관과 구舊 육군 인사들로 구성된 비밀 단체와의 대화(하권, 233~234쪽)에 암시되어 있습니다.

일본을 빨리 망하게 하기, 추측건대 그것에는 예를 들어 적국인 미국이나 연합국에 군사 정보를 건네는 행위도 포함되었을지 모릅니다. 즉 그의 배신으로 인해 전장에서 영문도 모른 채 죽어 갔을 사람이 있을 수도 있습니다. 그리고 그것이 아마 그로 하여금 '조국에 대한 죄책감' 같은 것을 느끼게 만들었을지도 모릅니다. 그런 것이 아니라면, 그의 극단적인 선택(자기 유폐)을 설명할 길이 요원해집니다. 사실 이런 죄책감에 비하면 귀국했을 시 혹 있을지 모르는 테러에 대한 두려움 따위는 부수적인 것에 지나지 않습니다.

12. 국가 대신 황야를 선택한 인간

국가(조국)를 배신한 것에 대한 자기 징벌, 그것이 그의 발걸음이 닿은 모든 곳을 '구형의 황야'로 만들었다 하겠습니다. 가족과 조국을 포기한 그에게 있어 황야가 아닌 곳이 없었던 것입니다. 그렇다면 그는 왜 그런 선택을 한 것일까요? 당시로서는 그것이 가족(딸)을 위한 유일한 길이라 생각했기 때문입니다. 그는 가족이냐 국가냐는 딜레마 앞에서 고민 끝에 가족을 선택합니다. 그리고 그에 대한 대가로 사랑하는 가족과 조국으로부터 영원히 격리되는 벌을 받게 된 것입니다.

여기서 "결론적으로 보면, 노가미의 선택이 옳은 게 아니냐? 고로 굳이 가족과 조국을 떠나 살 필요는 없지 않느냐?"고 하실 분이 있을지 모릅니다. 전후 사정만 잘 이야기하면, 국민과 국가도 이해해 줄 것이라고 말입니다. 하지만 문제는 그렇게 간단하지 않습니다. 한 국가에서 가장 냉정하게 작동하는 '애국이냐 매국이냐'는 프레임은 성격상 보편적 윤리와는 무관하게 움직입니다. 그리고 국가 안에서 그에 대해 이의를 제기하는 것은 사실상 불가능에 가깝습니다.

오늘날, 한 인간이 특정 국가의 국민으로 산다는 것만큼 당연하게 생각되는 것도 없습니다. 하지만 그런 당연함만큼 부자연스러운 것도 없습니다. 그것은 엄청난 조작과 억압의 결과물이라 해도 과언이 아닙니다. 그런데 이것을 국가 권력에 의한 강제 정도로 이해하는 것도 문제의 본질을 보지 못하는 것입니다. 한 국가의 국민이 된다는 것, 그것은 강한 일체감을 느낀다는 의미이기도 하지만, 다른 한편으로 외부에 무감각해진다는 것을 뜻하기도 합니다.

예컨대 얼마 전 일어난 세월호 참사는 전국민을 침울하게 만들었을 뿐만 아니라, 한 나라의 경제까지 크게 위축시켰습니다. 국가적 감정이입이 이루어진 것이지요. 하지만 비슷한 시기 터키에서 일어난 사건(300여 명의 광부가 매몰되는 대참사)에 대해서는 어떠했을까요? 세월호 참사에 대해 투입된 감정의 1/1,000이라도 그곳에 투입되었을지 의문입니다. 이는 다른 말로 감정과 감각까지 국가에 의해 리뉴얼될 때 비로소 국민이 된다는 의미라 하겠습니다.

국가의 '감정 교육'을 받은 이들이 '애국자냐 매국노냐'라는 프레임에 들어가 있는 노가미 겐이치로를 받아들일 수 있을 거라고 생각하는 것만큼 순진한 일도 없습니다. 야스쿠니신사에 합사되어 있는 A급 전범조차 적어도 '매국노'라고는 불리지 않는다는 점에서 그렇습니다. 논리적으로 볼 때 말도 안 되는 이야기지만, 국민적 감정 구조는 자신의 특수성에 그다지 신경을 쓰지 않습니다.

우리는 국민으로 태어나서 국민으로 교육받고 국민으로서 느끼고 국민으로서 생각하고 또 우리와 비슷한 국민을 낳아 국민으로 키웁니다. 따라서 국가에 대한 비판도, 국민에 대한 비판도 '올바른' 국가와 국민의 강화로 향하지 그것의 부정까지는 이르지 않습니다. 행여 그런 사람이 있다면, '매국노'라는 딱지를 붙여서 배제해 버립니다. 아니 어떻게 보면, '매국노'라는 형상을 만들고 그것을 배제할 때 비로소 국민이 만들어지고 국가가 성립하는지도 모르겠습니다.

이 땅 한국에서도 절대 하지 않아야 하는 것이 있습니다. 그것은 바로 국가 내지 국민감정을 건드리는 것이지요. 그중에서 가장 민감한 것이 바로 '친일'이라는 문제인데, 일단 '친일파'라는 낙인이 찍히면, 게임 끝(!)입니다. 어떤 해명도 변명으로 치부되어 버리지요. 이때는 해석도 논리도 그저 국민감정을 부추기는 도구 이상의 역할을 하기 힘듭니다. 그저 침묵하며 비난을 받아들일 수밖에 없지요. 노가미 겐이치로의 입장이 딱 그러합니다. 여하튼 그는 연합군에 조국을 판 사람이니까요.

그런데 공자도 그리고 세이초도, 윤리란 사회가 아니라 가족, 공적 입장이 아니라 사적 입장에 있다고 주장합니다. 세이초가 노가미 겐이치로의 슬픈 여행을 통해 국가(국민감정)와 맞서면서 우리에게 들려주는 교훈은 이렇습니다. 진실도 비극도 사적으로만 존재하며, 문학의 가치는 국민감정에 손쉽게 승차하는 것이 아니라 그와 맞서는 데에 있을지 모른다는 것입니다. 그렇다면 문득 궁금해지는 것이 과연 우리에게도 『구형의 황야』와 같은 작품이 있는가 하는 것입니다.

문득 떠오르는 것은 이병주의 「소설 이용구」•라는 작품입니다. 손병희와 함께 동학의 지도자였던 그가 왜, 그리고 어떻게 일진회 회장이 되어 매국 행위를 일삼았는지, 그리고 한일합방 뒤 일본의 후의를 모두 뿌리치고(귀족 작위를 거절하고) 일본에서 외롭게 죽어갔는지 궁금하신 분들이 계실 것입니다. 뭐, 국민감정에서 보면 이완용이나 이용구나 다 똑같이 죽일 놈들일 뿐이지만 말입니다(웃음). 오늘은 여기까지 하지요.

• 이병주, 『꽃의 이름을 물었더니』(심지, 1985.)에 수록되어 있습니다.

구형의 황야 하

초판 1쇄 발행 2014년 7월 18일

지은이 마쓰모토 세이초
옮긴이 김소연

발행편집인 김홍민 · 최내현
책임편집 안현아
편집 유온누리
마케팅 홍용준
표지디자인 이혜경디자인
용지 한신피앤엘
출력 한국커뮤니케이션(CTP)
인쇄 제본 현문

펴낸곳 도서출판 북스피어
출판등록 2005년 6월 18일 제105-90-91700호
주소 (121-130) 서울특별시 마포구 방울내로 11길 43 101-902
전화 02) 518-0427
팩스 02) 701-0428
홈페이지 www.booksfear.com
전자우편 editor@booksfear.com

ISBN 978-89-98791-21-6 (04830)
ISBN 978-89-98791-19-3 (세트)

책값은 뒤표지에 있습니다.
파본은 구입하신 곳에서 교환해 드립니다